作 家 出 版 社 & 两 个 人 的 情 爱 小 说

作家出版社

朱燕 著

朱燕　　　自由写作者
　　　　　独立出版人
　　　　　随心旅行者

新浪微博：@朱燕-独行客

序: 永远不要去束缚一颗想飞的心

朱燕/文

2015年5月6日

　　依稀记得，多年前的那个冬天。我们带着各自的洗漱用品、毛巾以及干净的内衣内裤，在我们那座城市的江边，跳上了一辆运输货物的火车，"轰轰隆隆"地向那家钢铁公司的厂区而去。

　　我们是去厂区洗澡的。

　　不过十几公里的路程，火车缓慢地开了一个多小时。阳光很好，远处工厂的硝烟弥漫。我们享受着青春期的无知和躁动。

　　我们从没有机会相互裸露。在工厂的澡堂里，温柔的洗澡水从头顶泻下，毛巾搓拭着皮肤上的泥尘，我们享受着水的快乐。

　　那一年，我们不过十三四岁。

　　这部长篇小说创作于1996年的夏天，那时我还在武汉，在父母为我营造的家里。温馨而美好。有可以看到月亮的屋子，有伴随着我一起长大的姐姐们，有可以随意谈笑的朋友。

　　2006年，这部小说以《总有些鸟儿你关不住》为名出版了，当时用的笔名是朱飞燕。

2014 年的春天，我用二十多天时间一口气创作完了另一部长篇小说《情》的初稿后，一个朋友鼓励我说，你应该出版她。

在定稿《情》的同时，我重新走进《总有些鸟儿你关不住》，再次看着两个少不更事的女孩带着浪漫的情怀，懵懵懂懂，跌跌撞撞……突然明白——经过了这么多年的努力，或许该是"飞"的时候了。

于是我把这部重新修订过的小说起名《飞》。

我是朱燕。

这是我的作品。

关于两个女孩的成长故事。

关于两个女孩的唯美情怀。

献给长眠地下的父亲
献给辛劳一生的母亲

目录

上部

这个世界中，还有一个正常人，那就是奇迹！

下部

无论你是什么人，你都生活在一个无形的圈中，
这个圈包围着你，直到窒息。

上部

这个世界中，还有一个正常人，那就是奇迹！

第一章　孙波

我是一个我行我素的人。

我有父亲、母亲和五个姐姐。

很多人都很羡慕我，羡慕我的家，羡慕我有五个姐姐。

我从小就被一群女人宠着，所以我对女人有一种特殊的柔情，她们既是我的姐妹、父亲、母亲，也是我的情人。我所说的"我的父亲、母亲和情人"单指我的母亲和五个姐姐，不包括我的父亲。

我的父亲看到我的第一眼是绝望的。此后他离开了家，去了一个边远的农场。

随后我的母亲也很绝望，因为父亲的冷漠和绝望。再以后，是我的姐姐们，她们也很绝望。

那一天是那一年的最后一天，因为我的出生，使我所有的亲人都很绝望。

但尽管如此，她们都很宠爱我。

在我出生以前，我的家庭是由一个男人、一个女人和五个女孩组成。五个女孩的意思是指这个家庭里没有男孩，五个女孩也同时意味着这个家庭里的男人和女人非常想要一个男孩。

母亲说："你父亲一走，我更绝望。那天晚上，我抱着刚出生的你和你另外的五个姐姐蜷缩在唯一能给你们温暖的床上看着那口越来越干净的锅。因为我没有工作，你父亲一走就是七年。"

母亲说："你长大后一定要争气，不要再让人瞧不起你妈了。"

姐姐们也说："你要争气，你要争气……"

母亲说的时候眉头紧锁，对未来不明。姐姐们说的时候一脸忧郁，有的眼角还挂着泪。她们说完都看着我，等着我回答。我左顾右盼，想找些伤心的理由。我伸伸舌头，舔舔嘴唇，"呵呵"，最后我还是忍不住笑了。

得承认，我天生就有一股混蛋的东西在身体里。

因为没有生下一个儿子，母亲总是觉得对不起父亲。

大姐说因为没能生下一个儿子，父亲及他的家人一直对母亲不好，出言不逊，随意说骂。大姐说母亲一直都忍着，她从没看到过像母亲那样温顺的女人。

二姐说，她恨父亲，她永远都不会原谅他。

二姐还说母亲生我的时候，大姐在家照顾妹妹们，是十岁的她陪着母亲去医院的。产房外，她听见母亲在产房里痛苦地喊叫，她不知所措，惶恐不安，她盼着父亲快来。可直到凌晨四点，父亲才带着一身的疲惫和醉意来到产房。他很得意，所有看过母亲肚子的同事们都说这回肯定是个儿子。可是凌晨六点，当接生护士告诉父亲是个女儿时，父亲不相信地同护士大吵了一架后便离开了产房。临走前，甚至看都没有看我一眼。二姐说最后一句时，故意加重了语气。的确，我听完后也有些恨父亲。

父亲说，每个人出生时命运就注定了。

我不太相信"命运"这个东西，我永远不想被束缚。

在童年的记忆里，我一直受母亲和姐姐们的影响对父亲有一种"恨之入骨"的仇恨，那仇恨也同时缘于母亲的艰辛和困苦。

比如：每月固定的一天里，大约是 15 日，母亲会怀着急切而又兴奋的心情等待着一张邮局汇款单，然后拿着印章牵着我的手去了邮局。她总是在邮局里面将那二十五元钱仔细地数几遍后，揣进兜里放好。但是出了邮局，母亲初拿到钱的喜悦就没了，这时，她就会说："五十六元工资，只寄来二十五元，那剩下的钱他一个人怎么花得了？"随后，母亲就会唠叨父亲一定将钱给了大姑、小姑或自己打牌喝酒了。

那一段日子，母亲用二十五元钱艰难地养着她自己和六个孩子，她常常带着我的五个姐姐到附近农村的菜地里，去捡别人择剩下的菜叶，洗干净后用盐水泡泡就成了我们下饭的菜了。然而也就是那样的生活经历给了她超人的坚强和毅力，创造出她后来的奇迹。

第一次见到父亲，我七岁。

我对父亲的记忆一直是模糊不清的，只是在一次偷看父亲和母亲的结婚照时才清清楚楚地印下了父亲的模样。那张结婚照上的父亲外穿一件黑色呢子大衣，里面穿着西装，系着领带，一副趾高气扬和被宠坏了的模样。父亲是很漂亮的，他有一双大而亮的眼睛，浓浓的眉毛，高鼻宽额。照片上的母亲也穿着一件黑色呢子大衣，不过是那种后来很流行的双排扣式样的大衣。母亲小巧玲珑地依偎在父亲的旁边，她有一双单而细长的眼睛，那是我非常喜欢的丹凤眼，高而小巧的鼻子，一副古典美人的形象。只可惜我和我的姐姐们没有一个人长得像母亲，我和我的姐姐们都有着和父亲一样的大眼睛、高鼻、宽额。

那时，在我的潜意识里是非常不喜欢父亲和他的长相的。

父亲回到家的那一年，大姐二十岁，考上了一所名牌医科大学。这件事让父亲非常兴奋，也激发了他作为一个父亲的欲望。

他想自己还是很不错的，女儿考上了大学，并且还是名牌医科大学。父亲想着暗自下着决心，他要将女儿们都培养上大学。他开始将目光投向了二姐，他准备培养二姐上大学，并且他已替她挑好了专业——中文。

父亲自己本身就是学文的，所以盼望也希望女儿们能有一个接他的班。可是父亲不知道二姐一点也不喜欢他，又怎么会去喜欢他的文学呢？

二姐极端地捍卫母亲和追随着母亲，她深恶痛绝父亲在七年的时间里近乎失踪的失去。她已经长大了，她已经习惯了没有父亲的生活。她在匆匆地念完高中后，毫不犹豫地放弃了上大学的梦想和母亲承包下了一家副食店，做了他们同龄人中第一个"食螃蟹"的人。

二姐的行为让父亲很痛心，他和母亲大吵了一架。他认为上大学比挣钱更重要，他怪母亲没有教育好他的几个女儿，他责怪母亲唆使女儿们不喜欢他，他认为知识才能给人带来尊严，他要让我们将来以他为自豪。他给我们看他写的小说和书。

然而，当时只有母亲才明白，家里最需要的是什么。父亲虽然人回来了，但他每月给母亲的钱仍然只有二十五元。母亲知道家里现在最需要的是钱。我们读书需要钱，穿衣需要钱，吃饭需要钱，还有将来我们成家也需要钱。看来这些我们的父亲是不能给我们的了，那么就只有她了。母亲当时想她再也不能看着我们一个个穿着她改过的旧衣，吃着几乎是用盐泡的菜；她再也不想看着我们单而弱的身体，因营养不良而苍白的脸。她知道别人在同情她的另一面是鄙视。谁都知道她是因为没能生下一个儿子而被丈夫"遗弃"的；谁都知道她是因为没有生下一个儿子才会落得如此下场。她不能再让人像瞧不起她那样看不起她的女儿们了，她看够了白眼。她知道这所有的一切要改变只能靠钱。所以当政府号召自己谋生、谋业时，母亲硬着头皮承包下了一家副食店。

父亲在对二姐失望的同时，将目光投向了三姐，但当他看到三姐将他送给她的一台新收音机，通过拆了装、装了又拆几遍后竟然能帮别人修收音机的时候，他惊讶地发现了三女儿对电子那强烈的爱好，他便放弃了对她的要求。

让她去吧，如果她能在电子方面干出点成绩也是很不错的。父亲说。

对于四姐，父亲也观察了一阵子。四姐是那种性格孤僻、沉默的人，她从小就长得瘦小，母亲说她生下时还不到四斤，她能活下来已经是不幸中的万幸了。四姐非常喜欢养小动物，家里的阳台上常常有她养的几只鸡和鸭，鸡鸭的屎臭味终于使父亲有些厌烦了，他认为四姐天生的就是一副苦命相。"这孩子长大了肯定是待在农村的料了……"父亲当时很随意说的话没想到后来真的应验了。

父亲起先是有意无意地问五姐需要他送她点什么，比如书。五姐长得清秀、妩媚，她的身上可以同时看到父亲和母亲的影子，她常常是在大人们说话的时候像小鸟一样偎在旁边耐心地听着，一副讨好、乖乖的样子，这让父亲很有点喜欢她。父亲问五姐想要点什么时，五姐感动而激动地拉着她一直想拉而没有拉着的父亲的手一家一家地逛着书店。父亲当时在他十岁的五女儿面前显示出他特有的耐心，他的五女儿爱逛书店，父亲很开心，终于有个女儿喜欢看书了。可是父亲开心了一阵后发现五姐挑着的竟是什么国画、素描之类的书后，大失所望，猛然意识到这也不是他想要的女儿。看来这孩子喜欢的是画画，并不是我的文学。只是可惜，我这么多的女儿竟然没有一个喜爱我的文学，没有一个能像我希望的那样成为一名作家。父亲唉声叹气的，最后他看着我。

对于我，父亲一直是讨厌而反感的。"这一定不是我的孩子，你们肯定是弄错了。"这是我出生时父亲对我所说的第一句话。

母亲还是在怀我的时候，就表现出与她怀其他五个女儿不同的反应，这让父亲和他的家人们对母亲体现出那少有的耐心和细心。这回肯定是个儿子。所有看了母亲肚子的人都这么说，父亲也怀着不是一般的喜悦等待着我的到来。可最后我还是跑快了一步，当医生告诉父亲我是个女儿时，父亲当时就呆愣着，傻傻地、恍恍惚惚地说："这不是我的孩子，你们肯定弄错了……怎么会是个女儿呢？怎么就不是个儿子？这肯定不是我的孩子，你们肯定弄错了。"父亲和接生的医生、护士大吵了一架，然后收拾行李带着他最后的绝望离开了这个他并不怎么眷恋的家。所以此刻面对着野小子似的我，他实在不相信我会爱上他的文学。他对我"哼"了一声，体现着他对我那特有的轻蔑和看不上眼。

第二章　小浪

　　我一直相信生命的轮回，相信宿命，相信缘由，相信一切的归根结底，就像我一直相信孙波一样。

　　对于孙波，我一直都有一种奇怪的感觉，这种感觉到底是什么或是怎么来的？我自己也说不清楚，反正对她我从一种特有的崇拜到一种摆脱不了、无法控制的倾慕。我想我爱她，没有人能改变我这个念头，尽管孙波也曾经不止一次地指责我这个傻念头，但她仍然没能改变我对她一次比一次更深的爱意。

　　爱你，孙波，永远。
　　爱我吧，爱人……

　　"随你吧！"孙波看着我有些虚弱而不知所措，"听着，小浪。天空只包容它能够容下的事物，所以你会看到白云、小鸟……你绝对想象不出一只鸡或鸭与蓝天辉映；就像水永远也不可能与火产生共鸣、两个同性的物体放在一起只会相斥一样，事物之所以循环是不希望人们违背它的意愿……我想总有一天你会明白过来的。"

　　无论孙波说什么，我是永远也不想去弄明白它的。

还是在上小学时，我就知道孙波这个人，我们同年级但不同班。我常常可以看到她趾高气扬地站在男孩子中间指挥着他们干这干那。她在我心目中就是位统帅，一位指挥着千军万马的统帅。她气宇不凡，她我行我素，她桀骜不驯，这些都不是一般地吸引着我，随着年龄的增长，我对她越来越痴迷。

　　　小鸟喜欢蓝天，树木喜欢春天；红花一定得有绿叶，
水一定会流向大海；人有生有死，万物才会轮回。

我一直是孙波忠实的朋友和听众，我喜欢她高挑的个子，漂亮的脸蛋。当她后来在舞台上学着走猫步时，我嫉妒那些台下为她唏嘘和发狂的男子，我讨厌他们送给她的鲜花、哨声和掌声。我希望那所有的一切都是我给她的。她疯起来像个野小子，狂起来无拘无束，她安静时那么的温柔，她忧郁时让我心痛。有一阵子她很郁闷，她对我说："小浪，我好烦，我讨厌现在的生活和我自己，我想离开这里，可我又摆脱不了。你知道我的，小浪。"她依在我怀里像个孩子。

　　那是她父亲死后的一个月，她突然对我说。

　　孙波的父亲原是当地一个小有名气的作家，他是在被人剽窃了作品而无处申冤的情况下，从一座二十八层高的大厦上跳了下去，结束了他灰暗而惨淡的一生。在以后的一段日子里，孙波沉静得让人捉摸不透。她一整天一整天地待在她的小屋内，面对着她父亲的遗像，她喃喃自语，她说着疯话。她说她父亲在他临死前的头一天将他的头脑和灵气都传给了她，她说她是她父亲生命和事业的延续。她说话的语气和做事的动作简直和她父亲生前一模一样，她甚至学着她父亲的样子抽烟。她的举动让她的家人感到害怕和恐惧，特别是她的母亲朱敏，她不明白她最疼爱的女儿

怎么会变成这样，她的姐姐们也意识到了这一点。开始她们天真地以为，孙波可能是被读书压昏了头。当时孙波正在她的母亲和姐姐们的逼迫下啃着大学书本。她的姐姐们对她说："我们不需要你赚钱，你好好地念书，只有多念书才能改掉你身上的邪气。"

的确，那时孙波的身上充满了邪念，她在连滚带爬地读完高中后，一把火烧了她全部的课本，那天她躺在我的床上摊开四肢说："小浪，从此我再也不读书了。我——要云游世界！"突然她又坐起来环抱着我，"哎，小浪，咱们出家怎样？做尼姑，哈哈，一定会把住持气死！"

我当时傻得只知道点头，只要能和孙波在一起，我不在乎是出家还是在家里。只要能看着她，只要她能这样抱着我，听她说话，无论疯话还是傻话……

但一个月后，孙波的二姐孙二兰开着她新买的小轿车将孙波送进了武市的一所大学。

和孙波在一起最多的时间应该是我们读高中的那段日子。

那是我们十六岁时，孙波的大姐、二姐已出嫁，三姐去了美国读研究生，四姐在北京读大学，家里最多见的就是孙波的五姐孙五兰和孙波的父亲孙浩然。孙浩然并不讨厌我找孙波，孙五兰忙着高考也没空搭理我。

孙波家有一张很大的床，以往是孙波的大姐、二姐、三姐睡的床，现在是孙波和她的五姐睡。白天的时候，我常常偷偷地随着孙波回家，我们躺在大床上背英语单词，我问她答，或者她问我答。我喜欢她把腿架在我的小肚子上，她说错了我就拍她的腿一下，我说错了她就拍一下我的胳膊。后来累了，我们就把手握在一起，谁说错了就敲敲谁的手心。接着孙波就困了，很快就睡得"呼呼"的。她的胸脯上下起伏着，她发育得很好，我总会莫名地激动。有时，我会悄悄挪开她的腿，和她并排躺着。轻轻地摸她的脸，小心翼翼地怕弄醒她。她的皮肤白皙透亮，如锦缎般细嫩光滑，嘴唇微张着，一开一合。我很想去亲亲她。

还有时我是看她要困了，我便去拍拍她，轻轻地抚摸她的头、她的胳膊。孙波很快就睡踏实了，我感觉她很享受我的抚摸，但有时她也会很烦，嘟噜着："别摸了，人困着呢！"

那一年，孙五兰考上了中央美术学院。接到通知单的那一天正是三伏天，热得要命。中午，午饭后我和孙波躺在她家的大床上做着猜字游戏，突然孙五兰疯了似的冲进屋："我考上了，我考上了——"

我吓得差点从床上跌下，但只看见孙五兰一个人我稍微平静了些。

"考上什么了，五兰？"孙浩然从书房里出来。

"我考上中央美院了。"孙五兰兴奋而得意地晃着她手中的录取通知书。

"真的？真的。"孙浩然激动地搓着手，这是他第四个女儿考上名牌大学。

"喊。我当什么呢。"孙波很不屑地又躺下。

"不思进取的家伙。"孙五兰拿着通知书又出去了，大概是向朱敏汇报去了。我赶紧离开了孙波的家。

秋天的时候，孙五兰去北京读书了，从此，孙波的家里就安静了许多。我基本上可以自由地出入孙波的家了。

孙波初上大学时是很不愿意的。她反复和母亲姐姐们强调她不想再读书了，她可以和母亲二姐一样做生意，她撒泼打滚，说她就想在家里，就想和妈妈一起，学校太远，回家看妈妈不方便。

　　孙波把她母亲都说感动了，她母亲答应送给孙波一辆摩托车，便于她往返学校和家里。孙波想了想，觉得意外得辆摩托车，还是挺划算的，便答应了。

　　很快，孙波就喜欢上了大学。

　　"大学还是蛮有意思的。"一次假期归来，孙波说，"我们成立了一个时装模特队，请了全国著名的模特做老师。"孙波边说边学着猫步在房间里走来走去。突然她又停了下来，抓住我的手。我那时正勤学苦练吉他，我左手的四个指尖已练得厚厚的一层茧。

　　"可惜，你不在大学里，不然你可以参加校艺术团。团里乐队的吉他手弹得可臭了。"孙波说。

　　高中毕业后，我没有再念书。母亲和继父费了好大的劲才把我弄进一家工厂里做仪表工，我并不喜欢这份工作，但也没有办法。可是不到两个月，在我继父死后我便离开了那家工厂。

　　这里要说明一下，我的继父是在一天夜里，在我母亲上夜班时闯进我的房间后被我吓死的，事后我和母亲有很长一段时间没有说话，我讨厌和她说话，我恨她也恨继父。母亲是在很无奈的情况下回的老家，一年后她在老家去世了。这件事在以后的日子里一直折磨着我，母亲是孙波之后第二个让我牵挂的女人，我爱她们。所以在后来的日子里，我最大的精神寄托就是孙波和那把老掉牙的吉他。

　　"你应该多交些朋友。"继父死后的一段时间，孙波每个周末都会从学校里回来陪我，"朋友多些你就不会这么寂寞。"孙波每次来都会给我带很多吃的，有时会买些衣服、鞋、内衣内裤什么的送给我。我失去了工作，她担心我经济拮据。

　　可我不愿意要她的东西，花她的钱。我不愿意她只是同情我。

　　寒假前夕，我在一家文化中心找了份教授吉他的工作，三个班，每周四个半天，两个晚上。基本上能养活自己。

孙波大学一年级下学期，她又迷上了表演。大学里太多的新鲜东西，她都乐此不疲地想试试，她参加了大学诗歌会、话剧团，她回来的次数渐渐地少了。

第二年的秋天，孙波的父亲因被人剽窃了作品而从一座二十八层高的大厦上跳下，引起了全城的震动，一些小报还以此事开了专栏进行有奖评论。她郁闷到了极点。"我现在干什么都没劲，我疲惫极了。"孙波说。

那一年的12月，孙波的中学同学王芳喝了农药。

对王芳的死孙波一直有些内疚，她说："或许我是可以帮她的。"

我一直非常讨厌孙波的那个缺心眼的同学王芳。

王芳这个名字在我脑海中一闪现，我的眼前就出现了一个脸盘大大的、细眼、高鼻和一对薄而小的嘴巴的女孩。王芳的皮肤很白，她的白让我想到了死人的那张脸。所以每次当孙波一提到王芳时，我就很反感地说："别提她，死相。"

其实我说的"死相"是指王芳，可每次孙波都误会我是在骂她。那天我趁她母亲和姐姐们不在家便去找她。我去的时候她正坐在她父亲的书房里看书，她打开门让我进去后就又去看她的书，非常认真的样子。那是12月份，很冷，房间里有个炉子，那是一种刚刚兴起的煤气取暖炉，炉子上面有一个网状的罩子，可用来烘烤东西。我见过一些刚有孩子的家里用它来烘烤尿布。

孙波在网上放了一块糍粑和一个橙子，糍粑的米香味和橙子的甜酸味在空气中交融着，那是一种非常温暖非常温暖的气味，我在温暖中脱去棉衣。孙波穿着一件紫色套头高领毛衣，下面是一条浅色的牛仔裤，脚上穿着一双棕色的打着铁钉的高帮皮靴。她的男孩子似的短发很漂亮地飘浮在她的头上。很帅气。我喜欢她帅帅的样子。

那件紫色毛衣上有一股股漂亮的麻花针法，显得很紧身地裹着孙波的身体，那一定又是她妈妈请人帮她打的。"这毛衣真漂亮。"我是想抚摸毛衣上的麻花针法，孙波却下意识地缩了缩胸，随后坐在了地上一块很厚的棉垫子上。棉垫子紧挨着书柜，孙波靠着书柜从地上拿起了一本看了一半的书，估计我来之前她就在看这本书。我略站了一会儿，还是挨着她坐在了那块大棉垫上。

"看什么书呢？"我问，并将下巴搁在了孙波的肩上。

孙波没回答我，只是将书翻过来给我看了一下封面，然后又去看她的书。那是一本美国人写的书，叫《琥珀》。是孙波父亲书柜里的书，她父亲书柜里有很多的书，我看孙波是准备将它们全部看完。

"写的什么？"我搂着孙波的腰问。

"你不爱的。"孙波说着放下书，移开我搂着她腰的手，"你找我有事吗？"

看着她一脸不在乎我的样子我也有些生气了："没事就不能来看看你吗？你要不高兴我马上走好了。"

我装作要站起来的样子，孙波拉住我："没有，没有了。"

于是我趁机挨得孙波更近些，紧靠着她的身体："好冷了，外面。我的手都冻冰了。"

孙波就替我暖手，将我的双手放在她的双手间揉搓着。

"你知道王芳的事吗？"孙波问。

"别提她，死相。"我说。

"你才死相。"孙波放下我的手站起走到烤火炉边去看她的糍粑。

"我又没说你，我是说王芳。"我有些委屈，"本来嘛，你看她白得腻人的脸怎么不像个死人？"

"她死了，前天晚上。"孙波表情沮丧。我很惊讶。

孙波有些烦躁："我并不是不想帮她，只是——我也很烦，而那天又下着很大的雨。"

孙波说着很凝重地看着我："你知道我的，小浪。"

"我知道，我知道。"我赶紧说。

我从孙波那里知道王芳是喝农药而死的，医生在她的肚子里发现了一个已成形的胎儿。我对王芳未婚就有孩子一点也不奇怪，像她那种缺心眼而又傻乎乎的女孩出这种事是迟早的。只是她为何要喝农药，她不是准备结婚吗？我对王芳的死也感到愕然。

王芳比我和孙波大一岁，她是在准备升中学的那一年留级到孙波的班上，与孙波同桌。那时我和孙波还没有正式交往。王芳特别好吃，我有几次看见她上厕所时都在吃着东西，我想她那样黏着孙波可能就是因为孙波家那个副食店的缘故。

孙波一家在这所学校是很有名的，她的五个姐姐都是从这所小学毕业的，她的五个姐姐的学习成绩都非常好，都是老师的得力助手和全校学生学习的楷模。

孙波上一年级时，班主任扬老师就带过她的大姐和四姐，所以在一年级选学生时，她毫不犹豫地选孙波进了她的班。扬老师选孙波进她的班，原是想在她的教学生涯中再多一个值得夸赞的好学生，但她不知道孙波和她的姐姐们是绝对的、绝对的不一样。

第一天上学，扬老师非常郑重地将班上的钥匙交给了孙波让她负责每天锁门、开门以及教室的清洁。刚开始很好，如扬老师所愿，孙波每天都来得很早，教室也打扫得很干净。可是几个星期后，就有学生向她告状，说孙波每天逼着他们打扫教室，帮她写作业，孙波威胁谁不干就不准进教室。扬老师不相信，一天中午她提前来到教室，她看到孙波坐在讲台上，手里拿着老师讲课用的教鞭正指挥着几个学生打扫教室，一旁站着的是班上几个最调皮的学生。扬老师看着讲台上大嚼着泡泡糖的孙波那吊儿郎当相，实在忍不住地冲进教室从她手中夺过了教鞭并没收了她的钥匙。扬老师以为孙波一定是受了那些调皮学生的影响，可后来发现她才是那些调皮孩子的头。她上课做着小动作、说话，往老师衣服后面贴着小纸条、吃剩的泡泡糖，这还不算是可恶的，可恶的是她在教室门没开的情况下竟带着一群调皮学生从窗户上翻进教室。课间休息在课桌上跳来跳去，撬门扭锁……然而最最让扬老师感到头疼的是你在找她谈话时她一脸的不在乎，一副不把你放在眼里的表情，问多了要么是不回答，要么是三个字：我高兴。

扬老师为此气瘦了一圈，她找来了孙波的母亲和姐姐，可谁都没能解决问题，一如既往，孙波做着她想做的任何一件事情，她调皮到了极点。她的母亲和姐姐们对老师和同学们一次次地上门告状都只能是不停地赔礼、道歉，其他什么也没有。她的母亲甚至下意识还有点怪扬老师多事的意思，她认为小孩子调点皮有什么大惊小怪的。扬老师无能为力了，知道该做的她都做了，现在只能将孙波由第一排移到最后一排，尽管当时她长得不算很高，但也只能这样了。由她去吧，在后面她想干什么就干什么。扬老师这样想的。

就这样，留级下来的王芳到了孙波的班上，与她同桌。

王芳的个子很高、很丰满，那时她就体现出跟别的女孩不一样的早熟。

初一的时候，我和孙波正式成了好朋友，我也就认识了王芳。我们经常约着上下学，孙波每天会带些零食给我们吃，但王芳仍唆使她带更多的零食。

　　我非常讨厌王芳，她贪吃爱占小便宜。有时中午她会厚着脸皮和孙波一起去孙波家的小餐馆吃午饭，然后下午她会故意地告诉我她中午都吃了什么好东西，喝了什么汤。因为我母亲和孙波父亲的关系孙波的家人非常反感孙波和我交往，我更不可能和孙波一起去她家的小餐馆吃饭。但孙波的父亲偶尔会请我和母亲去餐厅吃饭，还给我点很好喝的果汁。第二天我也会得意地告诉王芳我吃了喝了什么好东西，可她会骂我和我母亲不要脸，并唆使孙波几天不理我。

　　后来，孙波开始注意一些年轻的男女生，谁跟谁要好，哪个男生长得帅，并且，她神神秘秘、似懂非懂告诉我一些男女之间的事情。我猜想一定是王芳告诉她的。我知道孙波在认识王芳之前单纯得只是调皮，可是王芳却把她给带坏了，告诉了一些她这个年龄不该知道的秘密。

　　有时放学孙波让我先回家，而她和王芳会跟一群男生在学校打球或去公园溜旱冰。

　　我也跟去公园溜了几次旱冰，但我母亲给我的零用钱不多。偶尔，孙波会请我溜旱冰，她还买汽水请大家喝。旱冰场上好多的人，男男女女，似乎都认识孙波。溜冰时，有的男生故意想挤倒她，但她每次都躲过去了，然后是大笑。她很开心这种游戏。可惜我溜得不好，王芳私下里说："小浪，旱冰不太适合你玩，你太弱小了。"

　　我睡觉都诅咒王芳快点死去。

　　我虽然讨厌王芳，但碍着孙波的面子也没说她什么坏话，直到有一次王芳对孙波说："孙波，小浪有些不正常，好像在爱着你哟。"

　　那一次我在王芳的自行车前后胎上摁了六十多个图钉，我的手都摁出血了。

　　我告诉孙波王芳很不要脸：我亲眼看见她跟街边卖烟的那个从

农村来的侄儿在她家后院里抱着亲嘴；我还看见她继父趁她母亲不注意将手伸进她的衣服里摸她的乳房，而王芳还装出很舒服的样子，我一直奇怪她怎么发育得那么早。

"你怎么老去偷看她呢？"孙波对此很反感，她说我不要脸，竟喜欢偷看这些。是啊，我自己也觉得奇怪，我怎么老是针对王芳呢？难道就因为孙波跟她在一起的时间比跟我在一起的时间多吗？

上初中后孙波的个子蹿得很快，不多时她就超过了王芳，王芳可能是早熟的原因，后来个子一直没长。不过她越来越丰满，她说她继父说她越来越像个女人了。

而孙波却跟她不同，她一直都瘦瘦的、高高的，再配上一副漂亮的脸蛋就更让人喜爱了。我发现我越来越喜欢她了，这个念头让我自己也有些害怕，还好孙波并没有察觉到。很长一段时间孙波和王芳鬼鬼祟祟的，有几次她和王芳看见我后便骑着车"嗖"地不见了。我失望地看着她们的背影，只能怪自己长得太矮小，别人都在长个子而我偏偏仍是老样子。我多么希望自己也能高高大大的，这样孙波也许就愿意和我单独出去了，我想着想着就更加地嫉恨王芳了。

突然有一天，我发现瘦瘦的孙波丰润了，她小小的胸脯挺拔起来。我担心她会不会也像王芳那样和某个男孩……啊，我不愿想下去，我知道她跟那个卖豆腐脑的儿子小钢的事情。

王芳的母亲身体一直不是很好，后来就更差了，经常骨头疼。初三那年，王芳的母亲办了病退让王芳顶她的职进厂里当了一名车工。

王芳离开学校后，孙波的学习成绩直线上升，她的母亲和姐姐们高兴极了。在孙波的影响下我的成绩也很不错，那一年我和孙波都以很好的成绩考上了高中。

上了高中后，王芳又来找孙波，两人行动诡秘。

后来我终于发现孙波和王芳的去向，原来她们去了舞厅。

孙波一个高中的学生竟然去舞厅跳舞，我知道这一定又是王芳唆使的。我可以想象舞厅里男男女女抱在一起的情况，我很着急，却不知如何是好，但随后王芳出了一件事，孙波不再同她来往。

有一天晚上，王芳在一个叫蒋卫宏的同事家中一夜未归引起了她继父的不满。蒋卫宏是个有妇之夫，他和王芳在一个工厂里做工。王芳的继父在王芳一夜未归的情况下，比她母亲更着急地、很轻易地就从王芳的嘴里套出了她和蒋卫宏的事。她的继父当时就像一头被激怒的狮子一样将蒋卫宏打得鼻青脸肿，然后将他拎到派出所，告他强奸了王芳。

蒋卫宏很害怕，他说王芳是自愿的，是她自己硬要上他家去的，他说孙波可以作证。就这样，派出所的警察找到了孙波。

孙波当时在派出所里的镇定再次让年幼的我对她钦佩不已。

在派出所的办公室里，一男一女两名警察陪着孙波，开始她有些忐忑不安，毕竟是第一次进派出所。

"你叫什么名字？"男警审问孙波，女警则在一旁记着笔录。

"孙波。"孙波有些纳闷，传讯单上不是明明写着她的名字吗？

"你认识一个叫王芳的吗？"

"认识。"

"什么时候认识的？"

"上小学的时候。"

"具体什么时间？！"男警威严地、大声地吼了一句。气氛一下子紧张起来，孙波一惊，她的身体也随之一颤。男警有些得意，他不相信他这样吓不倒一个不满十六岁的女孩，她不把她知道的事情哆哆嗦嗦地都说出来才怪。

孙波在一惊之后看了男警一眼又看了女警一眼，女警有些年龄，她这时温和地看着孙波说："你慢慢地说，说好了我们就放你回家。"

"具体时间，是吗？"孙波重复了一遍，但声音一点也不哆嗦。

"那时我上五年级，班主任进来的时候，就安排一个白胖、高个的女生坐在我身边，并告诉我她叫王芳，因为没升上中学留级到了我们班上。于是我们就认识了，我知道她叫王芳，她也知道我叫孙波。"

孙波掰着手指说完后看着男警："您觉得具体吗？不行我再详细一点。"

男警一愣："挺具体的，你们经常一块儿跳舞吗？"

"是的。"

"那你认识一个叫蒋卫宏的人吗？"

"行了——"孙波不屑地看着男警，"你们不用绕弯子像审犯人似的，就直接问那天晚上的事不就得了……那天晚上，我和王芳还有蒋卫宏一块儿跳舞出来，蒋卫宏邀请我们去他家看录像，他说他老婆出差了，家里没人。我不想去，可王芳她想去，还硬拉着我也去。当时我就觉得蒋卫宏没安什么好心，就劝王芳也不要去，赶快回家。可王芳不听我的，傻乎乎地硬要去看录像，我没有办法只好先走了。"孙波说到这儿一摊手，"后面的事我就不清楚了，你们得问他们俩才行。"

"就这么简单，没你的事？"男警还想套出点什么。

"有我什么事，难不成我强奸了她不成？"孙波没好气地说。

"你……"男警生气地要冲上前。

女警拉住他，两人在一旁小声嘀咕了一会儿后，女警对孙波说："好了，你先回家吧，你的家人很关心你的，以后不要再跟那些坏孩子一起玩了。"

孙波站起往外走，走了一半她停住，说："其实我觉得蒋卫宏是有意的，谁都知道王芳傻乎乎的好骗。"

孙波最后的一句话起了决定性的作用，蒋卫宏以诱奸罪被判刑四年。

当然，派出所里的问答都是孙波后来眉飞色舞地讲给我听的，她说她把那位男警气得说不出话来，她说她又不是吓大的。我不管这里面掺了多少水分都有滋有味地听着。

我十九岁那年的冬天，母亲在老家去世了，舅舅跑来说母亲是从一个山坡上滚下，脑袋撞到了石头。我听后有一种虚脱的感觉，恍恍惚惚地离开了孙波，跟着舅舅坐上了开往老家的火车。从得到消息到上火车我一直没有失去母亲的感觉，我只是有些紧张，仿佛要见什么重要的人。赶到舅舅家的时候，他们正准备把母亲下葬，说是就等我了。从给母亲换衣到她下葬，我仍然没有感觉，想哭的意思都没有。直到我抱着灵牌准备上火车的那一瞬间，我才意识到我带回家的只是代表死者曾经生过的一块牌子时，我才忍不住大哭起来。一直骂我没良心的舅舅这时松了口气，"原来你还知道那是你妈呀。"

"舅舅，我真的不想她死，我只是……"

"好了，人都死了，过去的一切就让它过去吧，你妈也是很可怜的。"

我点点头。可是就在我安顿好母亲去找孙波时，我发现她开始写作了，她说她要像她父亲那样去写作。她的种种想法让我吃惊而痴迷，她总能干出点事情，只要她想干。她的第一篇小说发表在武市一家比较有影响的杂志上，她很受鼓舞。

以后的时间，我精心地收集和装订着孙波所发表的各类作品，我热心地为孙波做着每一件事，这是我从童年知道她那天起就已养成了的习惯。我曾在孙波父亲遗留下来的书中看到一本关于世间轮回的书，我坚定地认为，我和孙波之间的情感是上辈子就已结下的。

不知孙波是怎样想的，但我坚信她总有一天会明白我的。

爱我吧，我爱的人……
爱人啊，我的爱人！

第三章　朱敏

花开必定会落。花开不一定能结果。

我没有读过很多的书，但这并不妨碍我明白一些道理。

人讲理不讲理，我认为也是天性。

我对我的前生后世不太想知道。我只记得今生我生有六个孩子，六个女孩。我十九岁就结婚了，嫁给了一个读过很多书的男子。我的丈夫读过很多书，也写过不少书，他应该很讲道理。

婚姻生活我已经没有记忆，只知道我一个一个地生孩子，一个也没有落下。随着一个一个女孩的降生，我丈夫是越来越不讲道理，当第六个女儿出生后，他离开了我。虽然七年后他又回到了家，但这并不表示他回到了我的身边。

我已没有精力去想太多的事，六个女儿已经够我烦心的了。

怀她们时，什么都没有，什么都困难。她们的父亲说：生女孩就叫"兰"，于是有了孙大兰，孙二兰，孙三兰，孙四兰，孙五兰。怀第六个孩子时，我所有的反应都像是男孩，再者也该转了，于是她的父亲说这个孩子叫"波"。但她还是个女孩，我仍然叫她"孙波"。

孙波六岁的时候，我带她去寺庙，我手上的香火怎么吹也燃着。一旁的和尚说："施主，好哇，火力够旺，财气足啊，来年必发大财。"我对发财不敢有奢望，所以也不想给和尚钱，和尚一脸不高兴，我只好给了他五毛钱。好心疼啊，一盒香才一毛钱。和尚高兴坏了，一定让我抽根签。我不抽，和尚说是送的。于是我让孙波抽，孙波拿着签筒使劲地摇，摇出一签。我请和尚解，和尚看看签，又看看孙波，说："她这一生将和女人有缘。"

和尚说完摇摇头走了。我想拉住他问仔细，又一想，可不是，家里除了她父亲都是女人。于是兴高采烈地带着孙波回家了。

孙波七岁时，她父亲从农场回家。依旧和一帮文友们喝酒下棋打牌聊天，家里依旧一贫如洗。

我在街道做临时工。那是一家有着四十多平方米的副食店，自从它开业后就没赚什么钱。街道像这样的副食店、餐馆有近三十家，为了响应党中央改革开放的号召，同时也为了更好地利用人力、物力，街道准备将它们全部转包出去。

我咬牙签下了一家副食店，二兰那年高中毕业，她决定跟着我，我也需要一个人帮我，我们都没想到我们家从那天起开始了我们新的里程碑，而我开始了我的第一个十年创业：

创业元年：孙波七岁，小学一年级；孙三兰准备升高中，负责全家人一日三餐；孙四兰准备考初中，负责做简单家务；孙五兰九岁，负责每天给我和孙二兰送饭。孙浩然在一所中学任教师，闲余时写作喝酒聊天打牌，孙大兰大学一年级住校。孙二兰和我一起创业，起早贪黑，非常辛苦。年底除去上交街道的份额外，我拿到了一万元的毛利。一万元钱！在此前我想都不敢想，我都不知道拿它怎么办。我怕别人知道，分好几个户头存着。那年春节，第一次，我的六个女儿每个人都穿上了新衣；第一次，我的六个女儿有了第一张合影。我有了第一份产业，两辆三轮车，我决定请两个工人。

创业二年：为解决全家人吃饭的问题，我承包下了一家餐馆。孙五兰随手涂抹的一幅画竟然获得了武市少儿图画展特等奖，奖了一个书包。

创业三年：一个农村来的大学生经常来找孙二兰，她才十九岁，我一气之下赶走了那小子。年底我包下了别人亏损的店，我已停不下来，我现在有六家店铺。孙三兰考上了华中科技大学，孙浩然请客，我没去。

创业四年：二月，我被任命武市个协理事；五月，第一家"孙家酒楼"开业；六月，孙浩然调任武市作协，在一家杂志社任主编，同时搬进了单位宿舍。

创业五年：孙大兰大学毕业，进入武市第一医院妇产科。第一家"家和超市"开业。

创业六年：孙波上初中，我不喜欢她的新朋友小浪。孙二兰经常接济那个农村来的大学生，我默许了他们的关系。第二家"孙家酒楼"开业。我有了第一辆皇冠轿车，白色。

创业七年：孙大兰放着医院院长儿子不理，一定要嫁给一个高中都没毕业的工人，气坏了我。可是女儿愿意，我也没有办法。我虽然对这个叫林天生的工人女婿很不满意，但仍替他还清了他父亲去世前欠下的医药费，并安顿好了他们的小家。然而更让我生气的是孙五兰竟然爱上了比她大二十岁的绘画老师。那老师是孙浩然给她请的。我和孙浩然吵架的心情都没有。第二家"家和超市"开业。孙四兰去北京念大学。什么时候走的我都不知道，她什么事只跟孙二兰说，包括要钱。

创业八年：一月，我被选任武市个协主席，捐款五万元。五月，第三家"家和超市"开业。五月，孙二兰嫁给了那个她一直资助的大学生魏强，他在一家外企工作。八月，孙五兰接到了中央美术学院的录取通知书，我请客，孙浩然没来。九月，第三家"孙家酒楼"开业，十月，大兰生下一子，取名林小海。那是我们家的第一个男孩。我欣喜若狂，满月酒办了三天，给全体员工加了薪。满月酒宴，孙浩然依旧没来。

创业九年：五月，孙二兰生下一子，取名魏小涛。十一月，魏强抛弃她去了新加坡娶了一位富商的女儿。孙二兰立刻将六个月大的魏小涛送到了乡下，她表示养他到十八岁就由他自生自灭了。我怎么劝都不济事，她很坚决，就像她一直恨着她父亲一样。九月，孙三兰去了美国。

创业十年：我被选为武市人大代表。孙波高中毕业了。

孙浩然对我所有的成绩永远都不屑一顾，十二年后，他结束了自己的生命。

孙波坚持她的父亲是被人剽窃了作品而自杀的。她有时候很想当然，这点像极了她的父亲。不，不止这一点，她身上有很多她父亲的影子。

理想主义毕竟那只是理想，人有时还是应该现实一些。

你梦想着要吃红烧肉，你还得先养头猪才行。

我一直想告诉孙波，她父亲在离开这个已经有着六个孩子的家时，只感到一种解脱，远离家族的纠缠，远离嘈杂的婴儿啼哭，远离人们的嘲笑，那是笑他没有儿子。所以他离开了，他走得很坚决，他一点也没有意识到去农场有什么不好，他只是觉得终于摆脱这个家了。

而现在，他选择了死亡仍然只是为了摆脱现在的一切。

孙浩然就是一个自由散漫惯了的、我行我素的、自以为是到了极点的人。

我永远都不会原谅他带给我的伤害。

一开始，我也觉得对不起孙浩然，对不起孙家，我也一直在盼着能生个儿子，为孙家留个后。可就在我生下孙波的那天，在我生第六个女儿的时候，我感觉自己快要死去的难受，虚脱而喘息，我多么希望能有个人来帮帮我、安慰一下我，我当时只是想喝一口水。可我看见我的丈夫，我为他生了六个女儿的男人，当得知我生下的又是个女儿时竟痛苦地捂脸而去，仿佛我干了一件伤天害理的事，仿佛我毁了他们孙家一样。那一刻，我觉得自己真的要死去了。我想拔掉那根插在手背上的针管，我太绝望了。

偏偏此时我听到了孙波的笑声，这个刚出生的孩子竟在咯咯地笑着。我惊呆了。我费力地扭头看她，我看见一双漂亮的大眼睛，她简直和她父亲一模一样。她在笑，这孩子在笑，她在为我而笑，所以我不能死去，我不能扔下她。

那天早晨六点我生下了孙波，中午我就在十岁的二兰陪伴下回家了。一路上，北风呼呼地吹着，似有大雪降临的预兆。我抱紧孙波，走走停停，我每次停下时都可以看见二兰那双倔强的眼睛。

"妈，很快就到家了，大姐煨了骨头汤。"二兰说。

那一天是那一年的最后一天，我们刚到家就下雪了，雪一直持续到第二天早晨才停。那是武市很少见的大雪，许多年后武市也没再下过那么大的雪。雪几乎下了一尺多深，马路上都是冻着的冰块，屋檐下垂挂着一根根粗壮的冰棍。那是一场奇异的大雪，那是孙波带来的雪，这孩子一出生就注定会有一场暴风雪。那天夜里，我抱着刚出生的孙波坐在唯一能给她温暖的被子里看着围坐在身边的五个女儿，她们用一双双洁净、明亮的大眼睛看着我、依偎着我。该怎么能让六个女儿顺利地长大呢？我突然想哭，但我忍住了。我不能再哭了。哭又有什么用呢？它不能给孩子们带来吃的、穿的，只会让她们感到害怕、孤独、无助，我要教她们坚强，面对生活中的每一个难关。

那天晚上，我在一个房间里并排摆上两张大床，我让六个孩子和我睡在一起。大家挤在一个房间里会暖和一些。天越来越冷了，五兰两岁，四兰四岁，三兰七岁，转年就要上学了；大兰的棉裤似乎薄了点，二兰的棉袄也小了，再放两年就该给三兰穿了。明天是新的一年，明天该怎么办？六个孩子，六个……六个。

这时我才感觉到眼泪在刷刷地流着，我已控制不住它们了，我任它们流着。流吧，此刻除了流眼泪我还能做什么？我该拿她们怎么办？她们都很健康，都能吃能喝，都在成长，可以后我该拿什么让她们继续健康、继续成长呢？

我好想有个人来帮帮我。

当然，苦日子毕竟是到了头。现在可真是扬眉吐气的时候，我走到哪里都会有人讨好地笑着，夸我的能干，夸我的生意越做越大、越做越好，夸我的六个女儿。我的六个女儿本来就值得一夸，她们出现在任何一个家庭里都会让她们的父母感到骄傲。

大兰现在是著名的妇产科医生；二兰替我掌管着生意；三兰在美国获得了博士学位；四兰也读完了研究生；五兰在中央美术学院学油画。

只是孙波，这孩子太让我费神。

小学：打碎人家玻璃；和同学打架……

初中：打老师；逃学……

高中：早恋；喝酒；吸烟……

一天二兰说："妈，你不能再宠着波波了，你要管管她。那天我回家，她和二街坊那个女人的女儿竟然一起睡在咱家的沙发上。"

又是那个女人。我很不喜欢二街坊那个女人和她的女儿小浪。我从不给小浪好脸色，我也没有好心情对她，只是奇怪，孙波竟然和她如此要好。这孩子天生就喜欢和家里人作对。

有时候回想起来，我的感触很深。养六个女儿其实比养六个儿子更让人费心。

女孩子们，为一条花裙子，一个漂亮的发卡，一根扎头发的丝带，一双红皮鞋可以打得死去活来，撒泼打滚。当然，这打架的人主要集中在三兰四兰五兰身上，大兰二兰从小跟着我吃了些苦，懂事也知道心疼母亲和钱。

孙波倒是从不和姐姐们打架吵架，但她的顽皮更出格，家里每一场打架她都要看着、起哄，要是打架时她不在家，她一定会非常痛惜地说："哎，为什么不等我回来再打呢？"或者，"刚才打的不算，你们现在重新开始。"孙波有时就像个无赖一样，打牌偷牌，下棋偷子，并且她还有赌博的天分。

有一年夏天，她叮叮当当响地跑回家，一头脏汗，抱着凉水壶就往嘴里灌，喝了一半时，她拍拍裤袋让我猜里面是什么。我摸了摸，碎碎的，猜不出。她得意地笑着将口袋里的东西全部翻倒在桌上，红的黑的白的圆的方的大的小的，全是扣子，有的扣子上还挂着布片，像是刚剪下的。我哭笑不得，问她哪来的这些扣子。"打弹球赢的，"孙波说，"你不是总是缺扣子吗？"那年她大概只有五岁。她不爱和女孩子们一起玩，什么跳皮筋跳房子她烦，她就捣乱，最后女孩子们也不爱和她玩。她爱和街坊里的男孩子一起玩弹球，她总能赢一些弹球、扣子、铅笔头……

一天，我下楼，看见孙波独自一人坐在一边的石礅上，没有和一旁的男孩子打弹球。"怎么了？"我问她，"是不是男孩子也不跟你玩了？"

"才不是，"孙波说，"刚才他们还求我玩来着，是我不想玩。"

"为什么？"

"他们老欠账。"

"就不能不赌博吗？"

"那有什么意思！"孙波斜了我一眼，自个儿走了。

我想我是该管管她了。

孙波上小学时，有一天下午放学后来到了我的副食店。我正帮人称着糖块，她抱着我的腿，哼哼唧唧的。我猜她又打了谁或打碎了谁家的玻璃，要赔钱。

"我中午碰见了……"孙波说了一半看着我，又不说了，扯我的衣角。"碰见谁了？"我问。

"那个——他要我叫他爸爸。"

我一惊，立刻明白孙波碰到谁了。我将糖块称好，等着她说下去。孙波却不太自然地看看我，抖抖身子，说："我叫了！"孙波跑出店外，大声嚷着，"我叫他是怕他打我——"

孙波撒开腿跑了，我却有些想不开。我从没有阻止过孩子接近她们的父亲，我也没有阻止孩子叫她们的父亲，她们是自己不叫，她们的父亲也从没有要求过她们叫，我更没有。

后来孙波上了初中，她竟然和她父亲走得很近，我很奇怪。她父亲见到她的第一面就不要她离开了她，七年后回到家的第一天就因为她的调皮追着要打她，她和他一直像对仇人似的，见面就分外眼红。

"我晚上不——回来吃饭了。"孙波又吞吞吐吐地，"他说晚上带我出去吃。"

我没有说话，我也希望孙浩然能喜欢孙波。

晚上我问孙波："晚饭吃了什么？"

"没什么好的！"孙波没好气地说。

"怎么了？"

"一对傻丫。"

"傻丫？"我知道我的女儿不会说自己是傻丫的。

"也不知从哪里蹦出一个女人，她和她女儿'呶、呶、呶'——"孙波发着怪声音做着怪相，"叫什么小浪的就是一对傻丫。"

我明白了，我早就听说了。真不要脸，贱货！"以后不许和她们一起吃饭。"我大声嚷着，孙波显出害怕的样子。我忙摸摸她的头，我并不是生她的气。

那是我的家庭动荡的十年，十年后，我的生意步入了正轨，而我的六个女儿也长大了。

二兰说孙波和小浪一起躺在沙发上睡觉。我很生气，明明知道我不喜欢那母女俩，可她为什么还和小浪如此的好。

孙波学校要春游，这给了她很好的借口到店里来取食：饼干、汽水、面包、话梅、泡泡糖、草三念……

孙波每样都拿了两份，书包里装不下，就抱在怀里，她也不等我找塑料袋就跑了。我找了个大塑料袋在路拐弯处追上她，她正将食物往另一个女孩的书包里装着。女孩瘦瘦的，扎着两根小丫辫，花衬衣，蓝裤子，白白的脸蛋，看见我吓得一抖，书包掉到了地上，一包话梅掉了出来。

"妈——我不是说不用了嘛。"孙波有些不好意思，但她天生就有些像男孩子，脸皮较厚。"嘿嘿嘿嘿——"她冲我傻乐着，这样我就不会说她了。

"波波，是你的同学呀？"我摸摸孙波的头，又问那女孩，"你叫什么？"我并不在意孙波拿食物给同学吃。

"小——浪。"女孩哆哆嗦嗦地说着。

我一惊，我的脸色一下子很不好看，我的心情也很不好。"波波，跟你说了多少遍，不许和她一起。"我抓住孙波的胳膊，"那么多好学生，你就不能和好学生一起玩吗？"

我几乎是拖着孙波在走，很快将孙波拎回了店里。我刚松手，孙波就将书包和里面的食物一股脑摔在地下："我不吃了，行了吧！"孙波哭嚷着，"她是我的朋友，你凭什么这样对我的朋友！"

孙波跑了，临走还将柜台上的一个酒瓶扒拉到地上，碎了。

那天晚上，十点孙波还没有回家，我叫四兰五兰出去找，四兰不太愿意，她正准备高考。我臭骂了她一顿，她便去找了。后来，孙浩然送回了孙波。孙波不理我，一个人钻进被子里，不要我碰她。我让二兰将装好食物的书包放在她的床头。第二天，她春游去了。

孙波上高中后，我几乎没时间管她的事。我每天出门的时候，她还未起床，我回家的时候，她已经睡了。我只能看她熟睡时的模样。她在睡梦中一天天长大。孙波是否还在跟小浪来往，春游事件后我没有再过问。

五兰是六个孩子中最能花钱的，她的画笔、画纸、画箱、颜料不知花了多少钱。高中后她就开始臭美买衣服买化妆品买首饰，她经常在我的店里赖着不走，磨我磨二兰，总认为我宠孙波过于她，孙波花的钱一定比她多。说实在话，孙波除了小时候打碎人家玻璃赔些钱外，长大后她还真没要过什么钱，每次倒是我和二兰硬塞给她。

暑假，五兰从北京回来，说是到云南采风要两万元钱。太多了，我不能给。她说那就一万五吧，我也不给。她就赖在店里不走，磨我，磨二兰。这时候，一个漂亮的女孩慌慌张张地跑来，站在店外却不进来，我招呼她："需要什么吗？"

她见我更慌张，竟掉头跑了。五兰追出去后回来说："哼，我就知道波波瞎花钱，竟然去舞厅跳舞，一个高中生。"说着用眼睛瞥我。

"谁，谁说波波去跳舞？"我问。

"小浪啊。"五兰说。

我吃了一惊，刚才那个女孩原来是小浪，几年不见，她竟出落得如此水灵。

孙波上大学那年，我在郊外买了地，盖了楼和工厂。孙波不愿意搬过去，她说要陪父亲。女儿们长大了，竟然没有一个人在我的身边。为了方便孙波来去，我送给她一辆铃木摩托车。

孙波大学一年级，我隐隐约约听说小浪出了事。年底的时候，大兰在市卫生局注册了一家妇科门诊，开业的第一天，孙波给她带来了第一个病人，却是小浪。

孙波大学二年级，孙浩然在一个天气晴朗的日子里离开了我们。他走后，孙波开始学着他的样子写作。孙波沾沾自喜地给我看她发表的第一篇小说。我对孙波写作并不十分赞成，这让我想起了她的父亲，但她一如既往。

孙波大学三年级，春节前，孙波驾着摩托车带着一个四岁男孩出现在别墅里，我一见那男孩就心疼得要命。那是二兰送到乡下代养的儿子。我坚决不再让二兰将他送走。

孙波留下了魏小涛。

第四章　孙波

夏末入秋的时候，我做了一个梦：我躺在江边搭着凉棚的竹床上，床上罩着雪白的纱帐。微风吹过时，纱帐会轻轻地向一边飘起。梦中，桂花树一棵棵在我眼前移动，橘黄色的小花蕊紧裹着树枝，花香袭人。一个美丽的妇人来到我的身边，温柔地抚摸我，我不禁心花怒放，浑身战栗。真是好梦，我喜欢那种被抚摸的感觉。一股热流夹杂着少女的羞涩从体内涌出，我一下子惊醒，摸着额头上的汗珠，低头看见从内裤渗透到凉席上的血。

三兰正在客厅里修理着一台旧唱机。她大四了，一个暑假，她修好了家里所有的电器，重新组装了电灯线路。她是如此喜欢捣鼓这些东西，以至于决定大学毕业后去美国攻读电子硕士。母亲很喜欢她的一些发明，表示即使没有奖学金也要资助她去美国念书。她们正谈得起劲时，我光着屁股，内裤搭在膝盖上晃着双腿从卧室里出来，一脸恐惧。母亲先是很慌张，但当她看到我内裤上的血时又平静下来，她和三兰相视一笑："去给波波找条内裤来，告诉她要干什么。"母亲对三兰说。

三兰要我先用温水洗洗，然后给了我干净的内裤和卫生纸，她帮我做这一切的时候，母亲准备出门上班了，临出门前她冲三兰说："总算把你们一个个都拉扯大了。"

童年，我记忆深刻的就是江边、凉席、四仰八叉躺在竹床上毫无顾忌的日子。

那天，三兰说："波波，你长大了，从现在起，你是个女孩子了。"

我一直记得我是个女孩子。

江边有各种各样的草，拔起一根带筋的草，除去叶子，留下约四五寸长，与小浪各拿一根相互呈十字形使劲扯，先断的为输。我们乐此不疲地玩这种无聊的游戏，打发着时间，直到三兰说我是个"女孩子"了，我开始领悟这个"女孩子"的意思。

我问小浪："你是'女孩子'了吗？"

小浪笑，有些羞涩地瞥我一眼，点点头。

"噢，你早是了，从来都没告诉过我。"我说。

"这有什么好说的，迟早的嘛。"小浪向一边靠去。她穿着的花裙子明显的比她的身体小了许多，胸部微微鼓起，我趁她不注意抓住其中的一个，捏了捏，"哇，好软啊。"

小浪翻身扑在我身上："让我摸摸你的。"

我不让，躲避着推开她站起。

"你好坏，你占我便宜。"小浪说。

"怎么样，怎么样！"我扭着屁股噘着嘴。

那时的江边是天然的，除了江堤。草很绿，其间些许黄白色的不知名的小花。早晨，花上、草上全是露珠，骑着自行车飞快地经过时会卷起露珠，沾在脸上、手臂上。傍晚，夕阳落去的时候，草是温的，坐上去暖洋洋的。

"你长大了会做什么？"小浪问。

"会做什么？"我奇怪地看着她。长大？长大是个什么样子我从来没有想过。我不知道该怎么回答小浪。

"你会像二兰跟着你妈妈做生意吗？"小浪问。

噢，我太喜欢母亲的"家和超市"了，我每天都要在里面逛上一圈。可是，做生意……

"我不懂做生意。"我说。

"你会像三兰一样出国读书吗？"小浪又问。

五个姐姐中我最喜欢孙三兰了，她从来都不怕我弄坏她的东西。

"出国？"我皱着眉头，"出国有什么好的。"

"那你会像四兰五兰那样去外地读大学吗？"小浪今天好多问题。

"不知道。"我说。

"我们还会是朋友吗？"

"当然。"

"那你和王芳还会是朋友吗？"

"当然。"我说完又想了想说，"我不是没有理她了吗？"

"那小钢呢？长大后你还会和他好吗？"

"嗯……"我看着小浪，"那要看他的乒乓球是否打得还像现在这么棒。"

小浪踌躇着，好像还有问题："嗯……"她看我的眼神很奇怪，她的脸竟然红了，"我们会永远在一起，对吧？"小浪问。

"这个……应该会吧。"我不解地看着小浪，有什么东西在她的眼睛里，我找着，我的鼻子碰到了她的鼻子，我一笑地躲开，她却搂住了我，我能感觉到她呼在我耳边的热气。

"我想和你在一起。"小浪在我的耳边说，"永远！"

我一直按照自己的行为标准来做事，我从来没有认为这样不好。我太自以为是，太目中无人，太骄傲，太任性，我有太多的缺点，而这些缺点又让我犯下了太多的错。

可是，所有的错也抵不上小浪。

　　我认为我这一生中所犯的最大错误就是未能及早地向小浪点明我们之间的那层关系，我们是不可能的，我应该早点把这个意思告诉小浪，这是我所犯的最严重的错误。可是我太年轻，我真不知小浪是怎样和在什么时候才有着那些奇怪的念头？或许一开始我也为小浪这种念头而沾沾自喜过，我也曾得意地享受着小浪为我所做的一切。

　　这是我的过错，小浪。

　　小浪为我所做的一切，我一直是明白的。我开始一直认为那是两个好朋友之间的友谊……

　　一切都是我不好，小浪。

　　水和火相克是因为它们太了解对方而不了解自己，同性相斥是因为她（他）们走得太近……

　　那一年的秋天来得出奇的早，也意外的冷，我在树枝枯萎、落叶纷纷的林荫道上漫步行走，橘黄色的树叶铺在地上形成一块块彩絮。丝丝秋风吹拂着它们，它们一起一落地围绕我的周围，时不时缠住我的鞋尖，让我驻步不前。那一年的秋天，我看着飘浮不定的枯黄的树叶，无意中有一种预感，我意识到有什么事情要发生，在这个早秋的季节。但愿不是件糟糕的事。

　　第一次有这种感觉时，我十九岁，就是那年，我的父亲坠楼而亡。殡仪馆里，第一个赶来的是大姐和大姐夫。大姐一出现，眼泪就"哗哗"的，她说了很多小时候父亲的好。随后来的是五兰。三兰在国外，母亲、二兰和四兰没有来。小浪一直在哭着，她很喜欢父亲。

　　父亲有时开玩笑说小浪是那种甜得发腻的女孩。父亲说你和小浪就像一个人的两张脸。

　　在我没有和小浪做朋友之前我是不喜欢她的，这其中当然主要是因为她的母亲。

那时我父亲厌恶我就像我讨厌他一样。"我真不知道这野孩子你是从哪里弄来的，她简直是坏了坯子。"有一天父亲在母亲面前这样地骂我，那是在我将他写的小说中间的十几张纸撕了擦屁股后，他跺着脚冲到母亲面前这样骂道。母亲当时正和二姐清算着商店里一天的盈余，猛然听到父亲这么一骂，没有回过神来，但随即她也从座位上跳了起来。

"哪来的？是我带来的吗？坏了坯子还不是你们孙家的坯子。"母亲和二姐承包商店后明显地比以往泼辣了许多。

"不就是几张破纸吗？整天看你在写也没见你写出个什么名堂来。"母亲挖苦着父亲。父亲最怕别人提他什么也写不出来，那是他的痛处，他的脸气得有些变形。

"天天面对着你们这些浅薄的女人，我能写出东西来才怪？"父亲就是那一天收拾东西搬到了他单位的那间宿舍里，开始他的准单身生活。但他并未因此而摆脱掉他那不必要的烦恼，他怎么也想不到他当时离家的最后一句话会激怒一个十岁的女孩，那个人就是我。

我很容易就找到了父亲的那间单身宿舍，我是不会让他过得舒服的。当时的我虽然还不十分明白"浅薄"一词的含义，但我知道那绝不会是一句好话，父亲当时的脸色和母亲听到那句话时的表情就证明了这一点。

我找到父亲的单身宿舍后，第一件事就是砸碎了他宿舍里凡是有玻璃的地方。我不知道我为什么要这样做，多年的顽皮生涯让我知道玻璃砸碎了是可以让人生气的，我就是想看到父亲气汹汹的样子，那样我的报复才算是成功了。

第二件事就是不停地叫人去敲他的门。我知道父亲在家时是最讨厌我们几个疯闹的，那样会影响他写作。于是，我隔三岔五地去骚扰父亲。直到有一天傍晚，我又往父亲刚换上的窗玻璃上扔了一块不大不小的砖头，在听见那悦耳的"乒乓"声响后，我又听见几声怒吼："是谁？抓住她。"

有几个男人和女人从宿舍的楼洞口跑了出来，我知道有些不妙，撒开腿跑是我的本能，但已来不及了，我的细胳膊被一个铁钳子般的手抓住，生疼、生疼的。我大声叫骂着让她松手，可是抓我的女人手劲特大，一提溜就将我拎进了宿舍楼。在一群人的中间，那女人放下了我，我感觉胳膊有种脱臼的疼痛。

"孙主编，就是这小丫头扔的砖头。"我听见那女人讨好的语气，我狠狠地瞪着那女人又偏过头示威般地看着父亲。谁知这一眼，我和父亲都低下了头。

父亲是因见了我气愤而又无奈地低下了头，他万万没想到那个天天让他无法安静休息和工作的人竟是他认为坏了坏子的女儿。而我低下头是害怕而心虚地低下了头，因为我看见父亲捂着额头的手指缝里渗出的鲜血。我虽砸过不少玻璃，但见血还是第一次。

"孙主编，您看怎么办吧，是不是让她的家长来？"那女人又讨好地说。

"让她走，让她滚得远远的。"父亲愤怒地似乎又想说那句坏了坏子的话，但他忍住了。

"孙主编，不能这么放过她了……怎么也得要她家长来……"那女人不甘心地说。还有人说："孙主编，赶紧上医院吧，这丫头交给我们……"

父亲捂着头，最终他说："滚——滚回到你妈那里去。"

我出了宿舍楼飞快地向家里跑去。我们那时的孩子，报复人的手段就是砸人家的玻璃，玻璃被击碎时发出的声音，让我们兴奋和激动，会觉得有成就感，会让其他伙伴们刮目相看。我一直这么做着、看着、听着，我已习惯了这种惩罚人的方式。只是，这是唯一的一次，我看见了在玻璃被击碎的一刹那还有另外的一种现象发生，知道了在玻璃被击碎的过程中还可以产生一种红色的东西。

那是我第一次看见人身上流出的很多很多的血，直到父亲伤好后我仍然可以看见他额头角上残留下的疤痕，它让我第一次有了一种罪恶感，在我年幼的心里。

那天我也是第一次想着要为别人做一件事。

在我的印象中家里有二多，一是书多，父亲的书；二是药多，母亲曾是护士，而后来大姐也当了医生。所以事情发生后我很轻易地从家中拿了些云南白药和纱布，当晚我又偷偷地来到了父亲的宿舍，我将药和纱布放在父亲门前的信箱里，然后轻轻地敲了几下门，在听见里面有动静后便飞快地跑开了。

此后我没有再去骚扰父亲。两个星期后我在上学的路上遇见了父亲。当时他正准备骑车上班，看见我后便停下车，他拦住我，拿眼瞪我。我当时真有些害怕，我不知道他想干什么，我怕他打我，因为他几次想打我都因母亲和姐姐们在一旁而没打成，但现在我是一个人。

"喂，你低着头干什么？叫爸爸。"

我没做声，说实在的，他回来这么些年我从没叫过他爸爸。我低着头想从他身边溜过去，他一把拽住我，把我放在自行车后座上。

"你要干什么？"我有些慌乱地四处看看，我希望看见姐姐或者熟人，但一个都没有，我只好又看着父亲，"你要是敢打我，我就告诉我妈。"

"告诉你妈怎样？我还怕她不成。"父亲稍微使了使劲，"你坐好，我不打你。"

我只好坐住了。

"我问你，那天晚上药和纱布是不是你送来的？"

"哪天晚上？"我装糊涂。

"就那天。"父亲用手摸了摸自己的额头，我立刻看见他的额头上有一块明显的疤痕。"就是你把我的头打破的那天晚上。"父亲接着说。

"我看见你的头流血了，我、我没想到会流血，我只是想打碎玻璃。"

我不敢看父亲，我不知道他下面要干什么，我感觉他在打量我，他将我的下巴向上抬了抬。

"放我下来，我上学要迟到了。"我挣扎着。

"叫爸爸，我就放你下去。"

"爸——爸——"十年来，这是我第一次叫爸爸，我没有一丝的感动和亲切，有的只是恐惧。我叫完爸爸，趁他松手的工夫飞快地滑下自行车，向学校方向跑去。这以后在上学的路上经常可以碰到父亲，我也不再像第一次那样害怕了，并且每次他要我叫爸爸时我也没像第一次那样羞涩和恐惧，而是"嗯"一声就行了，他也不计较。

跟父亲接触多后发现他也没有以前那么可怕和讨厌，他的宿舍总有种神秘感。有一天，我鼓起勇气走进他的宿舍后，我意外地发现了整箱整箱让我激动不已的小人书。我不知道那些好看的《红楼梦》《三国演义》《茶花女》等成套成套的小人书父亲是从哪儿弄来的？然而，父亲也不明白，小人书也能激起一个孩子对读书的兴趣。

父亲第一次请我吃饭就认识了小浪和她的母亲，我不是一般地讨厌她俩。我一直都记得那个扎着两根小丫辫眯着眼看着我傻笑的小女孩和同样眯着眼看着父亲媚笑的女人，我想她们是应该明白我讨厌她们的原因。不过幸好父亲没有娶小浪的母亲，不然我这一生都不可能让小浪做我的朋友，那样的话，小浪也不会死去。我不知道冥冥之中是否真的有人在牵扯着这层关系，难道真让小浪说准了，世事轮回，万物变迁，人与人之间的情感是早就注定的吗？

夏天，是这座城市最休闲的时候。吃过晚饭，拖家带口几乎是倾巢而出，卷着席子拿着蒲扇抱着西瓜，一拨一拨的人流涌现在江堤上，密密匝匝。这时，走路要十分小心，不要被睡着的人绊倒。当然，也有很多趁夜深谈恋爱的人，他们往往是离去的最晚的一拨人。我很少会在一个地方停下来，经常会从堤东走到堤西，再从堤西走回堤东。在走的过程中，会碰到同学、熟人，这样行走的队伍就会越来越大。老人说在长江水里泡一泡，不长痱子不长包。所以，常常可以看到很多脑袋像西瓜一样漂浮在江面上。

整整一个暑假因为没有学习负担我玩得很轻松，虽然我知道二姐正在替我联系自费大学，可这并不影响我的暑假生活。这年夏季的第一场雨后，母亲热情款待了一位江西的风水先生，带着他进进出出。二兰告诉我，母亲在郊外买了块地，准备盖厂房和别墅。地基是秋天时打下的，房子盖起来已是一年后。

那是个快乐逍遥的暑假。我和小浪，我们游泳打扑克逛街乘凉。我们几乎每天都在一起，她有时会早晨过来。她就像守在我的家门口一样，母亲刚一离开家，她就来了。往往这时我还在睡着，听到敲门声很不情愿地打开门，我就知道是她。通常我让她进屋后，我会回床上接着睡。小浪会跟着我上床，她会挨着我睡会儿。然后就想方设法弄醒我，掏我的耳朵，捏我的鼻子，胳肢我。其实有时躺在床上也没睡，但就想躺着，起床也没什么事可做。通常十点多我们会出去找点吃的。武市的早点很丰富，蛋酒加豆皮、糊酒加汤包、豆浆加热干面……面窝、油条、糯米鸡……我们常常是早饭中饭一起吃，然后沿街逛逛，买点瓜果冰棍回家。

那个时候我们还都没有穿胸罩，那时的内衣也没有现在的款式多。我喜欢穿着松松垮垮的 T 恤和短裤，趿着拖鞋，小浪有时会穿条连衣裙，的确良或涤纶面料，虽薄但不透气，也不吸汗。所以，走着走着，连衣裙会被汗水淋透而紧贴着前胸后背，这时，能清楚地看到她刚刚发育的胸部和胸前的那两点。我就会笑，她会问我笑什么，我不说话，但会趁她不备时突然用手指去抓她胸前那两点，她受惊地后退，并没有生气，边躲着边回击我，抓我的胸。我很灵活，躲得很快，随后，我们会护着各自的胸回家。回到家，她会换上我松垮的大 T 恤。

有一天，我正午睡时，小浪来了，穿了条新连衣裙，我注意到里面有件浅色的内衣。

"哇，戴胸罩了，我看看……"我去撩她的连衣裙，她扒开我的手，把我推回床上，她挨着我躺下，也不说话。

我趴在床上看她："怎么不说话？上午去哪里了？"

她还是不说话。

"我给你拿根冰棒。"我要起身，她按住我，紧接着，她趴在了我的背上。

床的左侧是个衣柜，透过穿衣镜我看见趴在床上的我们俩。我趴在下面，下巴搁在双手上，她趴在我的背上，头埋在我的后背颈部。

"你怎么了？"我问。

她侧过头来，也从左侧的穿衣镜里看我们俩，然后，她拉开我的双手，握在两边。

"这个姿势还不错。"她说。

"热。"我说,"你下来。"

"不。"

"我累了。"

"不。"

"我使劲掀你下来。"

"我要上班了。"她说。

"是吗?去哪里上班?"我问。

"上午和继父一起去了个工厂,见了厂领导,下个月开始上班。"小浪说着很烦地晃着脑袋,"什么仪表工,真不想去。我想跟你一起上学。"

说实话,我的身体承重能力没那么强,小浪虽不重,但她在我背上动来动去,我趴在下面有些吃不消。我翻过身坐了起来,小浪顺势躺在我的腿上。

"怎么办?怎么办啊……"小浪说。

"上班多好啊,上学多烦啊,我都想跟你换。"我说。

"我不想换,我想一起。"小浪看我,"要不,你和我一起去上班吧。"

我看着她,我想不出上班和上学哪个好,似乎都不好。"不想那些,走走,游泳去。"我说。

那个夏天,武市第一锅麻辣虾球诞生了。我喜欢钓龙虾,在湖边、渔塘,拿一些鱼肠子,五六根竿,半天工夫能钓一大桶,然后放在蒸锅里蒸,熟后蘸着调料吃。那天晚上,太热,没有一丝风,吊扇在头顶呼呼地吹着热风,我几次热醒,起床,望着楼下街边一撮一撮的竹床、卷席、打鼾的人。我决定不睡了,抄起钓鱼竿、水桶,骑自行车去了附近的渔塘。那天很顺,九点的时候,已是满满一水桶大龙虾。我兴高采烈地来到"孙家酒楼",厨师还未上班，几个服务生正在打扫店堂。一个海南来的服务生说，他家经常将海虾去头尾剥皮成虾仁卖给收购站。这时，一位从荆州来的大工从这里经过，看着桶里的龙虾，说真是好虾，个个饱满。我听了很得意，说钓了一早晨，正商量怎么吃呢。他说蒸着吃啊。可我想换种吃法。大工想了想，说我们家吃虾与你们这里不同，我们是将龙虾整个用油和各种调料烧制而成，好吃极了。海南的服务生认为这样不干净。我突发灵感，说："那这样，将你两个的合起来，做一顿试试。"于是海南的服务生给荆州大工打下手，将活龙虾去头尾去肠洗净，荆州大工将锅烧热，放油葱姜蒜糖盐……那天中午，"孙家酒楼"的厨师们进入厨房的时候，立刻被一股从未有过的奇香缠绕，那一锅鲜红肉美的麻辣虾球从此成了"孙家酒楼"的招牌菜之一。荆州的大工成了厨师，那位海南来的服务生给他当大工。吃麻辣虾球喝冰镇啤酒是件很爽的事情。后来在北京，有一条街以麻辣小龙虾出名，我也去吃过，还行，却跟武市的麻辣虾球没得比。（此段仅为纪念那段吃麻辣虾球的日子及越来越少的龙虾）

暑假，孙三兰写信来说：她在美国一切都好，找了份工作，母亲不用寄钱来了。

这是她去美国的第二年。我记得孙三兰临去美国前，母亲对她说的话。母亲说："三兰，无论你走到哪里、哪个国家，就算你拿到绿卡，或成为了一个外国人，你也改变不了你的黑头发、黄皮肤。所以要记住自己是个中国人，自己的家再怎样也是自己的家，你不爱自己的家，别人就会欺侮她，你摆脱不了还不如去建设她、改造她，让她美丽起来。"

我一下子对母亲肃然起敬。

母亲很重视孙三兰的出国留学，她亲自送她去了北京，到了国际机场。每次收到孙三兰的来信，母亲都看得很仔细，再忙也要一字一句地回信。母亲回信说：

> 三兰，钱你不用担心，今年的毛利应该不会比去年
> 差。你好好学习。……我的身体很好，我在郊外买了块
> 地，正在盖房子，你们每个人都会有自己的房间……波
> 波高中毕业了……

母亲写好信给我："寄最快的那种件啊。"她嘱咐我。当时在她的酒楼里，我拿着信就走，她叫住我，"吃了饭再走嘛。"

"你不是要我快吗？"我说。

"明天早晨寄也可以嘛。"母亲说。我撇撇嘴走了，离开酒楼前带走了两份麻辣虾球。

小浪在酒楼外等我，我骑着自行车，她拿着龙虾坐在后座上，我们回家了。

天桥边，一个年轻人抱着一把旧吉他边弹边唱着。年轻人很疲惫，仿佛几夜没合眼。旁边有一张告示，他要卖他的吉他。

小浪停住了，从车上下来，她盯着告示和那把吉他。

"你不会是想要这把旧吉他吧。"我说。

小浪不说话。

"如果喜欢买把新的好了。"我拉着小浪要走。

"两位姑娘，这可是把好吉他，你看那木质，旧是旧点，但音质非常棒，如果真想要就给五十元钱吧。"年轻人说。

小浪上前摸着吉他："你能便宜些吗？"她问。

年轻人摇摇头，继续弹奏着他的吉他。

小浪重新坐上自行车后座，年轻人的吉他声越来越远。

"你真喜欢那把吉他吗？"我问。

"他弹得很好。"小浪说。

"学吉他很苦的。"我们说话的时候，一个人骑着自行车停在我们面前。是王芳，她瘦了，一年没见，头发也烫了。

王芳的车后面架着一个圆鼓鼓的大麻袋，她一停住车，就动手解车后的大麻袋，很快抱出一个大西瓜："拿去吃吧，单位分的。"王芳硬要塞给我。

"我拿不了。"我说。

"那我给你送回去。"王芳说。

小浪很不高兴，将脸别向一边。

"什么东西？好香。"王芳问。

"麻辣虾球。要不要一起吃？"我说。

"好哇——"

"我有事，我先走了。"小浪将麻辣虾球放在车前的筐里转身走了。

其实第一眼见到王芳时我的感觉和小浪一样，白得腻人，又高又胖。一开始她没把我放在眼里，她在我们的课桌中间画下了三八线，在我超过那条线的时候用手掌砍了我的胳膊一刀，我当即还了她一拳，那一拳就把她的鼻子打破了，流了不少血。她哭哭啼啼地找到了班主任扬老师，扬老师非常无奈地看了我一眼后冲着王芳说："你那么大的个子还让她给打了，你说你笨不笨。"

以后王芳对我非常尊敬，帮我擦桌子，写作业，做清洁，当然最主要的还是她给我讲了许多我从来没有听说过的新鲜事。她说她经常在半夜里被惊醒，她看见她的继父将她母亲压在身下，她母亲痛苦而又陶醉的表情。她说得我懵懵懂懂的，似信非信，而又忍不住想再听点别的什么。

王芳比我大两岁，上五年级时，就已经来了初潮，她很得意地把她沾着血的月经带拿给我看，我看着想吐，我说我这辈子也不想有那玩意儿。王芳说不行，那样你就不是个正常的女人了。她说这是她继父说的，她的继父告诉她来了"这个"就证明她是个正常的女人了。她说她的继父对她非常好，哄她睡觉，给她讲好听的故事。她说她来"这个"时肚子就疼得厉害，她继父就帮她揉肚子。她继父摸她肚子时很轻柔、很舒服，她的继父一摸她的肚子她就不感到疼了。

王芳总说她的继父怎么怎么好，说得我羡慕不已。我父亲从小就不在我身边，而母亲和姐姐又忙得很，所以对那些夸自己父母的同学向来是非常的羡慕，也非常的嫉妒。有一段时间我很想见见王芳的继父，想看看他到底怎么个好法。

暑假，我决定去王芳家写作业。

天气闷热潮湿。王芳家是平房，走到她家时已汗流浃背。开门的是一个身材魁梧、穿着大裤衩、光着上身的中年男子。我有些不好意思，家里只有父亲一名男子，并且父亲一年四季都穿得整整齐齐，哪怕是炎热的夏季。我站在门口有些犹豫时，中年男子一听说是王芳的同学忙把我拉进屋。

我知道这就是王芳赞不绝口的继父。

"王芳正在洗澡。"王芳的继父说。

这时王芳在厕所里叫她继父，她继父答应着进了厕所。过了好长一段时间，王芳的继父从厕所里擦着手出来，说："看看，这么大了还要我帮着擦背。"

我当时惊得说不出话，一溜烟跑回了家。

那以后，我再也没有去过王芳的家。

初三时，王芳辍学顶她母亲的职进厂当了名车工，而那一段时间却是我学生生涯中闪光的时刻。

那段时间我很听话的原因并不是因为母亲和姐姐们管教得好，而是我对化学和物理产生了浓厚的兴趣。初三期末考试时，我的总成绩排在全班第四，全年级第八，而物理和化学单科成绩竟是全年级的第一名。我没有想到对化学、物理的喜爱也会带动其他各科的成绩。上学以来，我第一次荣获三好学生和全校的标兵，母亲和姐姐们非常高兴。母亲第一次参加了我的家长会，我至今都记得她当时对我的班主任说的话："好孩子怎么着都会是好孩子。"

和王芳再次相遇后的第二天，我正准备去找小浪，王芳拿了一些舞票来找我，说是单位包场的舞会，每天都有。她说："去吧，可以叫上小浪。"

小浪和王芳依旧不和，相互说着坏话。

舞厅洗手间里，王芳说："孙波，小浪很喜欢你啊。"

"喜欢怎么了，你不喜欢我吗？"我问王芳。

"不是的，我今天看见小浪亲你的照片，很迷的表情，"王芳说，"那不是爱你是什么。"

第二天小浪也找到我说："你知道吗，王芳和她的继父亲嘴。"

"别瞎说。"

"真的，我亲眼见的。"小浪肯定地说。我想起了很久以前王芳的继父帮王芳擦背的事。

"你不觉得恶心吗？"小浪又加了一句。

以后，我没有再理王芳。

这一年的秋天我走在街头，看着枯枝黄叶，灰天暗地，一种凄凉不由而至。我害怕这种凄凉。这是父亲走后我再次有这样的感觉。我不知道在这倒霉的秋天，又将有什么不祥的事情发生。

我躲开小浪已经六天了，我单纯地想或许躲开后事情就会好一些。我和小浪，我们只是最好的朋友，我一直都是这么说。

天越来越黑，天气也越来越冷，我一点回家的意思也没有。

可是我很想找个人聊聊，当这个念头一闪现时我看见了画家，我的心顿时温暖了许多。

我认识画家时就知道他有妻子有儿子，但这并不影响我和他做朋友。画家是我唯一的一个男性朋友。

我的母亲和姐姐们经常地把来家中找我的小浪赶走，缘于小浪的母亲和我的父亲有一段陈旧的往事。我知道这对小浪是不公平的，并且，我对母亲和姐姐们越来越多地干涉我的行动开始感到厌烦和讨厌。她们从不明白我不快乐？我会寂寞？会苦闷？她们一直认为我应该是同龄人中最快乐最幸福的人。我不应该有凄凉和寂寞的感觉，她们的钱一直都在陪着我和满足我。她们把我的一些不成器的行为都怪罪在我交了像小浪和王芳这样的朋友，她们认为是小浪和王芳教坏了我，是我在同小浪和王芳认识后才变得这么不可理喻、不让人理解。

我越来越怀念童年的那些好日子，我越来越寂寞，越来越孤独。我开始理解我的父亲，我明白他那寂寞而黯淡的一生，他痛苦而无奈的生活，我也突然地明白了包围在他身上的那张无形的网，那张他曾对我说过的他永远摆脱不了的那张网。我终于也感觉到了那张网，那重重叠叠的围墙。

我一直在重围中生活，我拥有一切却又好像什么也没有，我孤独而寂寞。

那一年的秋天我突如其来地喜欢散步。我一直认为散步是老头、老太太们做的事，我没想到有一天我也会爱上这种近似梦游的移动。

可不知为什么每次在散步时，我最终想到的那个人却是小浪。

我一直是被母亲当男孩子一样抚养的，母亲不知是因为一种缺憾或是别的什么原因，单纯地认为家里需要有一个像男孩子一样调皮捣蛋的孩子才算是有生气，可能这也是为了弥补她的某种遗憾吧，所以我一直非常调皮捣蛋地生活着。

年幼的我最让姐姐们头疼的是总有人上门告状，说我打了她家的孩子或打碎了她家的玻璃。母亲和姐姐们总是赔着笑脸送走这家又迎来那家，但她们从没有责怪过我一句，这让我感到幸福和不安。我一生都感激着她们，但也因此而对她们负疚了一生。我一直都害怕母亲和姐姐们生气，害怕她们不理我。她们整天忙忙碌碌，上学、念书，好容易挨到放假，她们又要帮母亲打理商店，只要我不生病，没人理我。伤着别人没事，只要自己没伤着就行，再说了一个女孩能捣出多大的乱子来。这是我母亲的逻辑。她们每天和我说话的内容就是身上有没有钱了，够不够花？我活在她们中间只是帮她们花钱的机器，而她们就是赚钱的机器，机器与机器之间是不需要交流的。我讨厌她们对赚钱的痴狂，因为她们穷怕了，她们深刻地明白钱的好处，有钱了就表示不再受穷了，也没人会瞧不起她们了。

我疯狂地、着迷般地在外面寻找着同伴，我用我充足的物质勾引着一个个男孩、女孩为我做着一件一件的事，但我知道小浪跟我在一起并不是因为我总有吃不完的零食，小浪是纯粹地想跟我好，所以我对小浪是和对别人不同的。

我告诉小浪，谁和谁比较要好，谁和谁经常在哪儿约会。

"那么你呢？"小浪有一次问，"你跟谁最要好？"

我当时眨了眨眼睛，我不知道该不该告诉小浪，那必定是我的私人秘密，那是被老师们称作"早恋"的不光彩的事，但我想小浪是不会出卖我的。

"你知道余老头的独生儿子小钢吗？他约我今天晚上去他家磨房玩。他说他爸刚买了一头小驴，挺有意思的，你晚上想不想一起去看？"我问小浪。

"不去。"

"不去算了，再说了你去了也未必好玩。"我想着小钢家的那头小驴。

"你也不去，好吗？"在小浪家门口，我和小浪就要分手时，小浪突然说。

"不行，我和小钢已经说好了。"

小浪气鼓鼓地上楼了。我有些莫名其妙，不就是去看一头小驴吗？

余老头是街边卖豆腐脑的，江浙人。小时候，每天清晨都可以听见他那富有磁性的男中音吆喝声，婉转悠长，一声带有江浙口音的"豆——腐——脑"瞬间唤醒了我和我的食欲。这时，母亲就会给我买一碗豆腐脑回来，然后我就站在阳台上边吸吮着香甜的豆腐脑边看着余老头"咯吱咯吱"地挑着担子走远了。

后来，我大了，余老头也在街边摆了个豆腐脑摊子，每天清晨当我想喝时，就可以拿着钱来到他的豆腐脑摊前，坐在他擦干净的椅子上扯着嗓子大叫一声："来碗豆腐脑。"这时余老头的媳妇，一个和他一样矮小的妇人就会笑眯眯地盛上一碗豆腐脑恭恭敬敬端到我面前。

余老头的独生子小钢比我长两岁，我和他都是校乒乓球队的男女主力，他长得不像余老头那样敦实矮小。他高高大大的，他总说全校女生只有我和他走在一块儿才配对，他先前也邀请我去他家磨房玩，我都拒绝了，今天是听说有小驴我才答应去的。

晚上一吃完晚饭我就出门了，一出门洞我就感觉有双眼睛在盯着我，可几次回头又没发现什么，我想可能是自己心虚吧。虽然母亲和姐姐们没人注意我的行动，但这毕竟是第一次去赴一个男生的邀请，内心还是有些激动和紧张的。

小钢准时在磨房外一棵老树下等我。那是个5月，树影婆娑，春风荡漾，野外的一切挠得人心痒痒。

"走哇，看小驴去。"我看小钢并不急的样子便说。

"还早呢，我们先在这里坐坐。"小钢看看天，心神不宁地说。

"怎么了，看小驴还要看天色？"我有些奇怪。

"先吃块糖。"小钢从裤袋里掏出几块糖递给我，我推了回去。

"不看我回去了，我作业还没做呢。"我没好气地说。

"等等，再等等。"小钢说着鬼鬼祟祟地左右看看。这时他父亲余老头向一座平房慢步走去。小钢拉着我，"走，轻点。"

我跟随着小钢的步伐，我不明白看小驴为什么还要轻悄悄地躲着看。

我随着小钢来到平房外的一个窗子下，窗子很高，是用铁条焊成的，窗玻璃上刷着绿色的油漆。小钢很轻巧地爬上了窗台，然后拉我上去，我透过窗缝看见余老头和一个二十岁左右的农村女子在说话。

我没有看见小驴，我感觉受骗了："哪有什么小驴？你骗我。"我要从窗台上跳下去。

小钢拉住我："马上就有了。"

我只好站在窗台前等着，这时天色渐渐晚了，小钢聚精会神地趴在窗缝上看着，我看他上课时也没这么专心。

"我走了，你一个人在这看吧。"我说着又要跳下窗台，我发现小钢并没有在意我的话，仍旧认真地趴在窗户上看着，并且他的气息越来越粗。我有些不明白，我也趴在窗缝上向里瞧着。我看见余老头和那农村女子赤身裸体地滚在磨盘上，女子雪白的大腿环绕在余老头的腰部，余老头正在吃力而卖力地挤压着女子的身体，双手不停揉搓着女子那雪白而肥硕的乳房。多年后我一想起那乳房就有一种恶心感涌上嗓子眼，从此我再也没去喝余老头那磨盘里磨出的豆腐脑了。

我的眼前白晃晃的，我意识到这是件不好的事，我从窗台上跳了下来："我回家了。"我说着往家的方向快步走去。

快到家门口时，小钢追上了我："你怎么走了？"

我不说话。

"是吓着你了吧？"小钢轻蔑地说。

"这有什么，我都不爱看了。"我说。

"真的？"小钢不相信。

"那又怎样？"我不服气地顶了一句。

小钢走近我，一股男孩清纯的气息逼向我，他抱住我，我想躲开，可又怕他笑话我，我硬挺着，我接受着他送过来的一切。

"乒乓"，旁边玻璃的破碎声惊得我和小钢迅速地跳闪开。

"是谁在窗底下？"窗口处伸出一个女人的脑袋，我和小钢飞快地逃离了现场。

第二天，我像以往一样在小浪家门口等小浪出来一块儿去上学，可我等了很久也没等到小浪的人影，我便一个人走了。在校门口，我看见小浪边走边吃着油饼。

"小浪，怎么不等我？"我走近小浪。

"不要脸。"小浪吐出油饼说。

"你干吗呢？"我问。

"不要脸！"小浪又说了一句。

"你什么意思？"我有些发火了。

"我什么都看见了，"小浪愤怒地说，"我昨晚看见你和小钢亲嘴来着，你们不要脸！"

我顿时有一种偷东西被人当场抓住的窘迫感。我突然想起昨晚一直就感觉有双眼睛在跟着我，难道是小浪？还有那砸碎的玻璃。

我猛地推了小浪一把："不要脸又怎样？你以后别再跟着我。"

我愤愤地离开了小浪，那一年我十四岁。

第五章　小浪

日子淡淡的。和谐的风从窗前吹过。

那段日子，陪伴我的只有那把旧吉他，我每日每夜地弹奏它。《爱的罗曼史》是我学会的第一支曲子，我又学着写歌词，我想等孙波从大学里回来时弹唱给她听。

孙波回家的日子越来越少。我见到孙波的次数也越来越少。她在练习猫步、表演话剧，还是在做学生会会刊呢？

她有辆摩托车，她如果想回家应该是很方便的。

她知道我在想她吗？

我想念她家里的那张大床，我想像过去一样和她躺在床上做猜字游戏，我迷恋她睡梦时的样子。她大概不会知道，每次她累了睡了时我却醒着，我的手有时会点点她的鼻尖、放在她的唇上、滑过她的脖子、徘徊在她的腰间……她都不知道我有多迷恋和她躺在一起的感觉。

还有她家的那张沙发，躺在上面和她一起看电视。她的左手穿过我的脖子，右手从我的胸前绕过握住左手，通常在她怀里的我并没有看电视，每次我都睡着了。

我真的讨厌长大，讨厌她上大学，讨厌她不在我身边……这样的日子会延续多久，她毕业后会回到我身边吗？我要怎么抓住她？

　　每天清晨六点我就得起床，坐一个多小时的班车到达工厂，换工作服，八点半准时上班，看着根本看不懂的仪表。十二点是午饭的时间，接下来继续看仪表、写表格、填数据。下午五点，再坐一个多小时的班车回到家里。

　　乏味无聊的生活一天天这样继续，有时我觉得自己都老了。

　　我怀念那时的日子。栀子花香总是在窗前、树下、枕边……

　　"用手帕将花瓣包好，放进口袋里，一整天花香都伴随着你。"孙波说，"或者用丝线穿过花枝缠在手腕上、挂在胸前，花香也会伴着你。"喜欢她笑意缠绵地说着这些，喜欢她的温柔，喜欢她将花香带给我。

　　孙波母亲的别墅盖起后，她经常会带好多的花回来，她说："你不知道，那里有多少花，好多我都叫不出名。"

　　"将脸盆打上半盆水。"孙波说。我顺从地将装了水的脸盆端进房间，孙波将一袋子栀子花苞均匀地铺在脸盆里。"你看着，"孙波说，"明天早晨，一朵朵盛开的花会挤满脸盆，花香流连在房间的各个角落，你会在花香中醒来。"

　　翻看着日历，数着她有多少个周末没有来。

　　打开武市地图，才发现我生活的城市里有好多的地方我不认识。揣上零钱，沿着公路指示牌上标明的地点坐上公交车，时间并不长，四十多分钟。下了车，又步行了二十分钟，进入到一个陌生的校园。好大，许多和我同龄的人穿行在里面，他们在说笑，一脸骄傲。

　　打听到孙波的系，问到了她的宿舍，看到了那辆银灰色摩托车，锃亮耀眼。

　　一男一女从宿舍楼里出来，朝气蓬勃，一个人的手牵着另一个人的手。摩托车前，他替她挽起长发，她的头发竟然长到了腰间，很漂亮的大波浪。一直记得她是自来卷发。

第一次见她留这么长的头发，她的长发和短发一样漂亮。我喜欢她的长发，帅气而妩媚。

俩人戴好头盔，摩托车飘然而去。

于是，我又步行了二十分钟，坐了四十多分钟的公交车回到了家。

躺在床上，我第一次感到紧张。原来生活是这样。那么以后，我也会结婚，生孩子。我越想越怕。

我意识到我的生活中不能没有她。

仍然记得那个十七岁的暑假，长满青草的江堤，坐在自行车的后座上，裹着轻风呼啸而过。江边，不断滚动的江水带着年轻的记忆向前涌动。晴朗的天空也会瞬间变色，天空昏暗下来，乌云如一团团坏絮般压下来，瓢泼大雨让你无处躲藏。江水立刻高涨，没了树林。暴雨在你还没来得及跑远的时候已浇湿了身体，索性让它淋个够，天偏就亮了，太阳出来了，雨还在下。我们叫它"太阳雨"。太阳雨后，天边有一道彩虹，像一条彩带弯弯地跨在湖的两边，像一座桥。

"看，那桥。"我说，"七仙女和董永的桥。"

"不对。"你说，"是白娘子和许仙的桥。"

"不，是我们俩的桥。"我看着你的眼睛，你躲闪着，最后勉强地笑了，"我们还需要桥吗？我们天天都可以见面，我们是好朋友，我们不是他们。"

真怀念那时候的日子，真希望永远不要长大。

"小浪，开门。小浪——小浪。"孙波憋着嗓子叫着我的名字。

我将门打开，露出孙波嬉笑的脸："怎么了，不打算让我进去啊。"

"王芳呢？没和她在一起。"我酸酸地说。

"小心眼。"孙波拍我的头，"来，送你个东西。"

孙波从身后拿出一把旧吉他："我也觉得它是个好东西。"

"你买了？"我有些意外。

"讨好你了——"孙波拉着我的手进了屋。

孙波比我大四个多月。在学校里，她的调皮捣蛋是出了名的。她敢捉弄任何一个讨厌的老师，她让全校的男女学生都佩服得五体投地。我一直就羡慕她周围的那些男女学生，我盼望能成为他们中的一分子，我希望能像他们一样追随在孙波的周围。

读初一时，有一天，母亲的相好，一个漂亮的男人带着一个和他同样漂亮的女孩来到我家，请母亲和我出去吃饭。对于出去吃饭，我一直是很兴奋的，那意味着可能吃到红烧肉、糖醋排骨和一些在家里吃不到的菜……

孙波的父亲在介绍他的小女儿孙波时，我立刻就喜欢上了她。尽管她不爱搭理我和母亲，但我还是为能和她坐得这么近兴奋而激动。她有一头松软而略为卷曲的头发，同她父亲一样的大眼睛，高而挺直的鼻子，微翘的嘴。不管孙波对我和母亲的态度怎样，我一直都对她笑着，这并不是因为她的父亲请我和母亲吃饭，而是因为我一直就在内心里崇拜着她，希望能和她交朋友。

本来我一直不喜欢那个母亲一直逼着我叫叔叔的男人，可自从那天知道他是孙波的父亲后，我就希望他能常来我家，带上孙波。

我天真地以为和孙波吃了一顿饭后，我和她就应该是好朋友了。第二天放学后，我在学校门口等孙波，我一见她就忙将我舍不得吃的糖块递给她，可她接过后转手就扔了，然后用一种愤怒而野蛮的动作将我向前一推："你回去告诉你妈，让她别再缠着我爸爸，否则我会对她不客气的。"

她说完这话就和那个叫王芳的女生扬长而去。

我那时瘦弱而轻巧，孙波足足比我高出半个头，所以我被她使劲一推，就推进了学校旁边的一个臭水沟里。我当时是流着泪跑回家的，我哭并不是因为浑身被孙波弄得脏兮兮的，我是哭她不领我的情，她不愿和我做朋友。

我痛哭着跑回家，我臭烘烘的身子让母亲吓了一大跳，可无论她怎么追问我也不肯说出我被孙波推进臭水沟这件事。母亲一气之下跑到学校里一打听就知道了事情的原委，她飞快地将此事告诉了孙波的父亲，孙波的父亲立刻就气冲冲地跑回了家，大有要死揍孙波一顿的冲动。可一到家他便打消了这个念头，因他看见他的妻子和几个女儿虎视眈眈地瞅着他，意思是告诉孙波的父亲，只要你敢动孙波一个手指头你就知道后果了。

孙波的父亲当时狼狈地离开了那个名存实亡的家，那时为了便于写作他长期住在单位的宿舍里，可是那天他从家里逃出后，他突然地想要一个家，一个能够给他温暖和安慰的女人。他找到了我的母亲，他向母亲求婚。但他没有想到我的母亲一口回绝了他。万念俱灰的孙波父亲几乎要崩溃了，他仿佛瞬间跌进了一个深不见底的深渊，他无奈、恐惧、彷徨，他不知道以后的日子该如何继续下去。

从这点上，我认为母亲是有些自私。后来，母亲嫁给了她单位的一个死了老婆的男人，那男人的丑恶让我想起就恶心。

说起我和孙波做朋友，还得感谢那个可恶又可恨的体育老师。

那是一个星期六。一到星期六我就非常紧张，我想到下午的那堂体育课，就似乎感觉到有一双毛茸茸的大手在我的胸前肆意地摸着，我的全身也就马上起了一层鸡皮疙瘩。

我上中学时，最害怕、最讨厌的就是那位体育教师潘老师，然而我和孙波能够做朋友却主要因他的缘故。

潘老师中等身材，结实，一双溜溜转的小眼睛令所有和我一样的女生害怕而厌恶。本来上体育课是我从小学开始就很喜欢的课程，可以趁机休息玩耍一番，但到了中学后我就特别讨厌上体育课了，尤其是练单杠、双杠。

而最让我厌恶的恐怕就是潘老师的那双手了。

潘老师当时教的是初一到初三的体育，每次上他的课，我和班上的女生们都尽可能地找一些理由避开他的那双手，因他的那双手可以随时地、有意无意地以帮忙为借口触摸到一些刚刚发育的乳房，受害最深的当然是那些过早发育的女生，我倒霉地加入了她们的行列。

单杠、双杠当然是潘老师教得最卖力的体育课了，他可以堂而皇之地以帮忙上杠为由，把双手从你身后的肋下伸入，握住你的胸部将你举起，然后很快地、肆意地抚摸一番。

所以每当碰到单、双杠而又没有理由躲开的女生，哪怕再弱小无力的此刻也显现出刚强的样子。"我自己来。"女生们说着，硬撑着要上双杠，但撑了半天，还是在潘老师的帮助下上了双杠，那种难受可想而知。不过，在最后双杠测试时，全班女生几乎都能做到自己上杠了。

当然每次体育课前都要象征性地活动活动，围着操场跑两圈。而跑前，潘老师总要问一声："有特殊情况的女生出列。"当然这特殊情况就是谁来了月经或特别看得见的外伤。而这时总有几个女生羞涩地站出来，而也就有个别傻男生"哧哧"地故作精明地笑着。

这又是一节双杠课，活动前潘老师一开口："有特殊情况的请出列。"我就毫不犹豫地和几个女生站了出来，我感觉到男生的"哧哧"笑声和特有的轻松。但好景不长，下课的时候，潘老师在解散前严肃地说："小浪同学，你今天犯了个错误，放学后到我办公室来，我要听你的解释。"

我的脑袋顿时"嗡"地一下，双腿松软，潜意识里想找个同学陪我同去。可同学们都沉浸在放学的喜悦中，一眨眼的工夫人已跑空。这又是个星期六，此时的操场只剩下几个顽皮的学生在疯闹着，没有一个我熟悉的，我慢慢地清理着书包，迈着沉重的双腿向那间办公室走去。

潘老师的办公室在一楼拐角的尽头，要穿过一条走廊，走廊里黑乎乎的，没有灯。我来到办公室门前，举起无助的双手敲击了一下那扇幽闭的大门，清脆的敲击声立刻在整条走廊内回荡。阴森、险恶，这是我当时的感觉，它让我想起一本恐怖小说中那座监狱似的城堡里躲着的吃人恶魔。

随着"进来"声，我推开了那扇空洞的大门，终于有了一片亮光，空而大的办公室里，潘老师一人正坐在办公桌前悠然自得地喝着一杯茶，他吹了一下杯中漂浮的茶叶，轻呷了一小口，看来是一杯刚泡的茶。

潘老师向我努努嘴，意思是让我站得离他近一点，我忐忑不安地向他移了移，大门在我身后"咣当"一声合上了。我又感觉到了那个吃人恶魔，他正拿着刀等着美味的"佳肴"。

"知道自己错了吗？"潘老师头也没抬，仍旧喝着那杯茶。

我摇摇头，声音像蚊子一样地轻拂过："不知道。"

"嗯——"潘老师放下茶杯，茶杯碰在桌面发出"砰"的声音。我的心也"怦"了一下，我吃惊地抬起头，发觉潘老师的那双小眼睛里射出的光芒。

"你真的不知道自己错在哪里？"

我惊慌地说不出话来，我低着头。

"难道要我来告诉你吗？"潘老师走近我，我吓得后退一步。

"上星期六上体育课时，你说你有特殊情况出列了。这个星期六你又有特殊情况出列了，一个星期的时间，难道你的月经还没有完吗？还是你的身体有毛病？"

那时候，我们还很害羞，即使是在同性面前，我们也从不提"月经"这两个字，每次来了也都是用"好事"来代替。现在猛然听潘老师如此顺口地说了出来，我的脸"腾"地红了，极烫，我慌乱地、茫然地站在那里。

"知道错了就好。"潘老师突然柔和起来，他把手放在我的肩上，"我不明白，你为什么要撒谎，是我不好吗？"

"没有，我没有撒谎。"我又退了一步。

"没有吗？"潘老师似乎被激怒了，"那好，我看你撒谎了没有。"他的手向我伸来，我惊慌地向后不停地退着。

我们当时那个年龄还不流行穿紧身三角裤，不论男生、女生都一色的是那种宽大、松垮的大裤衩和腰间穿着皮筋的松紧裤，所以潘老师的手很容易地伸进花裤衩中触摸到了他想要摸到的地方。

我不停地向后退着，潘老师不停地向前移着，很快我被抵到了墙角，我终于听见潘老师喘着粗气说："我说你在撒谎吧。"

我羞愧到了极点，我无力挣脱，我发动着全身的神经尖叫了一声，我想那是一种不堪入耳的惨叫声。多年后，我曾在某个晚上看见继父赤身裸体地趴在我身上时，我也这么尖叫过，那一声就吓死了继父。然而现在，在我尖叫一声后，潘老师吃惊地抽出了他那肮脏的手，惶恐不安地看着我，我趁机夺门而出，穿过黑黑的走廊，跑向操场，我甚至忘了拿我的书包。

我此刻只是想快点离开这里，离开这所学校，快点回家，见到妈妈也许一切都会好些。我跑到校门口时，突然站住了，我看见刚刚打完乒乓球的孙波和一群男生站在冷饮摊前喝着汽水。

　　我看见孙波很惬意地边说着话边往肚子里倒着汽水，在一刹那间，我仿佛找到了依靠。回家又有什么用呢？母亲又能帮我什么？到学校来大闹一场吗？那样只会加深学校对我们母女的坏印象。人们只会说，看见没有，她母亲勾引人家的丈夫，所以女儿也不是什么好货色。那也只会让我一生都抬不起头来，那只会使我更难堪。我突然有了一种冲动，有一种想法。我不想回家，我不想把这件事告诉妈妈，我看见了孙波，我意识到只有她才能帮我，我一步一步地向她走近。

　　我看见孙波似乎也已经注意到了我，但她仍旧表现出对我的不屑。她正眼都不想看我，我知道大半原因是因为我的母亲和她的父亲，她才讨厌我。但我已不在乎这些，我需要她，只有她才能帮我，给我力量摆脱困境，重新生活。只有她才能给我勇气面对一切，我需要她，我只想把我的事告诉她，告诉她一个人。

　　我一步一步地靠近她。

　　在快要靠近孙波的时候，我看到了她的冷漠，她的轻视，她很瞧不起地移开了她的目光，背对着我，依旧和她的朋友们谈笑风生。她的举动让我伤心、失措，但我已不在乎了。我当时唯一的想法就是靠近孙波，只有这样才能让我摆脱掉刚刚受到的侮辱。

　　我一点一点地走近孙波，我不顾一切地靠近她。我感觉眼泪已经流了下来，这并不是我期望的，但我仍旧不由分说地从后面紧紧地抱住了孙波，我大声地痛哭起来。在我母亲离我而去的那一刻我都没有如此的伤心过。

　　因为没有意识到我的举动，孙波向前掺了一下，但很快地她就站稳了："你干什么？"孙波没好气地问。但瞬间她放低了声音问道，"你怎么了？"

　　她看见了我的泪水。

　　我的眼泪从那天、那一刻起就吓住了孙波，我找到了她的弱点。我紧紧地抱住她，使劲地流着泪水。孙波平静地掰开我的手："告诉我，发生了什么事？是不是谁欺侮你了？"

以后发生的事情证实了我当时找孙波的举动是完全正确的，我清楚地记得孙波在听完我的哭诉后，只轻轻地问了一声："他是用哪只手碰你的，左手还是右手？"

第二天就听说潘老师被人打断了右胳膊，三个月后，潘老师因作风问题调离了学校。

从此孙波再也没有拒绝我去找她，于是我可以如愿以偿地像影子一样跟随在孙波的左右，这才是我最开心的事情。

我的母亲虽然很疼我，可我一直不是很喜欢她。我父亲去世后，就常有人劝我母亲再找一个，母亲一直以我还小为借口，但是她的名声却越来越坏，特别是碰到孙波的父亲后。上学后，每次母亲来开家长会，哪个同学的父亲稍微对母亲殷勤了一些，第二天就会有同学骂我是狐狸精的女儿。

在班上，我的朋友很少，我并不感到难过，因为我也不喜欢那些同学。唯独孙波一直是我迷恋的，所以能和她做朋友我很开心，并且自从和她做朋友后，班上的同学再也不敢欺负我了。

和孙波做朋友后，我才真正体会到了她假小子背后的温柔，她对我很好，很顺从我，对我的一些小脾气她也能忍受。不过她的脾气也大，稍不高兴就冲着人大喊大叫的，毕竟她是她的母亲和姐姐们宠大的，为此我也凡事依着她，从小到大我们从未真正红过脸。

其实刚开始，我们都只是小女孩，小女孩之间的亲热似乎是件很正常的事情。在孙波家，孙波的姐姐们在求学阶段都一直在帮家里做事，帮母亲打理副食店，打理餐馆。孙波上中学后，家境好了许多，她妈妈也请了不少工人，这样孙波的姐姐们在学习以外就可以做自己的事了。

我去孙波的家里，碰见最多的是孙五兰。孙五兰并不讨厌我，但也不喜欢我，她最关心的就是她的画。孙五兰喜欢将她的画贴在墙上，孙波为此常和孙五兰吵架。孙四兰却是个憨厚、朴实的人，她性格较内向，但非常喜欢养小动物，孙波家里的阳台上经常地可以看见几只鸡鸭什么的。但我见她的时间并不多，我跟孙波交朋友后，她很快就去北京读大学了。

我母亲不仅喜欢孙波，甚至还讨好她，所以很欢迎我带孙波回家里。但孙波并不喜欢来我家里，特别是听到继父的声音，她立刻就要离开。她很不喜欢我的继父，她说对于"继父"她都不喜欢。我问她为什么，她不说。

我却挺喜欢去孙波的家里。在孙波的妈妈、大姐、二姐、三姐不在家时，我就敢去孙波的家里，坐在她家的大饭桌上写作业，然后躺在孙波家的大床上听孙波吹牛，和孙波一块儿做着各种小女孩的游戏。后来王芳也常到孙波的家里，但每次只要她躺在床上我就绝不会和她躺在一起。

我最开心的是刚上高中的那段时间。那时，王芳辍学顶她母亲的职做了一名工人，我和孙波考入了同一所高中，虽不同班，但那段时间，她真正地属于我一个人。

那是一段很美妙的日子。

孙波有一辆大红色的山地赛车，非常漂亮，她母亲去香港给她带回的。我母亲不舍得给我买新自行车的。

早晨，孙波骑自行车来接我，我坐在后座上，我们一起去学校。中午，如果我母亲一个人在家，她会和我一起去我家里吃午饭。午饭后，我们会小睡一会儿。我的单人床很窄小，但我很喜欢和孙波挤在一起的感觉。下午，我们再一起去学校。放学后，我们并不马上回家，我们去江边，在江堤上疯闹、打扑克、嗑瓜子、吹牛……有时就我们俩，有时还有其他的同学。当时，我们有一项我认为很愚蠢的游戏，比吃瓜子。就是几个同学每人拿五颗瓜子，扔进嘴里，不用手仅用嘴将瓜子壳和瓜子仁分离，最快最完整的那个人就是赢家。赢的人可以用手指弹输的人的额头。孙波经常赢，她总能快速地吐出瓜子壳，而后得意地将五颗完整的瓜子仁摆放在舌尖上给大家看。吃掉瓜子仁后，她嬉笑着伸出手指要弹输的人的额头。输的同学往往怕痛，会躲。孙波毫不犹豫地扑上前，抱住输的同学的头，猛地弹一下，被弹的同学往往"嗷嗷"叫着摸着被弹痛的额头。我不是很喜欢这个游戏，觉得很傻，所以经常输。孙波弹我额头的时候，我也不躲，我让她弹，但孙波总是轻轻地用指头碰碰我的额头，弹完后还会摸一下，像是抚摸伤痛一样。

我为什么总是记得孙波那些温柔的细节，我也不明白。和她在一起，干什么都是那么开心。

武市的冬天很冷，屋里屋外一个温度。那时，刚刚有热水器卖，极少的家庭里才会安装，孙波家里装了一台，但冬天在家里洗澡还是很冷。

母亲所在的工厂很大，是一所炼钢厂。有锅炉，有澡堂，有暖气。冬天，我几乎都是在母亲的工厂里洗澡。工厂里工作时间不准洗澡，但母亲会偷偷叫人打开澡堂放我进去，待我洗完后再放出来。

有时，我也带孙波一起去母亲工厂里洗澡。我们坐火车去。

从家里到母亲工厂，不过十几里路程，有一辆火车，七八节车厢的样子，有时运煤有时运木头有时什么也不运。每天中午十二点从江边经过，一个小时后"轰隆轰隆"地开进了母亲的工厂。火车的速度很慢，跟走一样，即使它不停，我们都能轻巧地爬上火车。下午四点半，火车又"轰隆轰隆"地开回到江边。会有很多下班的工人坐这趟火车回家。

我们一帮同学，周末不上课的时候会坐那火车玩，坐过去，再坐回。在火车上，漫无边际地神聊，甚至写作业。

天气很好、阳光很灿烂时，孙波才愿意和我一起去母亲工厂里洗澡。

孙波喜欢坐火车，她喜欢将头伸出窗外，让阳光照在身上，大张着嘴，微闭着眼睛，呼吸着野外的空气。我总怕她掉下去，在座位上紧紧搂着她的腰，抱着她的身体。有时，她因为身体向外的过度倾斜而露出了肚子，抱着她的时候，我会把下巴或嘴有意无意地放在她的肚子上。她的皮肤很香很香。

一个小时的火车还是很长时间的，孙波会带一些零食，我们边打扑克边吃。我们也会玩吃瓜子的游戏。我记得那天不知何故，总是我赢。孙波不相信，问我是不是在家练了吃瓜子的。我笑而不答，我很得意。孙波不服气，她提出将比瓜子从五颗升到十颗。她挑了十颗饱满的瓜子扔进嘴里，但她太急着想赢，结果有几颗瓜子咬烂了，瓜子壳和瓜子仁混在了一起。孙波很泄气地吐出瓜子，我却很得意地将舌头伸给她，让她审阅我舌尖上的十颗瓜子仁。但意想不到的是，孙波突然上前一口含住我的舌头，吸去我舌尖上的那十颗瓜子仁……刹那间，舌尖酥麻的快感传至全身，我张着嘴惊讶地看着孙波，而她却沾沾自喜地嚼着从我嘴里抢去的那十颗瓜子仁。

不得不承认，那个时候的孙波，智商很高，情商很差。

以后，我爱上了吃瓜子这个愚蠢的游戏。

高中毕业那年，王芳又来找孙波。

我非常不喜欢王芳，我巴望着她快出事，这样孙波仍旧是我一个人的朋友，她仍旧会跟我好。我天天诅咒王芳出点什么事，我甚至希望她马上死去，其实我也只是瞎念叨着，但我没想到后来王芳真的死了。

高中毕业后，孙波上了大学，我在一家工厂里做仪表工。

孙波总说学校里事多、学业重、很忙，她回家的次数越来越少。周末的时候，她带着一个男孩子回家，她说是校话剧团的，他们在排演一个话剧。那男孩子高而帅，他们经过的地方都是羡慕和夸赞的目光。我嫉恨，我紧张，我害怕，我不敢想象没有她的生活会是个什么样子。可我该怎样来挽留她呢？

我想融进孙波的生活，我去学校里找她。我看她演出，我陪她排练，我帮她拿衣服，我看到许多男生围着她。她真的长大了，她学会了和男生调情，她累的时候，不再靠在我身上。我们之间的距离越来越大，从她的眼神里看出她在疏远我……

可是我不能没有她。

我依旧早晨六点起床，准备上班，在门口碰到气呼呼的孙波，她一把将我推到墙边："你混蛋！你怎么能这样？"孙波骂着我，"你太坏了，我跟哪个男人睡觉被你看见了？你怎么可以跟小强胡说八道……"

我说不出话来，头"嗡嗡"的。

"我们不再是朋友！我再也不想见到你！"孙波走了，离开了我。

那是个心碎而令人窒息的夏季，燥得要命，满屋的蟑螂、蚊虫，满树的蝉鸣。我忍了一个夏季终于盼来了早秋，我盼望着孙波能回心转意，我希望和她能回到过去的生活里。

那年的秋天的确比往年早了些，丝丝凉意。孙波回到了学校，她好像比以前用功了，很少回家，她的银灰色摩托车越来越少地在我的门前闪过。我记得那天当她妈妈将这辆铃木王弄回家摆在孙波面前时，她开心得发狂，两下就将它开到了我的楼下，然后驮着我围着这座城市转了大半圈。

可开心的日子永远都只是瞬间。

那一年的秋天，我抱着吉他坐在窗前，望着窗外片片黄叶，一股凄凉涌上心头，我难过极了，我不知道这样的日子还要过多久。

那个初秋的晚上，我躺在床上，想着孙波。想她光滑的肌肤，她调皮的微笑，她的嘴含住我舌尖时酥麻的感觉，她柔软的嘴唇……想着她不再理我，我有些伤心，我很烦躁，那是暴雨前的征兆。我打开电扇让自己凉快一些，电扇的阵阵凉意很快让我沉睡过去，可是燥热并没有减去。在燥热中我还感觉到了痛楚，那不是一般的疼痛，那是我从来没有感受过的痛苦。它让我一生都感到耻辱。

我在燥热和疼痛中睁开双眼，我惊恐地看到我的继父赤身裸体地压在我身上喘着粗气，我从没有看到他如此的激动和虚弱，他大喘着气而不停地运动着。我惊慌失措，我仿佛又回到了几年前那个星期六的下午，在那间空洞而黑暗的魔鬼教室里，那双肮脏的手。

"啊——"

一声尖叫，带着我所有的恐惧划过夜空，带着我所有的无奈和痛心、我所有的遗憾和怨恨……

就在这一声尖叫后，我的继父如一架机器猛地抽动了一下后，像只包袱一样重重地压在我的身上。

我昏死过去。

在黑暗褪去，黎明到来的时候，当太阳穿过云层照射到地面的时候，我醒了过来。我惊讶地看着过分整洁的房间和穿戴整齐的自己，我感觉做了个噩梦。我走出房门，看着客厅里捂着嘴坐在沙发上一言不发的母亲，我看见母亲房间里那个同样穿戴整齐的继父在一张白色床单下躺着，两个穿着警服的男人正准备将他抬出大门。那张白色床单此刻恐怖极了。

"发生了什么事？"我沙哑的喉咙喃喃地说着。

然而两腿间的疼痛向我证明那个噩梦是真的。"啊——"，又在一声尖叫后我冲出房门，我听见身后母亲的号啕大哭声。

我那天冲过了多少人我不知道，我感觉有人想抓住我，但并没有人真正地想留住我，我很快地冲上了马路。到了马路边我才想起自己到底该去哪里，是去江边投水还是拿根绳子找棵大树？还是就这样站在马路中央等着汽车开过来……最后，我想无论去哪里我都应该先去找一个人，只有找到她我才知道自己该怎么办，只有她才会帮助我解决一切难解的题。

我赶到学校时，我看见孙波夹着书本从教室里走出，懒散而无聊的样子。我就像几年前那个星期六的下午一样，我冲上前紧紧地抱住她，然后大声地痛哭起来。

一切又都像那天下午一样，孙波扶住我轻声地问道："告诉我，小浪，发生了什么事？谁又欺侮你了？"

一切都如故，我的泪水也如开闸般涌出："小波，小波，我不要活了，你让我死好了……"

孙波怜惜而心疼地搂着我："好好的，突然要死？"孙波抚摸着我的头发，"不要这样，小浪，无论发生什么事我都会帮你，无论怎样你还有我。"

那天夜里，学生宿舍里，我留了下来。孙波抱着我躺在床上，她一直抱着我。我没有再哭，我在她怀里静静地躺着，我也没有再说要死的话。我想：如果，孙波一直这么抱着我，我是不愿意死的……

第六章　孙波

第二天，小浪的母亲来接她。小浪不肯走，她不愿意回家。她母亲说了好多影响我学习的话，小浪仍不肯走。我请了假，送她回家。小浪不愿意和她母亲单独待在家里，于是那晚我留了下来。

我劝小浪，有些事情，慢慢地面对。其实我也不知道该说些什么，这不同于多年前的那个潘老师，况且她的继父已经死了。

小浪不说话，只是要我抱着她，但偶尔她也会蹦出一句："你会嫌弃我吗？"

"什么？"我们当时半躺在她的单人床上，床架很硬，我将被子垫在了身后。

"你会嫌弃我，对吧？"小浪坐起，捧着我的脸，她的眼里满是企盼，"会吗？"

我摇摇头，很坚定地说："不会！"

小浪又哭了，她搂紧我，她的泪水打湿了我的耳际，在我脖颈处流淌："我多么希望多么希望是和你……"

"什么？你说什么？"我不明白。

我帮小浪擦着眼泪，她也擦着她流在我脖颈处的泪水，她的手指很轻很轻，慢慢地滑过我的嘴唇，她又搂向我，她的气息在我的耳边喘喘歇歇，"你……有时好傻……"

"嗯？"小浪的声音断断续续，我什么也没有听清。

"抱紧我！"

我抱紧了她。

小浪总说我情商差。我不会承认。我只是不想去弄明白。

我知道我睡觉的时候她在看我，她在摸我。她有时会将手伸进我的衣服里，搁在我的肚子上。我不知道她想干什么，估计她也不知道。但我不敢睁开眼睛，所以有时候不知道最好。

我喜欢坐着火车和小浪一起去她母亲的工厂。我喜欢那辆慢慢腾腾、晃晃悠悠的火车"轰轰隆隆"地从江边经过。我们只需要跟着火车小跑，先将手里的书包扔上火车，然后抓住扶手一跃而上，很轻松，没有想象得那么危险，也不费力。然后我会站在车厢门口抓住小浪的手，将她拉上火车。

我喜欢将头伸出车窗外，我喜欢小浪将嘴放在我的肚子上，她的嘴唇软软、温温的。

我不知道我为什么要去抢吃她舌尖上的那十粒瓜子仁，其实当时我只是看见她伸出舌尖的样子非常好玩，我下意识地想去含住她的舌尖……只是不知道她会那样惊恐地看着我。呆呆地，看了好久。我傻傻地笑了，吃着那十粒瓜子仁。

从小我就知道，傻笑可以掩盖很多真相。

后来，有一天中午，在小浪的家里。小浪又要玩吃瓜子的游戏，我觉得没意思，不想玩。小浪便自己扔了些瓜子在嘴里，吐出瓜子壳后她将舌尖伸到我面前："想吃瓜子仁吗？"

我犹豫着。她的舌头粉粉的，一小排瓜子仁整齐地排在舌尖上。

"要吃吗？"小浪晃着脑袋，看着我。她的样子可爱极了。

我吞了口唾沫，慢慢地将嘴凑上前，但正准备去吸食她舌尖上的瓜子仁时，她突然缩回舌尖，我们的嘴唇碰到一起，彼此眼睛离得很近。谁也没有动，更没离开。

"嘭嘭"。猛烈的敲门声，有人想打开房门，随后听见小浪继父粗鲁的声音："小浪——，锁什么房门啊，你妈去哪里了？"

我们慌忙分开，惊恐地喘着气，谁也没有去回答小浪继父的问话。

过了许久，小浪才起身去打开房门，她的继父一下子冲进屋，看见我，稍微降低了声音："是波波啊，你们干什么呢？我敲了半天门了。"

我们仍旧没有回答他。这时，小浪的妈妈买菜回来，看见小浪继父，有些意外："你怎么回来了，今天不是白班吗？"

小浪的继父说："停电了，就回来了。"

"快出去，孩子们午睡呢。"小浪的母亲将她继父拉出了房间。

那天，我特别羞愧，我一直没有说话。此后，我再也没有和小浪玩吃瓜子的游戏。

后来，我一直在想，或许是我对待小浪的方式不对，才使她有了这些奇怪的想法。或许我太纵容她了。

小浪不喜欢我跟任何人来往，不论是男人还是女人，她都要出来阻止，我感觉别人之所以认为我很"坏"，大半都是她说的。

我一直在想，小浪之所以对我有那种爱之彻底，爱之难耐而又摆脱不了的感觉可能就是因为那件事。

对于那天夜里的事情，我过后一直怀疑是小浪的继父早就计划好了的，在此之前我不止一次地听小浪说过她继父对她别有用心。小浪在她十五六岁时已开始散发出她母亲年轻时的妩媚，她从学校门口经过时总有那么一些早熟的男生对她吹着口哨，而这种时候她都很紧张地拉着我的手，跟在我的身后。

我一直认为整个事情都是小浪的继父事先策划好了的。

那天夜里，小浪的母亲十点去接夜班，她走前，小浪正准备睡觉，小浪的母亲还提醒小浪第二天早上给她的继父买早点。小浪答应着。她的继父也对小浪的母亲特别热情，问她路上怕不怕，要不要他送送。小浪的母亲说不用了，她都老太婆了还怕什么。

小浪的母亲走了，上夜班去了，小浪也睡熟了。那只是初秋，天气还有些闷热，小浪睡着时还在吹着电扇。在睡梦中，她突然感觉到热汗淋淋，她的下体火般的刺痛，她在疼痛中睁开双眼，就看见她的继父——那个肥胖的男人——趴在她身上运动着……

小浪的继父死后，她和她母亲几乎成了陌生人，她们相互折磨着。这样生活了半年多，小浪的母亲就病退回到乡下，而后死在那里。

那以后小浪经常地做噩梦，她说一闭上眼睛就会看见她继父。她害怕，她总感觉到有人爬上了她的床，有一双男人的手在脱她的衣服，她无力反抗，她叫不出声了，而她的母亲却站在一旁傻傻地看着，一副事不关己的神情。她说她恨她的母亲，她恨她的继父，她恨他们。她说只有看见我才会感觉到安全。

每当看到小浪迷茫、恍惚的眼睛，我都会紧张一阵子，我告诉她，忘了那天晚上的事，她的母亲没有错，错的只是她的继父。

那个周末，我去她家，她的母亲求我一定帮助和照顾小浪，她准备换套房子。那天我知道小浪怀孕了。

一周后，大姐的妇幼门诊所开业，我将小浪带了去。

小浪很怕大姐。我的其他姐姐的同学也怕大姐。

大姐是老大，从小她就像父母一样管教着我们姐妹几个，除了孙二兰外，她在其他几个妹妹的同学面前俨然一副家长的模样。她可以当着孙三兰同学的面板着脸对三兰说："先不要做功课，去把菜洗了。"当时就可以看见三兰的同学一溜烟地没影了。

大姐很不喜欢小浪，特别是当她站在楼下低着声音，轻轻地、柔柔地叫一声"小波"时，大姐就会从窗口伸出头来冷着脸说："你又找波波干什么？你自己没有家吗？"

小浪立刻吓得魂飞魄散。

但这一次，尽管小浪百般不愿意，可我还是将她带到了大姐那里，除了大姐，我不相信其他的医生，我不想小浪再受到其他的什么伤害。

大姐看见小浪，当时就说："我就知道你总有一天会出事的。"大姐的话顿时让小浪无地自容。

寒假前我忙着考试没有回家，二姐去学校看过我一次，给我送了棉衣。母亲总担心我在学校里吃不好，规定我每周至少要和她吃三次晚饭。

寒假第一天回家，我带了好多的零食去看小浪，在楼梯口就听到小浪和她母亲的吵架声。

尽管小浪的母亲一再地对外公布小浪的继父是死于心脏病，但工厂里和住宅周围仍有些闲言碎语，大家都认为这是她母亲的报应。工厂里的一些小青年对小浪动手动脚不说，今天大白天里，几个小青年竟然在家门口将小浪拖进楼道里，差点扒了她的衣服。幸亏小浪的母亲和周围的邻居们及时赶到，才避免了小浪再次受到伤害。

小浪要告他们，她母亲劝她，你以后还要工作的。

"我不会再去那个该死的工厂上班了。"小浪冷冷地说。

"谁再敢碰我，我就杀了他！"小浪又冷冷地说。

小浪的母亲看看我尴尬地笑笑走开了。

小浪的母亲一走开，小浪就抱住了我："放寒假了？"

"嗯。"我点头，拉着她坐下。

"今天晚上不走了，就住在这里？"小浪问我。

"嗯……晚上要和妈妈姐姐们一起吃饭。"我说。

"噢，"小浪立刻有些失望，"那——吃完饭……"小浪大概是想说吃完饭过来，但又想到我母亲一定不会放我出来。"明天？"小浪看着我，"你可以跟你妈妈说你去同学家里了，或者大学里有事回学校了。"

我没敢告诉小浪，我母亲和二姐都知道我放寒假了，再说寒假不同于暑假，学生们大多回家过春节了，谁还会待在学校里。

"很快，我妈的别墅就会盖起来了，她说了，她不喜欢住在这个地方。"我安慰着小浪，"那时，你就可以随时去我家里看我了。"

"你爸爸会住在家里吗？"小浪问。

"我爸爸很喜欢你，他会很欢迎你去我家里玩的。"我说，"再说，他心里只有他的写作。"

小浪没有再说话，她的眼神飘忽不定，无意识地看着一个地方，似在遐想，我想大概是我的话给了她某些期盼，让她开始幻想以后的日子。

开始有意识地躲着小浪，大概就是那年春节开始的。

春节的时候，父亲的单身宿舍要改建，于是他搬回了家。家里有三间房，老式的苏式建筑，卧室厨房卫生间都很大。而住在家里的人就我、妈妈和五兰。

五兰也放寒假了，她很洋气地从北京回来，和我住一间屋子，她滔滔不绝地说着北京画家圈里的事，她说她要办个画展，并且她很大方地告诉我，她要和她的男朋友同居。"哎，你交男朋友了吗？"孙五兰会突然问我，"还和那个小浪鬼混呢？"

"什么什么呀。"我不想理她。

母亲把朝北的那间房给了父亲，那间房子虽然终日见不到太阳，但是最大的一间。父亲有好多的书和稿子，他整天猫在屋里整理着。偶尔，我会进去看看，帮帮忙。

父亲有时会不好意思地说："作协总说要给我分套房子，可每次都以我家里有房为理由给了别人……"

"这就是您的家。"我说，"平时这房子都空着，就妈妈一个人住。"

"嗬——"父亲干笑着不说话，"我今年会再争取，单身宿舍现在也紧张，主要我是有家室的人。"

"哎——"我看着父亲，"您不用再搬回单身宿舍了，妈妈的别墅已经差不多了，到时妈妈肯定搬到别墅里去了。"

"啊，啊——你妈妈，很能干。"父亲最后只是这么说。

年夜饭在"孙家酒楼"里吃的，大姐和大姐夫还有他们的儿子林小海、二姐、五兰、妈妈和我，四兰没有回来，母亲也没问，大家像以往那样吃着团圆饭。饭后，母亲给我们发红包，每个人都有。

通常发完红包后会拉些家常，然后姐姐们会随母亲一起回家守夜。我趁母亲发红包的时候，悄悄地来到厨房，让厨师打包了五个菜，然后拿了一瓶五粮液，骑上摩托车飞快地回家了。

果然，家里，父亲正在冲泡着一包快餐面。

"老爸，即使懒也给自己弄几个菜嘛，毕竟是过年。"我说。

父亲笑了："我天天都是过年。"

打包的饭菜还有些温热，我移开父亲书桌上的稿纸，一一摆到桌上。父亲有些犹豫，我知道他好面子，认为这是母亲的东西，他不吃。

"是我孝敬您的。"我说，"吃了饭要给压岁钱的啊，这是规矩。"

父亲笑了："给，给，一定给。先陪我喝一杯。"

"好呀。"我说，"您先吃着，我一会儿回来陪您喝酒。"

"你妈那边还没完？"父亲像是明白了些，"那你快去吧，路上小心些。"

　　我出了门。其实我不是再回到母亲的饭桌上，而是去小浪家，我答应今晚会去看她。

　　小浪家里黑黑的，我的摩托车刚到还未停下，就看到她家阳台上的窗户打开了，接着听见一声咳嗽，小浪的脑袋从窗口处露出。我冲她挥挥手，意思是让她关上窗，太冷。

　　小浪的母亲在客厅里看着春晚，端来好多花生糖果给我吃。小浪要拉我进房，她妈妈说："小浪，马上有小品了，让波波歇会儿，你也陪会儿妈。"

　　但小浪坚持拉我进屋了。

　　"外面很冷吧。"小浪拉我，"到床上来窝着吧，我弄了个暖水袋在被子里。"

　　"不上床了，我就看看你，马上要回去。我爸还等着我回去陪他喝酒呢。嘿嘿。"我看看小浪，"气色不错。今天是三十，要陪家里人守夜的。"我掏出一条金项链给她看，"我买了两条一模一样的，我一条你一条。"

　　我要给小浪戴上，她却躲开："这些天你怎么安排？"

　　我将项链放在桌上，说："明天初一、初二……初三家里没什么事了，我们可以出去玩，我们蹦迪去。"

　　"谁想和你出去玩。既然你都安排好了，你还来找我干什么？"小浪的口气有些不好。

　　"我来看看你嘛。"我看看时间不早了，"那就这么说定了。我先走了，初三我过来。"

　　我说着要离开，小浪却一把拽住我："……我受够了……我真的受够了。我只想离开这里……"小浪说着有些虚脱，她无力地靠在门边，但手却始终拉着我的胳膊。

　　"放心，初三我们疯玩一天，我多约几个人来一起玩。"我说。

　　"吻我……"小浪突然轻轻地说。

"什么？"

"吻我！"小浪将我拉近，闭上了眼睛。她的头略仰着，双唇微张着，我犹豫不决而又不知如何是好时，小浪的妈妈端着一杯蜂蜜水从屋外推门要进屋："喝水，波波，我给你冲了杯蜂蜜。"

我立刻后退，又转向门口，顺便接过小浪妈妈的蜂蜜水："小浪，你也喝点。"我冲小浪说。

小浪没有表情地靠在门边，看看我又看看她妈妈，然后又看着我："你赶紧走吧……"

"好，我、我有空再来看你啊。"我出了小浪的房门，在客厅里拿上摩托车头盔，离开了小浪的家时，我看到小浪妈妈凝重的眼神，她似乎想说什么，她跟着我下了楼，她说送送我。

在楼门口里，小浪的妈妈站住了："波波，小浪不懂事，你不要和她一般见识。"小浪的妈妈说，"她是因为受了刺激。"

我说我不会和小浪计较。

但小浪的妈妈还在说："波波，你、你读的书比她多，你是个大学生，你教教她、引她上正道，她听你的。"

我转动着摩托车头盔，不明白小浪的妈妈要说什么。

"你家里人多事多，你忙你的，也不用老来看她。她过了这阵子就会好的……"小浪的妈妈最后说。

回家的路上，我一直在想小浪妈妈说的最后一句话，她并不想我去找小浪，她看到了什么？猜到了什么？感觉到了什么？

回到家里，我以为姐姐们一定会像以往一样陪着母亲看电视守夜，却发现家里冷冷清清。五兰去同学家了，父亲说大姐、二姐、大姐夫、林小海刚走，好像是母亲生气了。父亲让我去看看母亲，不用陪他了。

来到母亲的房间，母亲半躺在床上喝着一杯红酒，床头柜上有一封信。母亲见我进来没好气地问："去哪里了？"

"噢。"我知道该是哄母亲的时候了，我脱鞋上床，嘻嘻笑着将头靠在母亲的肩上。母亲推开我的头，我又靠回去，"让人家靠靠嘛……"母亲就不再推我了。

这时，我就可以问母亲发生什么事了："谁又惹您生气了？"

"她就那么恨我吗？"许久，母亲说了一句。

"谁？"我不解地看看母亲。

"四兰。"母亲说，"一周前她在内蒙古结婚了，她竟然都不告诉我，只是给二兰写了封信。"

"四兰真不像话，白眼狼，算是白养了。"我安慰着母亲，"别生气了，她这是故意让您生气，您偏不气，她就没意思了。"

我给母亲倒酒，我也拿个杯子倒上红酒："我陪您喝一杯。我陪妈妈守夜，我最乖了……"

母亲笑了，摸着我的脸："你长大了……你可不要气我……会把我气死的……"

"我不会气妈妈的，我心疼妈妈都来不及。"我讨好地说。

"真这样就好了。"母亲停顿片刻又说，"是不是又去找小浪了？"

"嗯？"我看着母亲。

"你要懂事……你们是两个女孩子……你是妈妈最疼爱的宝贝，知道吗？"母亲说。

"知道的，妈。"我说着低下了头。

这以后，我和小浪见面少了。

小浪也没有再去那家工厂上班了，她每天弹她的吉他，她进步得很快，来年春天的时候，她参加了武市文化馆举办的吉他比赛，她获得了一等奖。我祝贺她时，她却很不屑很冷淡地说，她参加这个比赛只是想获得一份工作。小浪变得很冷漠，她几乎没有朋友。她的母亲将原来的房子换了套小两居后，离开武市去了乡下。小浪开始在文化馆里教一帮孩子弹吉他，她说收入足够养活她。

我刻意地不再去找小浪。

大学里的生活有时也很无聊，我学会了打麻将。有一阵子宿舍里整夜的麻将声，老师管过，但老师们也打，那时候，十亿人民九亿麻，据说剩下的一亿在跳舞。

暑假之前，母亲的别墅盖起来了，但我坚持住在老房子里，我想陪着父亲。母亲想想同意了，毕竟那里离市区较远。二姐在家里装了电话，说这样找我会方便些。父亲说他不用家里的电话，但不反对接电话。经常有些作家、诗人朋友来找父亲，我发现他们来了之后也是打麻将。父亲打得不好，经常输，但牌品不错，输了还乐呵呵的，要是赢了，便故意输些出去。

暑假的时候，有同学约我去旅行。大姐却把她的儿子林小海扔给我，说大姐夫出差幼儿园放假让我帮着带几天。林小海不到三岁，胖胖的脸，他对我的摩托车充满了兴趣，经常坐在小板凳上"嘟嘟"的。我带他去文化馆找小浪，停车的时候，正看见小浪拿棒子追打一个年轻男子，嘴里骂着"让你再动手动脚的"，男子边躲边笑着说："小浪，我是真的要追求你。"

小浪说我很久没有来了，她给林小海买了冰激凌，给我买了罐冰可乐。我们就坐在文化馆旁的冷饮店里。我说："你的状态不错，看来不需要别人照顾你了。"

"是吗？"小浪边说着边往林小海的嘴里喂着冰激凌，"你有想照顾我吗？"

我笑了，我问她文化馆里有没有适合林小海学的东西。小浪说很多，除了吉他，什么小提琴、钢琴、跳舞、笛子都可以学。

"你一定交了不少新朋友吧？"小浪问。

"哪有什么朋友，除了你没人愿意和我玩。"我说。

"王芳呢？"小浪问。

"她？好久没联系了。"

"嗯——"小浪想了想，"我今天没事了，你想游泳吗？"

"好哇。"我说着又看着林小海，"只是这个小东西——"

小浪一下子高兴起来："没关系了，"小浪抱起林小海，"我教他游泳。"

晚上，我们一起回家，林小海吃完饭睡熟后，我们躺在床上，小浪说真怀念这种感觉。我问她什么感觉，她说过去躺在床上做猜字游戏的感觉。她说着一下子来劲了："要不，我们再来猜字。"

"不，不。"我要睡了，我不再感兴趣这些小女孩的游戏。

小浪无趣地躺下："有一家舞厅想请我去唱歌，你说我去吗？"

"给钱就去。"我说。

"可是每晚都要去，会影响文化馆的工作。"

后来我睡了，我不记得是否回答了她。

大姐接走林小海后我就和同学旅行去了，我在桂林碰到了孙五兰和她新交的男朋友孙彬。孙彬一头长发，整个人就像一台发达的机器不断地冒出新花样来，我觉得他和孙五兰挺配，但母亲很不喜欢这个长头发男生。

"还姓孙——"母亲说，"同姓五百年前是一家人。"孙二兰笑着说母亲在这方面还比较封建。

那一年秋天来临之前，我送给母亲一件深蓝色的毛衣作为她的生日礼物，母亲说我真的长大了。那一年小浪的胆子大了许多，她敢拿着大木棍追打调戏她的男孩子了，她变得坚强、有性格，我感觉她不需要我的保护也能保护好自己了。

但不管怎样，那一年对我来说是灰暗而让人睁不开眼的一年。那一年的秋天，我的父亲坠楼而亡。那一段日子，我像一个没有灵魂的躯体在人群中游晃着，我无所事事到了极点，唯一能面对的就是父亲的遗像和他的书。那年冬天，小浪为了让我开心，年三十夜里请我的朋友们陪着我去江边看烟火。那晚的烟火五颜六色、灿烂无比，照着长江两岸透亮通明。那天夜里大家玩得很疯，凌晨四点我才开着摩托车送小浪回家。在小浪家门口，蹲着一个穿着旧羽绒服的男人，那男人看见小浪后立刻起身有些发抖地走过来："小浪，浪，我是舅舅。"

小浪吃惊地看着舅舅，她不知道发生了什么事，许久她的舅舅才喃喃地又说了一句："小浪，你妈，她死了。"

我看见小浪惶恐地睁大眼睛看了舅舅一眼，然后死死地抓住了我的手。

那是多么沉痛而让人心酸的一年，那一年我的父亲因被人剽窃了作品而从一座二十八层高的商厦上跳下；那一年小浪的母亲从一座山坡上滚下，撞到了一块大石头……

整个冬季我没有出门，母亲经常会打电话来询问我的情况，有时二兰会来看看我，每次来她都会劝说几句："你为什么不跟妈一起住在别墅里，那儿环境不错，或许去那里住你的心情会好些。"

小浪还是决定去那家舞厅唱歌，她说收入是文化馆的好几倍。但唱了一阵后，她有些后悔，她说那根本就不是唱歌。很明显，小浪开始对自己有了要求。

小浪说我随时可以去舞厅跳舞，不用买票。我好像已很久没有跳舞了，我已不喜欢人头涌动的舞厅。我经常一个人坐在家里。偶尔我也会去舞厅接小浪回家，那时，我会在舞厅的角落里看她唱歌，真是无聊。

"还不如在文化馆里教吉他。"我说，"那感觉还有点艺术性。"

"是啊。"小浪说，"我现在都不用练吉他了，每天听听磁带哼哼流行歌就行了。"

那是个周六的早晨，难得的好太阳，我将被子拿到阳台上打开，晒掉潮气，楼下，有人在外面摆起了一桌麻将。

"对了，"小浪说，"我最近学了一首欧美歌曲，我唱给你听。"

"好呀。"我在阳台上摆好板凳和茶水、点心，小浪从屋里拿出了吉他。

"英语歌很难唱的，我也不知道唱得对不对。"小浪摆好姿势，调好弦，准备弹的时候我问她歌名叫什么。

"《因为我爱你》。"小浪说。

我一愣。

Because I love you

I've tried so hard

But can't forget

Because I love you

You lingers in my memory yet

Because I miss you

I often wish

……

小浪唱得真好，这首歌真得很好听，此后我听过无数次，每一次都很感动。我拍着巴掌："真是太好了，只是好像不太适合舞厅。"

"是给你唱的。"小浪说，"小波，我想，如果哪天你不理我了，我会死的。"小浪的眼里有泪。

"瞎说八道什么呢，好好的。"我说。我避开小浪的眼睛。

"那你会永远和我做朋友吗？"小浪问。

"当然。"

"你会永远和我在一起吗？"

我看着小浪，我理解这句话最深的意思，我想怎么回答最恰当，或者不回答。

"嘭嘭"，有人敲门，很轻，很小心。我准备站起时，敲门声又止了。我又坐下，倒了杯茶，喝了一口。"嘭嘭"，敲门声又起，"谁？"我问了一句，又喝了口茶。敲门声又停住，间歇后又响起，这次稍微重了些。我起身走到门口"呼啦"一下打开大门，一位农村老妇人牵着一个三四岁的男孩站在门外。我二话没说，搜索着口袋里的零钱，一元二角，我递给老妇人，她却不接，于是我把钱放在了男孩手中，关上门。

"嘭嘭"，依旧在敲门，我只好又打开，很不友好地看着老妇人。

"对不起。"老妇人将那一元二角还给我，"请问这是六号吗？"

"是啊。"我说完，老妇人一下子放松了，脸上有了些喜悦，"太好了，可算是找到了。"老妇人说。

"你找谁？"

"孙二兰是在这儿住吧？"老妇人说。

"孙二兰？"我看着老妇人和那个小男孩，"她不在。"

"噢。"老妇人有些失望和惶恐地抓抓身边的男孩，"这可怎么办？你妈妈不在这里，我只有这个地址。"

"妈妈？"我一惊，我蹲下来，打量着那个男孩，男孩很怕地向后躲着。"老天，魏小涛。"我不敢相信自己的眼睛，眼前这个衣衫单薄、瘦弱的小男孩就是孙二兰丢在乡下四年多的儿子。

"快进屋。"我将他们让进屋，打开烤火炉，孩子和老太太忙将冻红的双手伸向炉子。我抓了抓孩子的衣服，孩子惊慌地向老太太怀里躲着。

"这么冷的天，他穿得可不厚实。"

老太太有些窘迫，她支支吾吾地："有，有厚的。"

老妇人应该算是母亲娘家的亲戚，孙二兰以每月一千元钱的酬金请她帮忙带儿子。但老妇人的媳妇对她和魏小涛并不好，老妇人心痛孩子，所以决定将魏小涛送回给孙二兰。

我很气愤，也很自责，这些年，我从没想过去关心一下二姐和她的儿子，我们大家都忽视了这个孩子。我给了老妇人两千元钱，我留下了魏小涛。老妇人临走前，坚持让我给她打了张收到孩子的纸条。

魏小涛很紧张地坐在凳子上，老妇人抹着泪离去，他也跟着哭，但并没有跟着要走，他似乎认定了这里应该是他的家，我和他一定有亲戚关系，我不会对他不好。

小浪自始至终都没有说话，老妇人走后，她牵着魏小涛到了阳台，她给他点心吃。魏小涛大口吃着桌上的点心。

"你准备怎么办呢？"小浪问。

我一把抱过魏小涛，让他坐在腿上："小涛，我是你小姨，我要带你去见你妈妈、家家、姨妈……你妈妈很漂亮，你会喜欢她的，很多人都喜欢她。"我看着魏小涛，"我不会再让你离开这个家了。"

春节后，小浪不在舞厅里唱歌了，她说她想干些自己喜欢的事。她和一帮朋友组建了一个乐队，他们去外地走穴，回来后小浪很得意地说："原来钱是这么挣的。"但是，在夏天结束的时候，小浪离开了那个乐队，原因是乐队鼓手疯狂地爱上了她。我对这事很不理解，我认为这没什么不好。"如果你爱他就和他好，如果你不爱他就告诉他，但没必要离开乐队嘛。"我说。

"你是个糊涂蛋。"小浪说，"亏你还念大学，我看你读书都读傻了。"

"你才傻，我看你有病！"

我离开小浪回到家的时候，孙二兰打来电话，说孙四兰回来了，一起吃晚饭。

我的四姐孙四兰从小就是个少言寡语的人。她比我大六岁，她喜欢养小动物，她不喜欢我。我弄死她的小鸡娃时，她咬着牙说："我厌恶你，波波，为什么所有的人都宠着你。"

孙四兰考上大学后就再也没有回来过，在家里，她只和孙二兰联系。

孙四兰也不喜欢母亲，孙四兰是在一次和孙五兰打架后就很少和母亲说话了，并尽可能地避开母亲。

小时候，我的姐姐们经常为一些家常小事吵架打架：你穿了我的裙子，我借你的衬衣开运动会，她穿了她的球鞋……但吵架打架最多的是孙五兰和孙三兰，孙四兰很沉默。孙五兰因为会画画很骄傲，有一次她在画画的时候，将手中蘸满颜料的画笔习惯性地向后一甩，五颜六色的颜料就点点滴滴地洒在后面方桌上做功课的孙四兰新买的裙子上。于是两人打了起来。

这一次俩人打得较凶，还动了刀子。当母亲被我从店里叫回来的时候，正看见孙五兰拿着一把菜刀和拿着剪刀的孙四兰对峙着，大有一触即发的样子。母亲从俩人手中夺下武器后，孙五兰就委屈地扑在母亲怀里大声哭了起来，她边哭边指着左胳膊关节处说是孙四兰用剪刀扎的。母亲一看那里果然有个伤口，并且还在往外流着血，于是她实在忍不住地给了孙四兰一个耳光。孙四兰捂着脸躲到一边，这时母亲才发现她的左手无名指已被咬得露出了骨头。母亲的心顿时一酸："我怎么养了一群狼！"

女孩子有时比男孩子更难养。母亲深有体会，她的女儿吵架、打架的时候并不比男孩子少。的确，女孩子比男孩子更容易吵架，并且难管，都认为自己最委屈，谁都会哭。但尽管如此，母亲从来都没有真正地打过我们，这一次是第一次动手打了孙四兰一个耳光。但她没哭，她只是怔怔地看着母亲，那是略带恨意的目光。母亲心一颤，她伸手想去抓孙四兰的手时，孙四兰躲开了，她独自出了房门。

大学四年孙四兰没有回过一次家，她的情况都是孙二兰说给母亲听的，交了男朋友，放弃了国家分配的工作，和男朋友去了内蒙古，养了一群羊、二十头奶牛、结婚等等。

孙四兰是一个人回来的。因为上一年的冬天，她和丈夫方伯寒承包的牧场遭到了前所未有的大风雪，损失惨重，牛马羊死伤无数，她是回来向母亲借钱的。

晚饭的时候，凡是在武市的家人都来了，孙大兰、林天生、林小海、孙二兰、魏小涛、母亲和我再加上孙四兰。孙四兰黑得我都快认不出来了，看到母亲红红的眼睛就知道哭了几场了。魏小涛和林小海在一所幼儿园里，孙二兰仍旧没有接他一起住。魏小涛有时和母亲住，有时和我住，更多的时候是住在孙大兰家里。

晚饭后，孙四兰和母亲回别墅去了，我没跟去。孙四兰还是不喜欢我。

小浪打来电话，她非常可怜地说她正在大街上。她问我孙四兰是住在母亲那里还是我这里。小浪又失业了，她很无聊，想找个人说说话。我说找个男朋友不就好了。她说我讨厌。

小浪来的时候买了烟和啤酒，她轻轻地将烟叼在嘴上，坏坏的样子。"我抽烟好看吗？"她问。

"抽烟又不是给人看的。"我说。

小浪又学会了一首英文歌，问我想不想听。我说你唱吧。于是她就唱，她唱的时候我睡着了。

早晨我是被很急的敲门声弄醒的，我不清楚谁会在这个时候来。我发现自己竟然是在沙发上睡了一夜，旁边躺着小浪。我奇怪的是小浪睡觉的姿势：她的头紧贴着我的胸口，一只手环绕着我的脖子，一条腿还搭在我的腿上。

我推开小浪站了起来，打开门就看见孙四兰红彤彤的脸，她一进来就开始清理她过去的东西。小浪也醒了，她去了卫生间。

孙四兰清着清着突然就哭了。我很奇怪，走过去："四兰，怎么了？"

"我就知道——我——在这个家里不受重视，但我还——是抱着希望回来——"孙四兰说着泣不成声。

孙二兰打来电话让我一定留住孙四兰，劝劝她，让她在家里好好住上几天。电话里，二兰说，四兰误会了母亲的意思，母亲不是不想借钱给她，母亲看见她的第一眼是很心疼的，母亲是想留住她。

但是，四兰坚持要坐头班的火车回内蒙古，她说伯寒一个人怕抵不住。我猜伯寒就是她的丈夫。

"可是你不等妈借钱给你了？"我说。

四兰也犹豫起来，但很快她就坚定地说："不等了，妈不会借钱给我的，我从来就不受重视。"

"四姐需要多少钱？我有些积蓄可能会有些帮助？"小浪插话说。

小浪很快去银行取出了她所有的积蓄六万元钱，她借给了孙四兰。孙四兰临走前，紧紧地抱住了小浪和我："谢谢你们，没有这笔钱，我真不好意思回去。"

母亲知道孙四兰回内蒙古后，很难过，她对二兰说："你问问她，到底需要多少钱能挽救她的牧场。"

我问小浪："你怎么会有这么多的钱？"

小浪坏坏地笑着："你以为我一贫如洗啊。"

我又问："你为什么要借给四兰？"

小浪又坏笑着说："因为我爱你。"

我吞了口唾沫:"我会还钱给你的。"

我当然记得那个夏天发生的事。

那是一个早晨,阳光明媚。那是父亲长途旅行后回到家的第二天。那天早上我起得很早,打开洗衣机,将父亲的衣服、我的衣服分类扔进洗衣机,在电源开通、洗衣机转动的那一刻,我躺在床上看书。这时有人敲门,并且声音很响,但洗衣机的噪音盖过了它,那是一台很旧的双缸洗衣机。敲门声吵醒了父亲,他很烦躁地推开我的房门嘟噜了一句:"波波,有人敲门。"然后父亲又趿着拖鞋去睡觉了。

我还未到门边就听见急促而响的敲门声以及小浪已不耐烦的声音:"小波,小波……"

我打开门就看见小浪熬红的双眼及苍白的脸:"你怎么了?急匆匆的,有人追你?"我没好气地说。

"这段时间你去哪了,我到处找你。"

"找我干什么?"我走进房间,小浪紧跟着:"我们是好朋友嘛,我当然要找你啊。并且我为那天的事向你道歉,我不是存心想让你难堪。"小浪伸手挠挠我的头,我躲开了。

"好朋友怎么了,好朋友你就可以乱说。"我冷笑着看着小浪,"哎,我就不明白,我到底跟哪个男人睡觉被你看见了还是捉奸在床……你这么乱说话已不止一次了。"我躺回床上,"亏我什么都帮着你,担心你,怕别人欺侮你。"

"所以我来向你道歉啊,对不起小波,不要生气了。"小浪撒娇地上前抱住我的腰,说,"原谅我好不好?"

"好,你放开我,洗衣机停了。"我说着挣扎着要起来。

"你看书吧,我去洗衣服。"小浪按住我,飞快地在我的脸上亲了一下。

　　小浪洗衣服去了，我却摸着脸愣愣地躺在床上。小浪亲了我一下，她又在琢磨什么？我从床上下来，走出房间，小浪正将一件T恤扔进洗衣机，见我过来媚媚地笑着。

　　"你……你吃早饭了没有？"我很警惕地看着她。

　　"没有。你呢？"

　　"我也没有，你想吃什么，我去买。"我看着小浪，奇怪自己怎么会这么温柔。

　　"嗯……"小浪放下手中的衣服转身搂住了我的脖子，嗲嗲地说，"我想吃你炒的饭。"

　　"你怎么了，吃耗子药了，说话声调都变了。"我拉开小浪的手进了厨房，锅里有不少剩饭。

　　小浪突然从身后抱住我："哇，有这么多的剩饭啊。"

　　我放下锅盖："你可不可以不要影响我炒饭。"

　　"可以。"小浪抱紧我，摩挲着我的脸，又在我脸上"叭嗒"了一下后跑出厨房。我看着她的背影，她到底想干什么？

　　"吃几个蛋？"我在厨房里问。

　　"我一直都是吃两个的，你忘了吗？"

　　"没有忘。"我从冰箱中拿出鸡蛋。我很快地炒好饭，将饭端到房间的桌子上，又倒了一杯牛奶，"小浪，你去吃饭吧，我来洗。"小浪正从洗衣机里拿出已甩干的衣服。

　　"不用了，让它自己洗吧。"小浪拉着我坐在桌前，"好香，怎么就一杯牛奶。"

　　"你知道我不喝牛奶的。"

　　"那你买牛奶干什么？"

　　"你喝啊。"

　　"谢谢。"小浪似乎很感动地又将嘴凑近我，不过这一次我躲开了。小浪有些不好意思地坐回椅子。一时间气氛变得有些紧张，只听见饭和牙齿交错的声音。我有些过意不去，侧头看着小浪，我发现她也在看我，当发现我也在看着她时，她笑了，我也笑了，一下子气氛又轻松了不少。

"今天没课？"

"改在晚上了。"小浪说，"晚上你送我去好不好。"

"好。"

吃完饭，我准备去阳台晒衣服，在我拿起衣服时，小浪的手抓住了我的手，就在那一瞬间，刚刚轻松的气氛又紧张起来。我扔下衣服："你要晒就晒吧。"我想抽出我的手，可小浪抓得更紧了，似乎有股激情在她体内膨胀。她抬起她的右手，用手背在我脸上轻轻地摩擦着，又用手指拨弄着我的下巴。我移开头，将眼睛偏向一边。突然她紧紧地抱住我，重重地伏在我的身上，我觉得心脏好重，我喘不过气来。

"你要干什么？"我很认真地看着她。

"真没劲，我去洗碗。"小浪推开我进了厨房。

"你今天怎么了？"我跟进厨房。我看着小浪，她埋头洗碗，避开我的目光。

"你没事吧。"我摸摸小浪的头。

小浪摇摇头。

"我发现你长高了耶。"我像发现新大陆般叫了一句。

小浪笑了起来。

"我们都长大了，是吧，小浪。以后我们会有自己的生活，自己的家，我们……"

"行了！"小浪生气地摔下碗，乒乒乓乓。"我看你有病。"小浪说。

"谁有病？"我看着摔碎的碗。

"你！你以为你是谁！"小浪捡起摔碎的碗，"你不要以为自己有多了不起，其实你是天下最愚蠢的人。你一点也不明白你自己，你虚伪透顶，除了骗骗人你什么也不是。你从小就没个正经，坏得出奇，你以为你这样别人就会把你当好孩子了吗？”

"我怎样了？"我都不明白她为什么骂我，"我就这样，怎么着？"

"你说怎么着！"小浪又摔下碗，碗的碎片声让我的心一颤，这种感觉从脚底一直贯穿到头顶，它让我的头皮绷得紧紧的。然而就在我的心一颤的刹那，小浪抱住我的脖子，贴近我的嘴，吸住我的嘴唇，咬住我的舌头，她热情而奔放地吸吮着。我的灵魂和肉体在那一刻仿佛已死去，我不知道人世间真的有这样的事。我虚弱而无力，我任由她亲着我。或者，我一直希望这样。并且，我不知道自己怎么会这样，我开始主动去吻她。我的嘴唇在她的脖子、耳根处、脸上停留，最后又落在她的唇上。我们的舌头缠在一起，我们的呼吸越来越急促，我感觉有一只灵巧的手伸进了我的衣服里……

我猛然推开她："不可以，真的不可以……"

小浪怔怔地看着我，她想坚持，我用双手撑住她的身体。

"不可以，这是不对的。我们不可以这样……"

我们对视着，小浪突然笑了："你假正经，你真是有病！"

小浪猛地推开我，离开了我的家。许久，我才醒悟般喃喃地说："你才有病。"

这时我听见拖鞋的吧嗒声，接着我看见父亲站在面前。

"你没事吧，你和小浪……你们……干什么？"

"没事，爸，没事。"我飞快地将衣服塞进盆里，向阳台走去，穿过厨房的时候却撞翻了小浪刚刚捡起的碗的碎片，碎片"乒乒乓乓"地掉在地上，像花瓣一样散开。

第七章 画家

武市的江堤经过一番整修和改造，一改过去只是单纯的乘凉场所，而成了一座临江公园。公园里不仅有孩子们喜欢的游乐园、旱冰场、卡丁车、碰碰车等，还有成人喜欢的骑马场、咖啡厅、卡拉 OK 厅等。

一辆银灰色摩托车顺着临江大道往临江公园而来，在咖啡厅前停住了。

孙波下了车，取下头盔，四下张望着。

人靓车酷，所以显眼。我将儿子安置在旱冰场后便向咖啡厅奔去。我和孙波约在咖啡厅里。

认识孙波我是先认识她的小说的。

此前我画了二十多年的画，出了两本诗集。我经常参加武市文联的活动，我知道有个年轻作者叫孙波。

那天我看了一篇小说叫《重围》，我因这篇小说记住了作者的名字孙波。小说讲述了一个有理想抱负的人，因种种因素不得志，一直奋斗到三十岁仍没有一丝的成绩。本来这个人意志坚强，并没有泄气。然而他被周围的各种冷言冷语压得透不过气来，最后这个人以伪装成精神病患者来逃避现实。小说的文笔流畅，语气平实，从中透出一股无奈、压抑和欲罢不能、无法摆脱的痛苦。

我一直记着文章中的一句话,"一个人不管生活在怎样的环境中,她(他)的周围都会有一层层重重包围的网,那是你看不见而又无法摆脱的。"我从文章中看到了我自己,同样一个摆脱不了重围的人。

我是独子,我的父亲四十岁的时候才有了我。父亲是个中学教师,母亲是个小学教师,他们一直用他们的教育方式教育着我,童年乃至成年我既不快乐也不悲哀。

大学毕业时,我的父母已是六十多岁的人了,他们希望我早点成家生子,于是,我娶了母亲同事的女儿。我想说那是一个糟糕的婚姻。

我的妻子霸道、无礼,她厌恶我的父母,嫌弃他们,并且,她斤斤计较、懒惰。这使得原本对婚姻存有很美好幻想的我大失所望。我性格内向,也较软弱,这是我最恨自己的地方。

婚后半年,有一天,我父亲的一位朋友从远方寄来一盒录像带。我的父母想看看,可家里就我新婚时买了一台录像机,于是父母就到我的房里看着。看到一半的时候,我的妻子回来了,她非常不客气地关掉了电视,将两位老人赶出了房门。此事发生后我非常吃惊,于是愤怒地向她提出离婚。

我的父母是一对老知识分子,他们的头脑比较陈旧,在我提出离婚后,他们认为,一个家庭里发生了离婚案对这个家的影响是不太好的,并且外人会怎么看?坏就坏在自己不该在儿媳妇房里看录像带,尽管那台录像机是他托朋友从国外带回来的。

因此我的父母极力劝阻我,并强制我说:"不准离婚!"

我的意志很坚决,但没想到的是我的妻子也不同意离婚,难道她对我还存有感情吗?我越来越后悔这场草率的婚姻。

然而就在这时,我的妻子怀孕了,于是我的离婚申请就成了一张废纸,我有些失望又有些激动。我失望是没有离成婚,还要继续面对这样一个刻薄的女人；而激动的是我将要做父亲了，那是怎样的一种感觉只有孩子出生后才感受得到。我暂且放下一切的不快，等待孩子的出生，我愿这个孩子的出生能带给妻子一个女人的柔情。

第二年春末的时候，儿子小文出生了。

那是我第一次体会到结婚的好处，一个新生命的诞生。但再次让我感到痛心的是，儿子的出生非但没有让我的妻子改变一点她过去的态度，反而使她更加的猖狂、嚣张，她认为她为我生了个儿子，立了一大功，她认为她生了个儿子是多么的伟大。她开始变本加厉地折磨我和我的父母，她越来越不把我的父母放在眼里。她不准我的父亲看他的孙子，对我的母亲大喊大叫，她故意当着我的面不给孩子吃奶，最可气的是，三个月不到她就给孩子断了奶，说是要保护她的身材。

为了不让妻子找麻烦，我包下了所有照顾孩子的事。但那天，我的妻子因孩子尿湿了床而将孩子推向一边，导致孩子的鼻子被撞出了血，为此我第二次向妻子提出离婚。

我第二次提出离婚仍然以失败告终。

从那以后，我对离婚和妻子失去了信心。我每天沉迷于绘画中，我的眼里只有我的画和儿子。因为绘画，我经常不回家，妻子怀疑我有外遇。

不过我曾经真为一个叫雪子的女孩动过心，那是个采访我的记者，但那也是一瞬间的感觉而已。只有在认识孙波后，我几乎死去的心才有些复燃，孙波身上有种我缺少的东西。

我的朋友们说孙波是狂傲自负的人，认为她在外频频发稿与她曾是作家的父亲有关。

第一次见到孙波是在一个颁奖会上。

那是一个团体性质的颁奖会。对这类颁奖会我内心并不喜欢，尽管我的画得了一等奖。

会议开始不久，门口处一个蓄着男孩式短发、高挑个子的女孩引起了我的注意。她穿着一条深蓝色牛仔裤，裤型很好，是与那些五六十元钱的牛仔裤不同的。那条裤子很贴切地挨着她修长的大腿和浑圆的臀部。

那蓄着男孩式短发的女孩，右手手腕处挂着一顶摩托车帽，左手臂挎着一只小双肩包，双肩包很随意地勾在她宽厚均匀的肩上。她站在门口双手插在裤兜里转了一圈后就朝我这边走来，摩托帽和双肩包随着她身体的移动一上一下地晃动着。

由于她来得较晚，前面已没有位子了，只有我旁边空着一个座位，她便挨着我坐了下来。我一直在注意她，因为她的打扮、装束和与会者多有不同。她一定是一位文学爱好者，我想。

这次的颁奖会分两类，一类是文学作品，这当然包括小说、诗歌等；一类就是画画、摄影等作品了。小说的特等奖上写着孙波的名字，而画画我已说过就是我这位画家了。我旁边的女孩不经意地翻看着手中的获奖名单，突然说了一句："评这种奖有什么意思？"

她的话正是我心里想说的，我很高兴，也不管她说这话是自言自语还是对我说的，我接过话："也是的，真没意思。"

我的话与她产生了共鸣，她冲我友好地笑笑："没见过你，你写什么？"

"到这来一定要写什么吗？"我说。

"噢——"女孩将头侧向一边没有再说话。我觉得她很有意思，"你是写什么的？"我问。

"不写就不能来了？"女孩还了我一句。

"不是。"我说，"今天来的有诗人、作家、画家、摄影家，再就是一些文学爱好者，不知小姐属于哪一类。"

"属于人类。"

我知道这种女孩很难缠，我是很随意地聊聊，没有想跟谁斗气，可现在听她这么一说，我有些生气了，我闭上嘴不再说话，可这时女孩见我没吱声，她斜眼看了我一眼："我写小说的，你呢？"

"是吗？"我也斜眼看了她一下，"我画画的。"

"画家？厉害，那千里马一定是你画的了。"

女孩说的是我那幅获奖的作品，我当时以为她知道我是那幅画的作者，没想到她是在挖苦我，我还谦虚地说："画得不好。"

女孩稍愣了一下后，歪着嘴笑了："不错，是匹好马。"

"画得不好。"我有些得意，"对了，这次小说的获奖者孙波不知道来了没有。"

"怎么？认识她？"

"不是，听说这人挺狂的，所以我想见一见是个什么样的人。"

"是吗？很狂？"

"对，狂傲自负。"我说这话时就好像和孙波有仇似的，我自己都吃了一惊。

"她是你姨妈——"女孩很不高兴地说。

"不是。"我傻乎乎地摇着头。

"那你这么了解她？！"

"我？"我明白过来了，"我说她你急什么。"

"有病！"女孩瞪了我一眼后站了起来，向门口走去。

"孙波——"会议组织者突然过来叫住她，"孙波，怎么刚来就走，马上开始颁奖了。"

原来她就是孙波。我无法形容自己当时的窘态，眼睁睁地看着她随着会议组织者走到另一个角落坐下。

颁完奖后中午照例在酒楼里吃饭，我和孙波被安排在一张桌子上。"对不起。"我趁大家不注意时轻轻地说。

"什么？"她问。

"对不起，我刚才是没话找话。"

"没事。首先，我不会跟外甥计较；第二，我也不会跟一匹马生气。"

"你说你是一匹马的姨妈。"我说。

"你——"孙波看着我，"你嘴巴挺厉害的。"

"跟'姨妈'学的。"

儿子五岁时，一天，他突然问我："爸爸，你和妈妈为什么不像别人的爸爸妈妈那样牵着手、亲亲热热的。"

我意识到儿子长大了，他已经有了亲情的认识。我也突然意识到不能再在儿子面前表现出和他妈妈的那种破裂，一切为了儿子，为了他的成长，我不再提离婚的事了。就这么过吧。真离了婚再找个女人也未必能好到哪里去。然而有一天，我又有了一种渴望新生活的希望，那是在认识孙波以后，我感觉生命似乎出现了一次转机，那是一种从没有过的血液狂奔的感觉。

然而我又明白，我和孙波不是一个世界中的人，她实际上离我很遥远。

第一次见小浪是在认识孙波后不久，那是一个让人看一眼就会怦然心动的女孩。

那天颁奖，我的"千里马"领回了现金一千元。其实在这以前我领回过很多奖，但从没有像这次这么开心。后来我明白，因为那天我认识了一个让我今生都不可能再忘记的女孩，我最好的朋友孙波。

我的一千元奖金，当然不可能完全地躺在我的口袋里，照惯例要请一帮朋友撮一顿。我准备把孙波也请来，立刻就有朋友反对："别自讨没趣了，她不会来的。"

"不会吧,我觉得她还不错。"本来以往请客都是在家炒几个菜大家喝点酒,这次考虑到孙波要来所以破例在酒楼里订了一桌,但孙波真的没有来。

临江公园有一个很大的露天舞池,晚上有很多中青年男女在此跳舞,白天这里就成了孩子们学溜冰的地方。我总是在周末天气好时带儿子来这里,儿子换上溜冰鞋后自己就去溜了,舞池旁的椅子上有很多妈妈们边晒太阳边打毛线。每次带儿子出来溜冰我都会事先准备一本书,他溜冰我看书,今天也不例外。我在一旁想找个空位子坐下,这时,我看见了孙波。

我看见孙波之前我看见了一辆很威风的银灰色铃木王摩托车。铃木王很漂亮,也很眼熟,但我想不起在哪里见过。我寻思着,我的眼睛穿过铃木王后面的台阶,台阶上背对着我坐着一个人,一个有着很短头发的女孩。她低着头坐在那里,一筹莫展。

我很高兴地走上前:"你好。"

我出其不意的出现惊动了孙波:"原来是你,你——噢,画家。"

孙波喜欢这么叫我。画家,画家。开始我还觉得不好意思劝她不要这么叫,可她执意要这么叫,我也没有办法,就随她这么叫着吧。渐渐地我竟喜欢她这么叫我了。画家,这个称呼也很不错嘛,画家,总算有人这么叫我了。

"我带儿子来溜冰。"我说着将儿子指给她看。

"挺可爱的。"孙波也指着两个五六岁的男孩给我看,"那是我的两个外甥,我大姐二姐的儿子。"

"溜得不错嘛。"我说。

"'坏'透了。"孙波说。

我在孙波的对面坐了下来:"没有打扰你吧。"

孙波摇摇头,一副无所谓的表情:"没什么事,我坐着晒晒太阳。"

孙波故作轻松,可我仍然感觉到她有什么心事,我突然想到了那篇《重围》，难道她有什么摆脱不了的事？不可能，她这个年龄会有什么不开心的事？

"对了，那天你请客我有事所以没来。"孙波提起那天我请客的事。

"没关系，以后有机会的。"我还是有些局促，面对孙波。

一群孩子边溜冰边大声叫着，吵极了。

"真吵。"孙波说。

"那边有个冷饮室，我们去坐坐。"我提议。

"好哇。"

冷饮室里已坐了不少的人，我问孙波喝点什么。

"啤酒吧。"孙波淡淡地说着，用手轻轻地弹了弹桌上的灰土。

我有些意外，很少有女孩子这么大胆地直呼要喝啤酒，就算是能喝啤酒的女孩在一个男子面前也会故作矜持地说："我不喝酒。"

啤酒很快上来了，我们慢慢喝着。

那天我第一次见到小浪。那是一个诗情画意的女孩，有着黑缎子般的长发。要知道我是个画家，对所有的美都很敏感。

一个秀气的女孩在窗外张望着，但很快就不见了。我和孙波是面对面坐着，孙波背对着窗口，她是不会看见那个女孩的。她见我向外看着什么，也回过头来，但什么也没看到。

"看什么呢？"孙波问。

"看一个跟你一样漂亮的女孩。"

"哼，想挖苦我也不用这样。"

"真的。"我正说着那女孩又出现在窗外，"你看，就是她。"

孙波再次回过头去，在她和那女孩的双眼相碰的刹那，我看见孙波皱了下眉头，将头迅速收回，但片刻她又突然站起，向已走进冷饮室的那位漂亮女孩挥挥手："我在这里。"

"我就奇怪，有车怎么会没有人呢？"那女孩边说边挨着孙波坐了下来。

"介绍一下这位是画家，"孙波指指我又指指小浪说，"小浪。"

"你好。"我冲小浪友好地点头。

小浪并没有回答，她拿起孙波的杯子喝了一口啤酒："怎么，小波，又换了一个男朋友，你速度也太快了。"

"别瞎说，人家老婆、孩子都有了，他可是个画家。"

"画家？"小浪凑近我，"画家先生，可以给我画张像吗？"

我和小浪第一次凑得这么近，也是唯一的一次，但这一次就够了，我已将她牢牢地印在了脑子里。

小浪有一双很漂亮的眼睛和一张无比俊秀的脸。

"可以吗？画家先生。"

"当然可以，看你什么时候有空。"

"现在。"

"可、可是我没有带画纸和画笔。"

"别闹了，小浪。"孙波烦躁地打断小浪，但口气马上又温和下来，"行了，小浪，我们只是随便聊聊。"

"如果你想聊天可以和我聊，我可是你最好的朋友。"小浪在说好朋友时，将"最好的"这三个字说得很重。

孙波婉然一笑："对不起啊，画家，我还有点事，回头再聊。"

孙波拉着小浪走到门口时，小浪又回过头来，说："画家，别忘了我的画。"

夏末的时候，武市郊外的一个桃园为庆祝丰收安排了一个笔会。笔会上又碰到了孙波。桃园自酿着一种米酒，饮后留齿醇香，孙波给酒取名"清凉"。孙波爱酒，但没酒量，喜欢闹，闹时会多喝一些。她很明智，总给自己一个底线，在达到这个底线时你怎么劝她也不会喝了，她会找些茶水解酒。离开桃园时，孙波自购了两箱清凉酒，一箱二十四瓶。

　　一天晚上，儿子睡了，我一个人走出家门，沿着街边小道来到了武市最热闹的小吃街，看着热火朝天的买家和卖家，肚子一下子就饿了。我选择了一家"北方饺子"店，我看见孙波正在里面悠然自得地喝着清凉酒吃着肉串时，我立刻明白我为什么喜欢她了。

　　以后，那家"北方饺子"店成了我们"幽会"的地点，我们喝着酒吃着肉串和饺子侃侃自己认为的文学，谈谈谁谁的作品，说说中国当今文坛上的事。我喜欢听孙波狂言乱语，她说搞文学、搞艺术不狂是出不了成绩的，就像有人说的：全疯的不要，不疯的不要，就要那半疯的。孙波有时很健谈，有时一个晚上不说一句话，我喜欢和她聊天，和她一起我很轻松。潜意识里，我很爱——和她待在一起。

　　和孙波待在一起的时候，我经常地会见到小浪，我也不止一次地见到研究生，他个子很高、很帅，他和孙波站在一块儿的确很配。研究生很喜欢孙波，他很体贴近乎是在讨好孙波，所以小浪会认为研究生是图孙波家的钱，及孙波的姐姐能把他弄出国。

　　我见小浪的次数比研究生多得多，我见孙波十次，有八次她会出现，有时是孙波带来的，但更多的时候是她自己找来的，她找孙波的本领令我和孙波的朋友不得不佩服。

　　我知道孙波是很喜欢研究生的。"他很风趣。"有一天孙波对我这样说。

　　"谁？"我当时故意地问了一句，"谁很风趣？"

　　"研究生呗——"提到研究生，孙波整个人沉浸在一种新鲜的喜悦之中。"有一次他突然问我怎样分辨狮子的公母？"孙波说，"我当时不假思索地说头上有很多长毛的那种是公狮子。他说不对，漂亮的是公狮子。"孙波说，"可母狮子也很漂亮。他又说：'难道你不觉得有毛的比没毛的漂亮吗？'"

孙波说到这里笑了起来。我接过话说："研究生说得很有道理，是这么回事，在动物中公的都比母的漂亮。"

孙波听着又笑了："你觉得你漂亮吗？"

我尴尬地笑着："总要有个别垫底的，可你的研究生的确很帅。"

"那当然。"孙波很得意。

我现在唯一欣慰的就是我还有个儿子，这是我唯一感激我妻子的地方。

我的儿子小文很调皮，虽然他现在只是个小学一年级的学生，但他可以把三百六十个麻将牌从头到尾地数一遍。这是我最担心的，我难以想象他的未来会是个什么样子，我可不想我的儿子将来成为一个赌徒似的人物。

我曾把这种焦虑的心情说给孙波听，原想让她帮我出出主意。可孙波不仅没出什么好主意，反而安慰我："一个孩子在童年时千万不要把他管得太死，尽量让他去发挥自己的想象，不要强迫他，学坏也不是那么容易的。"孙波说到这突然口气一转，笑了起来，"说不定将来你的儿子能成个赌王什么的。"

我知道孙波的很多事情，我也知道她是在放纵和宠爱中长大的，她从没有被约束。我这样认为：她桀骜不驯、自由散漫、我行我素……这所有的一切只缘于她有一个非常和睦的家庭，一群深爱着她的女人们。

但在这方面我却不同，我从不认为我和妻子带给儿子的是一个非常温暖的家，冷战、恶吵、动粗、摔东西。我知道自己不是个好丈夫，但我一直在尽量做个好父亲。我不奢望我的儿子将来能成为什么伟大的人物，为社会创造多少财富。我只希望我的儿子在他长大后，有一天回忆起童年时，发现曾有过那么一点美好，他的父母留给他的。为此，我尽量在儿子面前表现出慈父一般，我也尽量在儿子面前躲开妻子的纠缠、谩骂，我知道自己娶她已经是个错误，那是我一生中所犯的最大的错误，但为了儿子，我会将这个错误继续下去。

话又说回来，"麻将"这玩意儿的确应该称国粹，也幸亏有它才让我摆脱掉了一些不必要的烦恼。我也时常感激麻将带给我妻子的快乐，我感激它将妻子的注意力全部吸引过去了。麻将真是好。我的妻子自从爱上麻将后，她在家里的次数越来越少了，这样我和她的战事就越来越少了，我在家里也轻松多了。有时她没出去，我知道她是输光了钱，我竟从没有过地将我多年的私房钱拿出一点来给她，让她去翻本，看着她难得的感激和微笑，我不禁有些得意，要知道没有她在家的日子，我才感觉到像个家了。我全心全意地照顾儿子，我心甘情愿包下一切的家务事。

有时我也上麻将桌玩一两把，我第一次上麻将桌是被孙波拉上去的。我记得那次是孙波的一篇小说得了个不起眼的小奖，但有几个朋友存心想"宰"她，而她也无所谓那一餐饭，于是包括我在内的五个人来到了"孙家酒楼"。大家开心地吃完饭后，有人提议包间房唱卡拉ＯＫ，但立刻有人反对，说唱歌没劲，不如打麻将。孙波一想也是，她也好久没摸麻将了，不如摸几圈。

很快，除我以外的那三个人积极响应，呼声中又包含着"算计"孙波的意思，于是我们五个人转到孙波的家里摆开了桌子。我不打麻将，便坐在孙波的旁边看着。没多久，孙波输掉了七百多元钱，这时，她的ＢＰ机响了，孙波让我替她打会儿。这是我第一次上麻将桌，那天从孙波出去到她回来，我替她赢回了七十元钱。

三个朋友幸灾乐祸地看着孙波，孙波依旧是无所谓地笑笑，这时她旁边还站着一个身材匀称、面容姣美的女孩，那就是小浪。

孙波又坐回到了桌前，她拿起一支烟，小浪飞快地替她点燃了。孙波吐出一口烟，轻蔑地看着那三个人，说："看来你们今天存心拿我开刀，不过你们别忘了，先赢的是纸，后赢的才是钱。"

孙波说着冲小浪笑了笑，小浪很自然地坐在她的左边，我坐在孙波的右边，我们一左一右地坐在孙波的两边看着她打麻将。那场麻将最后只持续了两个钟头，孙波就搜刮光了另外三个人身上的钱，并且其中一人还倒欠她一百多块。那是个本市小有名气的诗人，他红着脸说改天给孙波送来。孙波一笑："算了，大家是朋友，只当我请你喝茶好了。"

诗人的脸更红了："孙波，你哪是请我们吃饭了，是我们请你吃饭，并且你家的饭也太贵了。"孙波听了哈哈大笑着。

说实在的，我一直很讨厌赌博，可当我看见孙波在麻将场上的那副坦然、无所畏惧竟有种说不出的感慨，仿佛她就应该是这样的，只有她才配这样。这个念头一闪后我就害怕起来。我感觉无论孙波做什么我都认为是应该的，难道这就是"爱屋及乌"吗？我有些紧张，我和她是好朋友。

现在，圈子里的人都知道我和孙波的关系不错。说这话的人语气酸酸的，还有些嫉妒的成分在里面。说我和孙波关系好，我从来都不去解释。你对朋友是真心的，朋友对你也会是真心的。

那天晚上，孙波异常烦躁。晚上七点，我们约在"北方饺子"店里。我们几乎同时到达，照例是六两饺子，二十串肉。孙波又要了一瓶白酒。她看上去很烦躁，时不时地低头看看BP机，我担心她晚上有事，便不打算跟她长谈，可她却拉住我，一定要我多坐会儿，她说喝酒、喝酒，这么好的酒。然后是沉默。我有些担心，也不知道该说些什么，她一副消沉及心不在焉的样子。肉串上来了，我拿了一串，也递给她一串，她吃了两口又放下，这样我也就没吃了，陪着她，噢，无聊极了。

"真他妈烦透了。"孙波突然说。我没有接话，我不敢说，怕说错了。仍然是她在说，她说我要结婚了。"画家，我的家人可开心了，天天围着问这问那，研究生也问这问那。还是和你坐会儿好，轻松。"她说，"此刻才感觉到我是我自己。"

我知道她的家庭结构，我知道她有一个一心想娶她的研究生男友和一个非常要好的女朋友小浪。谈到研究生她总说他英俊、帅气、能干，正在考托福，她说她会和研究生一块儿去美国，她说她喜欢研究生。但我感觉她在谈到小浪时的那种表情，那种深不可测、难以自拔的无奈才是她完完全全的内心世界。

"我们从小玩到大，我们彼此都太了解对方。"她这是在谈小浪，"其实这样不好。"她说。

这个时候，孙波的眼睛是半眯着似乎在看着远方的什么东西，一个让她放不下而又摆脱不了的东西。她的那种眼神让我着迷，那样的无奈、那样的专注，她在畅想什么还是在犹豫着什么？我不清楚也没敢多问，但我知道那是她最不愿意让人触摸到的地方。我已经为她着迷了。这她是不会知道的，而我也打算永远不让她知道。

"我都不知道要怎么做才好。我很保守，特别是在感情方面。"孙波笑了起来。那是一种很调皮的笑，只有在这一笑时才可以感觉到孙波的无所谓，那笑容是不会把什么东西什么人放在眼里的笑。但有一个人例外，我知道。

那是个秋天，孙波非常烦躁地和我在"北方饺子"店里，她告诉我她要结婚了。那天晚上，小浪死了。

小浪的美与孙波截然不同。她是那种媚媚的、清清的、秀秀的，她说话的声音很轻很轻，很甜很甜。

孙波贪玩好赌，赌主要是麻将。她的牌友限定在诗人田田、同事范天平、小艳和几个作者身上。我经常是三缺一时的候补队员。我并不爱这玩意儿，是孙波带会了我。孙波的麻将术语很多：一人赢三家输叫"月亮湾"，一人输三家赢叫"分家"，"杠上开花"指杠的时候和牌了；还有"两头堵""光绪（输）皇帝"，有一阵子大家称孙波的家为银行，而她就是"提款机"……

打麻将的地点一般在孙波家。打麻将的时候孙波的嘴好说，她不管输赢都不露相，这跟她的经济实力有关。小浪常过来看她打麻将，指指点点，孙波一输她就着急，孙波就笑她小心眼输不起。孙波有时对她很温柔："别熬了，小浪，洗洗睡吧。"孙波拍拍她的脸，"不然明天会长皱纹的。"有时孙波很粗暴，那肯定是小浪在她耳边唠叨她又熬夜了，"你不想待着就回家好了，我又没请你待在这里。"

那天孙波突然打电话给我，说有很急的事请我帮忙。我毫不犹豫地赶去了，原来她五姐的装饰公司刚刚成立，本来五姐和五姐夫准备联手在大厅前画一幅迎宾图的，可巧五姐刚怀上孩子，五姐夫就准备找一个画家代画，于是孙波想到了我。

"你就画你的'千里马'吧。"孙波说。

"画'千里马'行吗？"

"没关系的，我做主了。"

我很乐意帮孙波做事，并且我还从没有画过那种大厅画，我也想尝试一下。我很认真地画着，这不仅是我才能的一种展示，更是我第一次帮孙波做事，我相当卖力。过了一个星期，我画到一半的时候，一个三十多岁的美貌女子和一个五十多岁的妇人来到大厅，她们吃惊地看着我墙上的草图，年轻的那个什么也没说，她只是傲慢地瞟了我一眼后继续看我的画；年老的那个很礼貌地冲我笑着："你就是画家。"

"嗯。"我点头，我猜到她们是谁了，她们的表情给我鼓舞，我知道自己的画是能让人满意的。

那是孙波的母亲和她的二姐，她的母亲临走时说："欢迎你到我家里来玩。"

我意识到她说的那个家是郊外的别墅。我很感动，我妻子的母亲很少如此温柔地说话，让我感到被尊重后的体面。两个星期后的一个傍晚，我终于将"千里马"的最后一笔画上了，我激动地看着那匹欲跃图腾的千里马，很有成就感，这是我第一次在一面墙上直接作画。

"谢谢你，孙波。"

孙波也很激动，她目不转睛地看着那匹马，这时听我说话，她一愣："谢我干什么？我要谢你才对。"

"当然要谢你，是你给了我这个机会，不然我不知道我还可以在墙上作画。"

"是吗？"孙波说，"那你要怎么谢我。"

我痴迷而专注地看着孙波，我一直有一个想法："我想画你。"

"画我？现在。"孙波有些犹豫。但体内的激情促使我有些放纵自己的情绪。

"你愿意让我画一次吗？"我深情地说。

"没有什么不可以。我以前常给五兰做模特，但她每次都把我画成猪八戒。"孙波笑着退到角落，"站这里可以吗？"

孙波看着我，她的眼睛半眯着。我的心一跳，怎样的眼神，迷乱、破碎。她怎么会有这样的眼神，让人心醉，让人痴迷。我走近她，拨弄她额角的头发："你——坐这里来。"

我搬了把椅子让孙波坐在窗前，夕阳的余晖透过窗帘弥漫在孙波的脸上，她的脸立刻朦胧起来。我在孙波的右前方架好纸，但我拿笔的手却在颤抖，我直视着她，我几乎下不了笔。

"需要多长时间？"孙波坐在窗前问，她有些坐不住了。

"很快。"我在纸上慌乱地涂着。

孙波耐心地等着，谁也没有注意时间在一点一滴地溜走，没有注意天黑了。我感觉拿笔的手怎么也不听使唤，我看着画，心乱如麻。

"怎么样，怎么样？"孙波冲上去要看，我挡着，我不想让她看到我的画，那是我画得最糟的一幅。

"看看嘛。"孙波一定要看，我不给，我是真的不能给她看，但孙波特别想看到我给她画的第一幅画像。她趁我不注意猛地从我的手中一把抢过，奔向窗边，我毫不犹豫地冲过去要夺回来。孙波拿画的手向窗外伸去，她不想让我够着，我从她的身后抓住了她的手。

"你们在干什么？"黑暗中一个声音慢慢悠悠地飘来，吓了我和孙波一跳。大厅中央不知什么时候多了一个黑黑的身影，她冷冷地看着我们："你们很亲热吗？"

小浪走过来看着我，我的左手正抓着孙波拿画的左手腕，右手搂着孙波的身体。我忙松开孙波，不好意思地看着突然闯进的小浪。

"你怎么来了？"孙波从窗边走到小浪的身边。

"啪——"

黑暗中是什么发出闪电的光芒，还有那突如其来的声响。当我明白那是一记耳光时，孙波已经将小浪抵到了墙边："你敢打我！"孙波咬牙说着，她的手举得高高的，但始终没有落下。

太突然了。那一记耳光现在想起都会让我心颤，就那一记耳光我知道了小浪和孙波之间的秘密。

"听着，孙波——"小浪顿了一下，我看见她俯在孙波的耳边说了句什么。

孙波深吸了口气，皱着眉迷茫而不解地看着小浪，突然地，她松开小浪，指着门外："滚，我再也不想看到你。"

小浪冷笑着，从地上捡起自己的包，但她并没有马上走，而是示威地走近了我，她冷冷地看着我，上下打量着，她看得我毛毛的。

"不要爱她，知道吗？"小浪说着恶狠狠地看了我一眼后，离开了这间黑洞洞的大厅。而她的身后，那个虚弱的身影如一个布袋一样滑了下去，蜷缩在墙角。

那天夜里，睡梦中，我第一次梦见孙波，在一个四周没有任何寄托物的空地上，她无助地大张着手臂做出飞翔的动作："我要飞，我想飞……"她茫然地看着无边的天空，"……我要出去，我要离开……"

第八章 研究生

"你他妈真走运！"朋友们都这么说。

大学毕业那年，系里不多的保研名额中有我，我欣喜若狂。随后我的导师介绍我做一份工，待遇不错。工作的第一天，我认识了一个漂亮女孩子叫孙波，后来她成了我的女朋友。

我的确很走运。那一阵子，我也是这么认为。我和孙波恋爱了三年，她差一点点就成了我的妻子。我一直认为自己很走运，直到我认识了小浪。其实认识她后我仍然认为自己很走运。

我爱小浪，但她不爱我。我爱孙波，她也不爱我。

我第一份工作的那家电子公司是一对从美国回来的夫妇创办的，算是合资。妻子是个中国人，丈夫是个美国人。开业的第一天，来了好多人，当时电子产品还是奢侈品，看的人比买的人多。孙波在看的人群中。孙波属于那种有些野的女孩，或许这就是孙波的魅力。

那天好多人向我要名片，这很正常，为了咨询电脑。孙波也向我要名片，我犹豫了一下。我犹豫的那一下并不是不想给她名片，而是在考虑是否问一下她的名字，可最后我还是没能开口。然而幸运的是，就在快下班时，我接到她打来的电话，她告诉我她在一家电影院门口等我。

噢，那一刻，我激动而快乐的心情难以形容，我匆忙地收拾好东西就向那家电影院跑去。很快地我赶到电影院，可是没有看见孙波。我想自己可能是来早了，我拼命地去回忆她在电话里说的话，"人民电影院"，五点半，没错，就是这里。我站在那里等着。六点十分电影院真的有一场电影，我想她可能有事，很快就会来，并且我还在想是不是先将票买好，可又不知她买了没有，可她要是没买等我再买时没票了怎么办？我有些着急，我看见有不少人已经进场了。我在电影院旁的小卖部转着，买了瓜子和话梅，我知道女孩子都喜欢吃这些东西。我在电影院门前傻傻地等着，我想她约我的各式各样的理由，我想着自己也不是第一次约会，更不是什么初恋，我想着看了看时间已经到了六点半，我扔掉手中的瓜子和话梅，我知道自己被耍了。

这就是和孙波初识的经历，她是个很容易让人记住的"厚脸皮"女孩。我一直叫她"厚脸皮"，她叫我"馋嘴巴"。

接下来的几天，我都想好了怎么对付这个厚脸皮女孩，偏偏她就没有再出现，我有些莫名的烦躁。我渐渐忘了这件事。许多天后的一个中午，我正懒散地靠在椅子上玩着电脑游戏时，我的肩膀被人拍了一下。

孙波喝着一罐可乐，顺手递给我一罐："你好，吃饭了没有？"

"吃了，你呢？"我接过可乐，有些激动，心里想着是否要报复她一下。

"还没呢。不知道这附近哪有吃饭的地方？"

"到处都有。"我继续玩着电脑。

"你带我去好吗？我对这里不太熟。"

我想了想，关上电脑，将孙波带到我常吃午饭的那家小饭馆。我将孙波带到这里后就准备走，她拉住我："来了就一块儿吃点吧。"

"我吃过了，不想吃。"

"那就陪我坐会儿。"

我只好坐下，孙波点了几个菜，一个人吃着，胡乱地问些问题，我很自豪地告诉她我正在攻读研究生，读完后准备出国继续深造。她听了很是羡慕，她说她也一直梦想着能够走出国门，可是学习不好，自己又没有关系。她告诉我她叫孙波，刚刚大学毕业，现在一家杂志社工作。我们谈得还算投机，我决定不再计较电影的事。可是在她吃完饭付账的时候，她翻了翻口袋然后有些不好意思地看着我，那意思就是没带钱。我感觉自己又被要了，我付了钱快速地走出小饭馆。

在公司门前，孙波追上我："不就是几十块钱吗？我给你就是了。"孙波不知从哪里掏出一个钱包拿出五十元钱递给我。

我更气了："你明明带了钱还说你没带，你这不是存心要我吗？"

"哎呀，我那是给你一个机会。"孙波一脸的不在乎，"很多人想替我付账我都不让他付。"孙波将钱塞进我手里。

"这么说我应该感到荣幸了？"

"那是你的事。"孙波说着我气坏了，"你——你真无理取闹。"

孙波见我生气，又笑着说："行了，行了，别气了，逗你玩呢。待会儿你有事吗？要不，我请你看电影。"

一提电影我更气了："你又想要我，那天我在电影院……"我突然停住，我觉得那晚的事说出来她一定乐坏了。

"那天怎么了？"孙波一脸疑惑，接着又诡秘地笑了，"噢，那天你去电影院了。"

我气愤到了极点，我从没见过如此不可理喻的女孩，我扭头进了公司，孙波也跟了进来："那天你真的去了？"她还在问。

我真的没见过如此厚脸皮的女孩。"你很开心是不是？"我站住，"我是去了，我还等了一个小时呢。"我打开电脑继续玩游戏。

孙波坐在一边，她似乎没有要走的意思。过了一会儿，孙波突然笑了一声，然后说："你不想理我，是吗？"

我继续玩着。

"我今天晚上真的请你看电影。"我没搭话。孙波却在一旁自言自语，"今天的电影我好像看过了。跳舞？也没什么意思。唱歌好不好？"孙波看着我，"就唱歌了，我知道中南路那里有一家卡拉OK厅很不错，晚上七点你在中南商场门口等我好了。"

孙波说着拍拍我的肩："就这么说定了，我现在要上班了，拜拜。"

那天晚上，欲望战胜了自尊心，我还是去了中南商场。果然，孙波这次没有失信，那家卡拉OK厅也像她说的那样很不错，最后值得表扬的就是孙波的歌了，唱得非常好。然而从歌厅出来后再次让我震惊的是那天晚上她并不要我送她回家，而是要送我回家。她指着一辆原装日本铃木王摩托车冲我摆摆头："上车吧，研究生，我送你回家。"

我惊得半张着嘴："这车是你的，你哪来的？"

"别大惊小怪，我借的。"

"能借到这么一辆摩托车，买台电脑还要和我讨价还价。"

孙波笑着递给我一个摩托车头盔："我想把你们电子公司买下来。"

"别吹了，开车吧。"我跨上摩托车，我想这个世界上没有几个男人会有我这种感觉，被一个漂亮女孩用摩托车送回家。

以后，我们开始约会。

我见到小浪时第一感觉是：我已无数次地见过这个女孩，在夜里，在梦里，在回家的路上，停车棚、电影院、孙波的BP机里……

最后我是在电影院门口见到了真实的小浪。孙波的身体明显地抖了一下，轻轻地拨开我搂着她的手。

"你——有事吗？"孙波问。

小浪有些怯，但又很镇定地说："我找你好多天了。"

"小浪——"孙波瞟了我一眼，"干你自己的事好不好。"孙波低声下气地说。

"不好——"小浪说，"我跟着你们好久了——"

我很意外，也很气愤，正要说话时，只听见孙波大吼一声："你他妈有病啊！"

电影院刚散场，有很多人往外走着，孙波这一嗓子立刻招来好多双眼睛，两女一男，情绪激动，这场面很容易让人误会。

"我们到旁边说去吧。"我想将她俩拉到一边，偏偏小浪甩开我抓住孙波，孙波甩开她，向停车场走去。小浪紧跟其后，我拦不住，我听着摩托车引擎的响声，眼看着孙波骑着摩托车从我身边呼啸而去。摩托车驶向马路，驶向人群，然后向一辆侧面而来的出租车撞去。我看见摩托车失控地飞了出去。

人群中顿时一片混乱，我飞快地冲了过去，然而小浪比我更快地跑到孙波身边抱住了她。

一切都发生在瞬间。

这就是我第一次和小浪见面的经历。在医院里，她一直守在手术室外，但奇怪的是，孙波的母亲来后，她就不见了。

"你是谁？"孙波的三姐孙三兰打量着我。

"孙经理，我是您公司的职员。"我很紧张。

"噢，可你怎么在这里？"孙波的三姐看看我有些犹豫，"你和波波——"

"我——我们看完电影——"我不敢说我和孙波正在交往，我只能含糊地说，"我和孙波看完电影出来就碰到一个叫小浪的女孩，她们争吵起来，后来就出了车祸……"

"又是她——"孙波的母亲明显地皱皱眉头，似乎不想提到这个人。随后她看着我，片刻，她非常温和地问我，"你是——波波的男朋友？"

"啊——嗯、是——"我答应着，眼睛瞟了瞟我的老板孙三兰。她却没有在意，她关心着病房里的孙波。

此后无话，直到手术室的门打开，孙波的母亲和孙三兰以最快的速度冲了过去："医生，怎样？"

"她没事，只是左大腿骨折了，已上了石膏，要静养一段时间。"医生说。

"会留下后遗症吗？"孙波的母亲焦虑地问。

"护理好了，应该不会。"医生笑着说，"你们现在可以替她办理住院手续，有护士的护理应该会好一些。"

孙波的母亲朱敏对我说："你看上去很不错，你愿意在医院里照顾波波吗？"

孙三兰对我说："你明天不用来上班了，就在医院里照顾波波吧。"

朱敏对我说："你照顾我会放心一些，看得出来波波挺喜欢你的。"

孙三兰对我说："放心吧，工资什么都不会少你的。"

从这天开始，在孙波的家里，在孙波的家人面前，我只有听的份儿，点头的权利。她们不需要我回答什么。

我很乐意照顾孙波，朱敏很高兴，她亲自让司机送我回家取衣物，那是一辆很豪华的白色皇冠轿车。

晚上回到病房的时候，孙波已换进了特护病房。特护病房有沙发、电视、洗手间、阳台。朱敏一走，小浪就出现在病房里。孙波大概因为麻醉药的缘故，一直昏睡着。小浪在孙波的病床前坐了会儿，然后看看我，又看看阳台外。我们开始无话。其实我有好多事情费解。

"嗯……"我表示想说话的时候，小浪坐到我对面的沙发上，看着我，等着我的问话。

"嗯，痛……"可能是麻醉药过去了，孙波哼唧起来，我忙过去。她指着打着石膏的腿，"好痛。"

"哪里痛？"小浪抚摸着她的额头。

"腿……痛。"

我忙摸着孙波的腿，但孙波仍在叫痛，并烦躁地左右摆动着脑袋，看来真的是很痛。我想起医生临走前说如果痛得厉害可以向护士要去痛片，我便出去找护士了。可当我拿着去痛片回到病房的时候，看见小浪正温柔地抚摸着孙波的头，并轻轻地问："这样行吗，还痛吗？"

"痛，痛……摸摸，轻些。"孙波喃喃地说，"摸摸头，再轻些……再轻些，轻些，轻……"孙波哼哼唧唧地又睡着了。小浪一直在抚摸着……

我觉得奇怪，痛的是腿，为什么要摸头呢。

早晨醒来的时候小浪已不在病房，孙波还在睡着。我洗漱的时候，孙波醒了，她冲我笑着："辛苦你了。"

难道她不知道小浪守了她一夜？

"你还痛吗？"我问。

"有点。"孙波说，"不过，我饿了。"

医生查房的时候，孙波的大姐孙大兰带着两个男孩来了，孙波介绍那是她的两个外甥林小海和魏小涛。孙大兰详细地向医生问着孙波的病情，她带来了五箱水果，但水果只在病房里放了一会儿后就被护士抬走了。林小海和魏小涛从各自的书包里拿出好多的巧克力、饼干等，那才是给孙波吃的。

孙大兰带着两个男孩走后，孙波打着点滴睡着了，我看了会儿电视，我有种期盼：那个小浪不知道什么时候来？看她昨晚的表现应该是会来的，何况车祸大部分是因她而起，但此后两天小浪都没有来。

我很细心地照顾孙波，我想让她知道我不光外表出众，我还是个体贴的男人。我知道得到孙波意味着什么，她可以满足一个男人所有的虚荣和梦想。这个念头在我脑海里闪过时把我吓了一跳，我不知道突然地我怎么会这么想。在孙波受伤之前，我绝对没有这种念头，我只是单纯地认为她漂亮、热情，她吸引着我。可我同时也是一个现实的男人，我需要事业的成功，我需要帮助，这些孙波都可以带给我。我不知道假如那天晚上见到她的家人是另外的样子，我会不会像现在这样百依百顺地照顾着孙波。孙波说想吃点葡萄，我赶忙下楼去给她买，但是葡萄已下市了，很难看到。我随便买了一些零食向医院走去，在主治大夫的办公室里我意外地看见了小浪。小浪正在向主治大夫询问孙波的病情，看见我便走了过来，她的手里有一个白色的食品袋。

"她这两天怎样？"小浪问。

"不怎么痛了。"我说，"你这两天没来。"很奇怪，我们竟然像两个好朋友似的边交谈边往病房里走。

"她竟然不知道你守了她一晚上。"我说。小浪停了下来，她看着我，冷冷的。我忙又说，"我不是不说，只是不知道该怎么说。待会儿你可以自己告诉她。"

"你帮我一个忙好吗？"小浪看着我，她的眼神温和起来，我有些受宠若惊。我干吗那么小心翼翼地对她，我也不明白。

"别说帮忙不帮忙，就说什么事好了。"我说。

"不要告诉小波我来过。"小浪说。

"为什么？"我不明白，"难道你不想让她知道你对她很好？"

小浪摇摇头，将手上的塑料袋递给我。

"葡萄！"是我没买到的葡萄。

以后的两天，走马观花地来了一些孙波的朋友，他们常常把我赶到了阳台上。这天来了一个男人，他一出现我就很紧张，他看孙波的眼神与其他人不同，那是一种关怀、体贴和爱。孙波叫他画家，他俩说话的时候一点也没有顾及到我的存在，连我出门他们都没有在意。

我出门是在阳台上看到了小浪，她在冲我招手，于是我就出去了。

"这两天来了好多人看她。"我一见面就向小浪抱怨，我奇怪我怎么会这样，"真烦！哎，你知道一个叫画家的吗？"

小浪一愣："小心这个男人，他是个有妇之夫，但经常缠着孙波。"

我使劲地点头，什么时候我和小浪成了同谋。我一下子好信任她，我猜想她一定知道孙波的好多事情。

"你和孙波……你们以前一定是很好的朋友。"我说。

"是的，"小浪说，"你是不是想知道我们现在是什么关系？"

"我只是……"我怕小浪又不高兴。

"我们以前是很好的朋友，现在也是，只要没有男人出现。"小浪说。

"男人？"我不解。

"是的，因为一个男人我们闹翻了。"小浪轻蔑地看着我笑了，"明白了？"

"噢，"我傻乎乎地点头，"所以现在你们一见面就会吵架。"

"对，只要有男人出现我们就会吵架。"小浪依旧是那种轻蔑的笑容和表情，"所以我要你盯着那位画家，免得你们也要吵架。"

我琢磨着小浪话里的意思："难道孙波有很多的男朋友？"我看着小浪，小浪却准备走了。

"我什么都没说，你也该回病房了，把他们两个单独放在一个房间里你也不担心？"小浪突然轻轻地拍拍我的胸，"我真怀疑你是否真的爱小波。"

"当然了，"我分辩着，"孙波是个很不错的女孩。"我说完后小浪漠然地转过身，很失望的样子，我马上又说："其实你也是个很不错的女孩。"

"什么？"小浪回过头来，"你说什么？"

"我说你是个很不错的女孩，你很可爱。"我说着这话，我看见小浪灰暗的眼睛跳了一下，然后她冲我笑了，她的笑容竟是这样的美。

"快上去吧，我会找你的。"小浪说完，我"哎"了一声听话地上楼去了。

一周之后，医生通知孙波可以出院了。我很高兴，终于可以离开医院了。我趁孙波上卫生间的工夫给小浪的 BP 机留言，但孙波还是听见了："你这几天神神叨叨的，你刚才给谁打电话呢？"

"没给谁打，"我说，"我只是告诉我的朋友你要出院了。"

"撒谎了吧。"孙波扔过一个枕头，"我出院干你的朋友什么事？"

"当然有事了，我可以和他们一起玩了。"我捡起枕头准备扔回去时，想到孙波受伤的腿便将枕头放回到了床上，但孙波立刻又将枕头扔了过来。

"老实坦白，是不是勾引什么小妹妹了？"

"没有了。"

"再说没有。"孙波这几天被我惯坏了，以前她可不敢这样抓着我的鼻了不放，"从现在起，你的一切我都要知道。"

"凭什么！"我要拿开鼻子，孙波捏得更紧了。

"行了，你们有完没完？"孙二兰突然出现在病房内，我顿时有种窘迫感。我从不敢看孙二兰的眼睛，它让人感到威严、窒息，她从来也没有正眼看过我、和我说话，她说话时只是看着孙波，她也只是在和孙波说话时，语气才带有那么一丝的温柔。

"你好点了吗？医生说你可以回家疗养，妈叫我来接你，你要是感到寂寞可以叫你的男朋友去陪你，他可以住在家里直到你的腿好。"孙二兰爱抚着孙波的乱发，"好了，清理一下，五点钟我来接你。"

孙二兰走了，我却羞愧到了极点，我感觉到孙二兰的狂傲和无礼，我就一定要住在你们家吗？我就那么地让人瞧不起吗？我也有自尊，我是个男人。

正当我胸中激烈澎湃、怒火中烧时，孙波拍了我一下："快清理清理，跟我一块儿回家。"

"我——"

"别犹豫了，我妈的房子可漂亮了，保证你会喜欢。"孙波说。

有时候我自己也觉得奇怪，小浪并没有强迫和要求我每天向她汇报孙波的情况，但我每天都习惯性地给她的 BP 机上留言：

　　她今天的状态不好，台球已经不想打了，她烦，现在什么都烦……

一个月，我在孙波母亲的别墅里和孙波待了整整一个月。我都想逃了。

别墅里唯一每天陪着我们的就是王阿姨，孙波的母亲大部分时间是待在她的服饰公司里，虽然服饰公司离她的家不过五百米。

孙波母亲的别墅的确很漂亮，我想如果不是认识孙波，我很难有机会住进这样的房子。

　　整座房子的结构是二层半式的西式别墅，两面环山一面环水。房子的后面和右侧面映照着远处连绵起伏的小山丘，它的左边是一条宽阔横亘的湖水，水面上常漂浮着一群戏水的鸭子。湖水碧绿碧绿，不时可以看见一些不安分的鱼跃起。房子的正前方五十米外是一条六米宽的马路，上面铺满了黑色的沙子。马路上不时可以看见牛车、拖拉机、货车经过。房子的右边五百米外是一座新建的、宽大的厂房，人站在很远都可以清楚地看见一座六层高的办公楼耸立在厂房中央，办公楼楼顶自上而下挂着一块大牌子："俏の靓服饰有限公司"。孙波的母亲每天就是在那里工作。

　　别墅的前后都有很大的院子和宽阔的草坪。王阿姨在后院种了好多的菜，而在前院种了各式各样的花。紧挨着房子的左边有个车库，里面有一辆非常漂亮的摩托车和一张台球桌子，孙波无聊时我就和她打台球。

　　但很快孙波就厌倦了这里的生活。

　　天气渐渐地凉了，树叶也落了，孙波腿上的石膏也已褪去，但孙波的母亲担心她有其他什么毛病，仍然坚持让孙波再坐一个月的轮椅。我看得出孙波越来越烦，我也没有办法让她开心，台球她已不想打了，那就去湖边钓鱼吧。但鱼已被鱼老板喂饱了，根本不上钩。孙波生气地大骂着鱼老板。那天，远处飞驶而来一辆北京吉普，车速惊得前面的牛群"哞哞"叫着靠在一边。吉普车很快地停在了别墅前，从车上跳下一个一身红的女子。红衣女子飞快地向孙波跑来，然后将她背进了屋里。

　　车上还坐着一位穿着格子外套的男子，他从车上跳下，高大健壮，长发披肩。他眯着眼在屋前屋后看了一圈后冲着我说："这里真美，是吧？"

　　"是的。"我说。

　　孙五兰和她的男友孙彬的到来让孙波高兴了一阵，她和五兰无话不谈。孙波说她和五兰的成长过程就像一场战争，她们是打大的。孙五兰并不像孙波其他几个姐姐那样宠她，她把孙波当作一个妹妹，一个好朋友。

快乐总是短暂的，孙五兰和孙彬在别墅里住了两天后，便像当初呼啸而来一样又开着吉普车呼啸而去。

别墅前又恢复了宁静。我和孙波又开始在鱼塘边钓着那些吃饱的鱼。

湖的对面有一座与孙波家类似的房子，那是鱼塘老板的房子。看来鱼塘老板为盖这房子也投入了不少，但房子由于过多的点缀而显得庸俗笨拙。

鱼塘老板的房子与孙波家的别墅对着，但要到达对面却要绕着马路走上近三十分钟。那天我和孙波在钓鱼时碰到了鱼塘老板，鱼塘老板一听说孙波没钓到鱼，忙派人送上一网鱼，并告诉孙波如果有兴趣可以到他家跟她老婆聊聊天。

孙波后来真去了，只有去了后我才明白他们所说的聊天就是坐在一起打麻将。那是我第一次看孙波打麻将，我不知道她对这种牌技竟是如此娴熟。我一直是很讨厌这种玩意儿，我看见孙波一场接一场地打，乐不思蜀地每天准时到鱼塘老板家报到我很反感。我想告诉她，如果她再这样，我就回去了。

那天傍晚从鱼塘老板家出来，我推着孙波沿着铺满黑沙子的马路往家里走。我看着孙波很开心地点着赢来的钞票，她在点完后哈哈大笑地很随意地将钱搭在我的手上："给你，去买点什么，照顾了我这么长的时间。"

我的自尊心就在那一刻受到了极大的伤害。

"你听着，孙波，不要以为你有钱就了不起，我来照顾你不是因为你家里有多少钱。你太自以为是了，你什么时候可以尊重一下我呢？"我说着快步地向前走着。

"你去哪里？你不能丢下我。"孙波在后面叫着。

"你自己想办法吧。这么长时间我就不相信你还不能走路。"我快步地向别墅跑去，孙波在后面终于站了起来，她小心翼翼地一步一步向别墅走着。

在别墅的门前我停住了，我看见台阶上放着一束鲜花和一张卡片，卡片上简单地写着：Happy birthday。

后面蹒跚而来的孙波看到卡片上的字，一股酸楚的笑意立刻浮在她的脸上："我都忘了今天是我的生日，也只有她才会记得。"

"他是谁？"我吃醋了。

那一天是那一年的最后一天。

我每次给小浪的 BP 机上留言她都会回一条到我的 BP 机上，我告诉她：

> 孙波今天收到一束鲜花，一晚上她都很沉默，有时看着鲜花和卡片发呆，你估计这个送花的人会是谁？我有些嫉妒。

小浪回复：

> 小强，不太可能，他们分手很久了。小钢，嗯——不清楚，这样，你再观察，我帮你打听打听。

今天，当我告诉小浪，孙波的母亲给我和孙波订了旅游团，让我们去厦门度假后，小浪没有回复。我有些失落，我突然有些想念小浪的留言，我想知道她在做什么。她每天都知道我在做什么，但我却不知道她在做什么，还有她做什么工作。孙波说她有时在文化馆教别人弹吉他，有时晚上去酒吧唱歌。

很快发生了一件事，让我忘记了小浪没有回复BP机的不快乐，我也不再向她汇报我和孙波每天干什么。她曾发来留言问过，但我已无暇理会她的问询。

那几天，我和孙波沉浸在一种从未有过的快乐中，原来两个人在一起是如此的美妙，我们将这种美妙的快乐一直带回了武市，带回到孙波的老房子里。我和孙波都一致认为：这就是爱。

从厦门回来后，春节就快到了。一些家庭开始办年货，满街都喜气洋洋。孙波已经回杂志社上班了，我也回到了电子公司。偶尔还会接到小浪的BP机留言，我都没空搭理。春节前很忙，买电脑的个人用户多了起来。小浪在BP机上留言：

> 我在你的公司外，我想见你。

我有些犹豫，我现在是部门经理。
小浪又发来一条留言：

> 外面好冷，我在肯德基等你。我想你。

我惶惑了。我怀疑呼台小姐是不是少发了一个字。如果不是，我更不能去见小浪了，我爱孙波，我真的爱。我在心里反反复复地说着，但另外又仿佛有个小人在诱惑我：去看看她吗，看看也没什么。

小浪有些憔悴，她正啃着鸡翅，我有些后悔，她的状态很好，一点也看不出想我的样子。

"一个人吃得了这么多吗？"我奇怪，为什么总是跟她显得很熟的样子。

"那是给你买的。"小浪将盘里的汉堡和鸡翅向我跟前推了推，"我对你好吧。"小浪甜甜地笑着。我食欲大开，抓起了汉堡。

我们暂时都没说话，将盘子里的食物吃光后，擦擦嘴，小浪才说："厦门好玩吗？小波很贪玩的。"

孙波的家人都叫她波波，我只听见小浪一人叫她小波。

"不错。"我说。

"我给你的 BP 机发留言你为什么不理。"小浪说。

"BP 机？理了，我这不来了吗？"我学着孙波的口气说。

小浪一下子不高兴了："少装蒜了，我是说你们在厦门的时候。"

小浪的声音挺大，我一下子有些难堪，同时觉得这女孩有些不讲道理。我没有说话，大概小浪也意识到了什么："对不起，我有些着急。"

"没关系。"我说。

小浪轻轻地拍拍我的手，然后握住了："这些天，我真的很难熬……"小浪的眼睛都红了，我开始坐立不安了。"我好想你——们，好担心你们——"小浪接着说，"你理解吗？"

我点头。我想抽出我的手，小浪抓得更紧了："那么，我想问你一句话：你觉得我怎样？"

"挺——漂亮的。"

"那你觉得我好还是孙波好？"

"嗯——都好。"有人进进出出，我担心有同事经过，使劲地抽出了我的手，如释重负。

"明天晚上青少年宫有我的吉他演出。"小浪略低着头，她有些不好意思，我突然有些内疚，我知道她没错。

"如果我请你，你会来吗？"小浪问我。

整个下午我都心不在焉的，我尽量想着孙波，我跑到杂志社里去找孙波。我去的时候她正在看一篇稿子。

"波波，晚上看电影？"我问。

孙波的眼睛离开了书稿一会儿，然后又回到了书稿上。

"那跳舞？"

这回孙波的眼睛没有离开书稿，她只是"嗯"了一声。

"我今天见到小浪了。"我说着随手翻着一本杂志。

孙波拿着稿子没动，但我知道她没看。"是吗，我好久没看到她了，她说什么？"孙波问。

"没有。她能说什么。"我扔下杂志，"我们也没什么话好说的。"

"嗯。"孙波将手中的书稿扔在桌上，"不看了，我们走吧。"

晚饭是在"孙家酒楼"吃的，和孙波的母亲还有二姐。自从和孙波从厦门回来后，孙二兰对我比以往客气了许多。她拿出两部手机，给我和孙波："妈让给你们买的。"

"太贵了，我不能要。"我推让着。这可是一万多元一部的摩托罗拉手机。

"拿着吧，"朱敏说，"主要是和你们联系起来方便。"

我受宠若惊："谢谢伯母，谢谢二姐。"

第二天是周末，快下班的时候我突然心神不宁起来，我想着晚上小浪的演出，到底去不去呢？要不要叫上孙波？我正想着时，孙波打电话过来，她说她晚上有事，让我自己回家。

"你是不是又约了人打麻将？"我知道孙波准是又和那些同事或朋友约好了打麻将，我最不喜欢她的就是这点，打起麻将来没日没夜，这一打肯定又是个通宵。

"要不你去陪我妈吃饭吧，她可喜欢你了。"孙波说。

晚上，我没有去陪孙波的母亲吃饭，我最后还是忍不住去看了小浪的演出。只有去了我才知道那并不是小浪的演出，而是小浪所教的学生的毕业汇报演出，整个演出会场除了家长就是学生了。我想走。

"演出完有舞会，"小浪说，"回去早了也没什么事。"

"小波呢？"小浪又问。

"估计打麻将去了，"我说，"真不理解她怎么那么爱打麻将。"

"谁要是能让她戒赌就好了。"小浪冲着我淡淡地笑着，有些迷乱。

演出完然是舞会，抱着软软、柔柔的小浪，我突然想：如果孙波和小浪是一个人——那该有多好。如果孙波有小浪的柔情、小浪有孙波的妩媚那就太完美了。

我想着，看着小浪，她也正看着我，昏暗的灯光下，轻盈的舞步，我搂紧了她，她的身体像团棉花。我有些意乱情迷，我的唇蹭上了她的头发，落在她的额头上。额头丝般光滑，我简直疯了，我疯狂地向她的唇压去，她使劲地推开了我。舞曲戛然而止。

再一支舞曲响起来的时候，小浪突然问我："我想知道，我和孙波你最喜欢谁？"

我愣住了："你——"

"你喜欢我吗？"小浪又问，并且她轻轻向前靠靠，整个身子偎在我的怀里。

我的手心都出汗了："不要这样，小浪，孙波会不高兴的。"

"可你和她在一起我也很不高兴，难道你没看出来吗？"小浪温柔地说着，双眼痴迷地看着我，我躲避着她的眼睛。其实我误会了，我和孙波在一起，她是真的不高兴，那是因为我夺走了她的小波，可我却以为她是喜欢我。

"你要知道……小浪，现在我已经有了孙波，不可以再……"

"你说什么？你们已经……"小浪不相信地瞪着我，有些吃惊。

"不要这样，小浪，其实你很不错的，我也很喜欢你。"我看着小浪迷蒙、动人的眼睛有些糊涂，"如果孙波也像你这样，有你的温柔、细腻、热情——"

"闭嘴！你们睡了是吗？"小浪冷冷地问。

我窘迫到了极点。

"你跟她睡了！"

"啪——"小浪给了我一耳光。我惊得站住了，周围很多人都看了过来。

"你——凭什么打人？"

"我嫉妒。"小浪理直气壮地说，"你听着，如果你再同她睡觉，我就杀了你。不，我要死给你们看。"

"为什么？你——"我捂着脸，不知所措。

"是的，我爱你。听清楚了，我爱你——"

小浪气汹汹地走了，我漠然地站在舞池中央。这是怎样的一个女人？她竟然爱着我，我在做什么呢？难道我宁愿失去孙波吗？

我不能失去孙波，可是小浪，她怎么办？她爱我，她临走时委屈和迷乱的眼神，虽然她打了我一耳光，但那是嫉妒。

一连几日我都萎靡不振，我不知道如何处理这种关系。

很快春节就近了，朱敏的体贴让我感动不已，她会提前准备一些礼物和钱让我寄回老家，并且现在她给孙波买什么一定会有我的一份。孙波有羽绒服，我有；孙波有皮手套，我有；孙波有手工针织毛衣，我也有一件。我决定春节留在武市和孙波的家人一起过。我决定不再理小浪。

和孙波偷偷地住在老房子里，不知道朱敏是否知道，不过看来她很喜欢我。"要不将那套老房子装修装修……"朱敏说着看看我又看看孙波，我立刻明白朱敏的意思，有些紧张和惊喜。我看看孙波，孙波好像没有明白她母亲的意思："旧房子住着安全。"孙波说。

孙波有个习惯，临睡前一定会将你全身摸一遍，痒痒的，但感觉很好。睡梦中，有时也会感觉她忙乱的小手，那是无目的的，她需要证明你存在。我渐渐爱上她的这种习惯。当她摸着你的时候，我知道她困了。

我不知道小浪会有这套老房子的钥匙，我从不知道孙波会将她家的房钥匙给我之外的人。

小浪是清晨来的，来了后她就哭。无助地哭着。直到我和孙波醒来。

"你们真不要脸。"小浪伤心得有些变形的脸全是泪。

"你要干什么？"孙波难堪、无奈、绝望地看着小浪，"你到底要怎样？"

我有些心虚地站在两人的中间，我以为小浪来到这里是因为她喜欢我，我企图拉开小浪，可在我的手快碰到小浪的时候，她用力甩开我："不要用你的脏手碰我。"

孙波痛苦地低下身子，然后她站起面对小浪："离开行吗？算我求你了。"小浪没有回答，她哭得更厉害了。

"小浪，不要这样。"我说，"我……"

"走开——"小浪大声说，"我说过，我会死给你们看的。"

小浪说着要往外走，孙波拉住了她："小浪，听我说，不要干傻事，不要哭，真的不要哭……"孙波说，"求你了，不要哭。"

"对不起，小浪。"孙波说着，小浪略止住了哭声，她看着孙波，她们的眼神迷茫地交会在一起，充满着诱惑和痴迷。突然地，小浪冲上前紧紧地搂住了孙波，将整个身体融进孙波的怀里。

那一刹那，感觉孙波要崩溃了。

"你爱她吗？"小浪问我。

"你爱他吗？"小浪问孙波。

"你爱我吗？"小浪问我。

我一下子慌乱起来，我看看孙波又看看小浪，孙波不相信地睁大她的眼睛。

"你呢？爱谁？"小浪问孙波。

……

"你爱她吗？"孙波问我。

"你爱他吗？"孙波问小浪。

"你爱我吗？"孙波问我。

我后退着，无地自容。

"如果你爱他，我愿意离开。"孙波对小浪说。

"小波，我爱你……你知道的。"小浪看着孙波，含着泪，"我不能没有你……你能好好爱我吗……"

我恍然大悟。

……

"你爱我吗？"我问小浪。

"你爱我吗？"我问孙波。

"你为什么要勾引我？"我问小浪。

"你根本就不爱我，对吗？"我问孙波。

孙波哑口无言。

多么不快乐的早晨。

第九章 小浪

在谎言中我死去，

一生一世……

在谎言中我别离，

一生一世……

曾经拥有过谎言也算是拥有过你，

一生一世！

噢，那是个让人想起就会流泪的季节。在那个伤感的日子里，我不知道该怎么办好。孙波要结婚了。

其实很久以前我就预料过这件事，但我一直在回避，我一直不相信孙波会离开我，虽然她嘴里一直都在说要离开我，但我知道她一刻也没有真正地离开过我。她是属于我的。她也喜欢我，只是她不肯承认罢了。

孙波不敢面对现实。我曾无数次地告诉过她，没有哪一个男人和女人会像我这样爱她、关心她，他们看中的只是她的容貌、她的钱。而只有我才会去关心她的本质、她的内涵；只有我才了解她的内心，理解她的所作所为，宽恕她一切神经质的发泄，"只有我才是你最终和最后的爱人。"我告诉孙波。

孙波"咦，咦"地噘起嘴："别恶心了，什么爱不爱人的，是不是玩音乐喜欢摇滚的人都有那么一点妄想症。"

"不是的，小波，我对什么都失去了热情，只有和你在一起才能找到自信。"

每当我对孙波说这些话时，孙波都闪动着她那惶恐不安的眼睛："不要这样，小浪，不要逼我讨厌你、远离你，难道我们就不能做对好朋友吗？不要……不要因为一些挫折而厌恶所有的人，这样你会后悔的。小浪，你可以试着去爱别人，比如说……"

"不，不可能。"我打断孙波的话，我不想听她再说下去，"我不会让你得逞的，孙波，你不会和我以外的任何一个人有结果的，我不允许的。"

"你神经病！"孙波跳了起来，"你不知道自己在干什么，你怎么变成这样，我讨厌你，你知道吗？我厌倦你。"孙波说着逃开了。但我知道她会回来的，她会回到我身边来的，我了解她胜过了解我自己，她没有朋友，除了我。我知道。

这几日一直是阴天，阴天总给人一种怪怪的感觉。

傍晚时下了一阵小雨，我穿了一件橘黄色的风衣出了门。我去找孙波，我已经找了她两个星期，我今天一定要找到她。我出门的时候天灰蒙蒙的，雨还在下着，没有停的意思。

在路上走了一阵后，雨就渐渐大了，不时地刮起一小股北风，有些冷，我缩了缩脖子。我在孙波家对面的一座楼房旁等着她出来，我知道最近一段时间孙波会在这个时候出去散步。她突然喜欢散步我一点也不惊讶，她总是出人意料。我抱紧双肩，紧盯着她家的那个门洞，她出来时我一定会看见。

在雨水快要将我的头发全部淋湿时，我看见了孙波，她瘦了一些，穿着一件浅灰色风衣，打着一把折叠花伞。有些风，她的风衣下摆在飘动，她低垂着头看着，那表情给人一种沮丧、无奈和摆脱不了的愁绪。我的心揪得发痛，我悄悄地跟在她的身后。

雨依旧下着，路上有些行人在小跑着。

在一个十字路口孙波还是发现了我，她奇怪地看着跟在她后面的我，我像以往那样故作调皮地冲她挤眼笑笑："你还是不行吧，我跟着你这么久你都没有发现。"

"有事？"孙波继续往前走着，她没有意识到我已淋湿的头发。

"没、没事。"我有一种被冷落的感觉。

"没事可以找朋友打牌、聊天，还可以弹你的吉他。"孙波自顾自地走着，她仿佛是跟风、跟雨说着这些话，"这种雨天我想……一定会有许多的灵感。"

突然一种酸酸的东西冒出嗓子眼，我不知道在这样的雨天我为什么一定要出现在这里。

"小波，"我站在雨水里，"难道你一点都不明白我吗？"我觉得被雨水打着的冰凉的脸上有一股热热的东西在流着，我停下了脚步，低头看着我的鞋子。

"噢……"在一声无奈的叹息后，孙波也停住了，她回过头将伞举过我的头顶，并拿出一张面巾纸轻轻地擦着我脸上的雨水和泪水。她的眼睛茫然而迷惑，多少次我都是被她这种眼神打动。我喜欢她的眼睛，仿佛在看着你，但又仿佛在想着其他什么。这种眼神让我慌乱、不能自已。

"你看你，这么冷的天还出来干吗？"孙波轻轻地说着。她不知道在这种眼神下说这句话具有多么大的杀伤力，我再也忍不住地抱住她："我想你，小波……"

我感觉孙波的身体向后略微退了一下，然后站住，她举着伞任我抱着她，眼睛望着被雨水打湿的天空，依旧迷茫、无奈、痛苦……

"小浪，我要结婚了，下个月。"孙波半眯着眼睛看着远方，

"以后我和研究生会去美国，我会是个好妻子的。"

孙波说完拉开我的手，继续向前漫步。雨中，我一个人痴痴地看着她离去的背影。她的右手麻木地举着那把花伞，左手插在风衣口袋里，低着头，她的肩微微地在抖动着，两肩和背部有被雨水淋湿的痕迹。

她要结婚了，孙波要结婚了。我真不敢相信这是真的，她一定在撒谎。

"你撒谎！"我抓住向前漫步的孙波，"你根本就不爱研究生，你不会嫁给他的，对吧？"

"你要干什么！"孙波扔掉伞反手推开我，"我告诉你，小浪。我们都是大人了，都应该有自己的生活方式，你明白吗？小浪。"孙波抓住我的肩，"你是聪明人，其实你很明白事的，可为什么你就不能清醒一点呢？不要再跟自己过不去了，嗯？"

"你住嘴。我不要听你的说教，你以为自己是谁？"我看着孙波，我不知道事情怎么会变成这样，"我知道自己在做什么？对，这就是我的生活方式，我十几年来的追求，就是你！"我企图去拉孙波，可是被她躲开。

"告诉我小波，你要我怎么办？"我终于抓住了孙波，"你要把我怎么办？"

"你听清楚，小浪！这句话我不会再重复。"孙波推开我，"我爱研究生，我和他是一定要结婚的，我已经有了他的孩子……你现在明白了，我是个女人，一个会生孩子的女人。并且……"孙波轻轻地拉过我，她的眼里满含着凄苦和怜惜："你也是个女人，将来也要嫁人，生个孩子，这是我们都无法回避的，就像花谢了再开，开了再谢一样，这是大自然的规律。是规律我们就要遵守。"

我恍然大悟，大失所望。

老天，我这是怎么了？我竟然一直在爱着一个和我一样的人，一个女人。这个女人的肚子里现在就怀着一个男人的孩子。

噢，我不敢相信我会爱上一个女人！我从来没有想过我爱着一个女人，我只知道我一直爱着一个叫孙波的人，我从没有理会也不知道她是男人还是女人。

"你去找研究生了，是吗？"孙波打来电话。我已很久没有听到她的声音了，腿伤后她几乎不回我的 BP 机，也不给我打电话。这是她从厦门回来后第一次主动给我打电话。

"怎么了？"我说。

"你跟他瞎说八道了？"

"我瞎说八道他就会离开你吗？"我说。

"那倒是，"孙波有些得意，"他可不会像以前那些傻瓜一样相信你的鬼话。他很爱我。"

"是吗？"我说，"你那么肯定？"

"你什么意思，你想干吗？"孙波问。

"我想你和我在一起。"我从来没有说得这么直接，"我知道你爱我。"

"你又犯病了。"孙波说。

"你快乐吗？"我问，"这是你想要的生活吗？"

孙波很不屑地挂上了电话。心痛和愤怒却让我难以平静，我就这么失去她了吗？我抓着头发，似乎要把它们一根根从头顶上抓落。

难道那些好日子就要没有了吗？

我不能没有她。

"下个月你过生日，你想要什么？我送给你。"孙波问。

"我什么都不想要。"我说。

"想清楚啊，过了这村可就没这个店了。"

"我想要的你就能给我吗？"

孙波想了想："只要不是飞机、汽车、大炮，别的我还是送得起的。"

"我要的东西很特别，但不是钱能买到的。"

"到底什么？"孙波有些着急地看着我，我涨红了脸，却没有说出最想要的东西。其实我想说：我想要的是她能永远陪着我，一生一世。

"小浪姨，亲亲。"魏小涛亲亲我。

"小姨，亲亲。"魏小涛又亲亲孙波。

"小姨，你也亲亲小浪姨。"魏小涛说。

"嗯……你亲就行了。"孙波说。

"不行，你要亲亲她，她好漂亮。"我的脸腾地红了，孙波却坏笑起来，"那好吧。"孙波在我的脸上轻吻了一下。

这大概是她唯一主动亲过我的一次，她的嘴唇软软地滑过我的脸。然后她看着我，笑了。

"你真可恶。"孙波一进门就没好脸色，"你又跟小华说我跟很多男人睡过觉？"

"是。"

"你哪只眼睛看见了？"孙波把我推倒在沙发上。

"我两只眼睛都看见了。"我看着她。

"我再怎么也比你强，你，"孙波站了起来，点燃一支烟，"你、你……把你妈气死了，你……"

"你——怎么可以这样说？"我气坏了，同时，委屈的泪水一下子涌了出来。

孙波意识到自己说过了："噢，噢，对不起，对不起……"

我打掉她嘴上的烟，拍着她的背："让你瞎说，让你瞎说……"

"不瞎说了，不瞎说了……"孙波也不还手，任我打着。

我趁机抱住了她，将挂着泪水的脸贴在她的脸上。然后，我开始亲她，她躲着，我吻在她的脖子上，她偏着脑袋，我依然不放弃，我知道她有感觉。但她还是推开我："我们不能再这样，这样不好。"

孙波说着要走，我飞快地拦住了大门："不许走。"

"小浪——"孙波扯着我。

"不要走，小波。"我拉住孙波，"你和小华合不来的。"

"在你眼里，我跟谁都合不来。"孙波还想甩开我，但我依旧不放手。

"听着小浪，如果你再不松手，我们连朋友也没得做了。"孙波说。

我慢慢地松开了手，突然又紧紧地抱住了她："答应我不要不理我，求你了。"

孙波无力地靠在门上："你说我该拿你怎么办？"

我一直很留恋孙波家那张宽大的床，那是她的五个姐姐睡觉的地方。可我却很喜欢那张大床，在那上面可以很舒畅地将身体打开，随意地打滚而不用担心会滚落床下。我和孙波经常躺在那张大床上猜字，我在孙波背上写了个"人"字，我故意写得比较简单，孙波很快就猜到了。然后她写我来猜，开始孙波总写些笔画多的字，后来看我猜不着，便又写了些简单的，我还是猜不着，她便没劲了："你真笨，这么简单的字你都猜不出。"孙波将身子侧向一边，说不玩了。

我是故意猜不着，好让孙波在我背上多写些字，我喜欢她的手指在我的背上划过时痒痒的感觉。而她生气时，我会欠起身用手挠她的脖子，胳肢着她："不要睡着了，我们玩嘛？"

孙波坐起："我们出去打球，好不好？再叫上小钢，他的乒乓球打得很棒的。"

"不想去，不要去找小钢。"提起小钢我就不高兴。

"可你又打不好。"孙波拉起我，"这样吧，我们两个打小钢一个。"

童年的美好我总是记得。

孙波的母亲在郊外盖了别墅后，她的家门经常是一把大锁。我不爱待在家里，我的双腿总是不由自主地去找她。如果她不在家，我就坐在门口等她，一小时，两小时，一天一夜都没有关系，因为我知道她一定会回来。

这一次我真的等了一夜，好冷，我蜷缩在门的一角，迷迷糊糊的。清晨，不知在哪里玩了一夜的孙波回到家，看到门口的我，她心疼地抱着我："真傻，不会先回家吗？"

我摇摇头偎在她的怀里："坐着坐着就睡着了。"我撒娇地说，嗓子嘶哑。

孙波从钥匙链上取下一把钥匙，将它放在大门的门框上。"这是我们两个人的秘密，只有我们俩知道，不可以告诉别人。"孙波说。

我使劲地点头，我太喜欢这个秘密了，我一定会保密的。但我不知道有一天早晨我用这把钥匙打开门后，看到的却是躺在床上相拥而睡的研究生和孙波。

继父死的那天，我在校园里找到孙波，那天晚上，她抱着我躺在宿舍窄小的单人床上，心痛地不停抚摸着我。

"有我在，什么都不要怕，小浪……"孙波说。

有孙波在，我的确什么都不怕，她是我唯一可以信赖的人，"不要再让人欺侮我。好不好，小波？"我说。

孙波怔怔地看着我："没有人会再欺侮你了，放心吧。"

"答应我不要再离开我，不要再让人欺侮我……不然我会死的……我求你了……"

"好，好，我答应你，不离开你，不再让人欺侮你。"

"一生一世，一辈子？"

"一生一世……一辈子……"

这美丽的承诺就这么形成了，为了这承诺我真的情愿用生命去换回它。可是孙波不相信，竟然告诉我她要结婚了，它打破了我所有的美梦和幻想。

Because I love you

Because I love you

Because I love you

Because I love you

……

我一遍一遍弹唱着，我总是幻想着孙波会在意地去听它，会明白那是唱给她听的。

当我第一眼在天桥下看到那把旧吉他的时候，我没有那么痴迷，我对吉他、对音乐也没有那么高的悟性。可是当孙波买回来送给我后，我就决定学好它。我从来没有对一项学习认真过，但这把吉他我白天黑夜地弹。孙波以为我彻底地迷上了它，买来各种磁带和学习资料送给我，说能将吉他弹精了也不错。于是我真的就弹精了它。我将所有的热情和精力都投入了进去，结果没想到，这把吉他最后竟养活了我。渐渐地我发现吉他的很多好处，它可以那么随意地就让人吐出心中的秘密——我的爱情。《Love Story》《Yesterday Once More》《Because I Love You》，这三首英文歌，花了我半年的时间，最后这三首歌成了我在酒吧里演唱的经典曲目，其实我是唱给孙波听的……

我白天教学生弹吉他，晚上在酒吧里唱歌。我担心见到孙波的机会不多。我想天天看到她，我希望她天天能来酒吧接我。工作后，她很忙，忙着见朋友，打麻将，逛街，谈恋爱……找不到她的时候，我会打她的 BP 机。她每次都会回机，但每次又很烦。她的脾气越来越暴躁。

"你烦不烦，你到底还要不要人活？"当我把孙波从不知道什么地方呼到我的家里时，她一定是气呼呼的。

这个时候，我一般都不说话，我知道她发完脾气后气就会顺了。我穿着那件我最喜欢的粉红色睡裙，从茶几上拿起一支香烟递给孙波。孙波将它打掉，"你这人到底是怎么回事，我这 BP 机好像是为你配的。"

我不紧不慢地将孙波打掉的那支烟拾起点燃，吸了一口，然后轻轻地吐出烟看着孙波，不一会儿，孙波骂着骂着气就消了，她躺在沙发上想着什么。

"又想他了，是不是？别以为我不知道，我不呼你，你现在还不定躺在哪个臭男人的怀里呢？"我吸着烟说。

"你神经病！"孙波说着闭上了眼睛。

"上床去睡吧，小波，这样会着凉的。"我轻轻地推着孙波。

孙波晃动着身子："别动，我困极了。"

我只好坐在沙发边上看着孙波，我喜欢看孙波安静的样子。我喜欢这么看着她，也只有这个时候孙波才真正属于我。我用手指拨弄着孙波短短的碎发，轻拂着孙波的脸，滑润、湿热，这个时候我的心会激烈地跳动，全身燥热。

"小浪，不要动我行吗？"孙波叹了口气，"我困了。"

"你睡你的，我看着你就行。"我说，"我喜欢看着你睡觉的样子。"

孙波坐了起来："来。"她温柔地说，牵着我的手，我顺从地随着孙波来到床前，任凭孙波扶着我躺下，脱去鞋子，盖上被子。她冲我甜甜地微笑着，"晚安，做个好梦。"

孙波轻轻抚摸着我的额头，然后拿起摩托头盔飞快地出了门，等我赶到门口时，只听见"突突"的摩托车启动的声音。她经常这样，在我感受到温暖时离开我。

我一直对很多男孩说孙波不好，我用这种方式让他们离开孙波，我不愿意他们追求她。其实对他们我还不紧张，只有看到孙波和研究生在一起时，我才真正地感到无助和紧张。他们是如此的协调，如此的默契。他们真的是很相配。我真的要失去孙波了。

我开始密切地监视他们的一举一动，我看着他们从电影院里出来，研究生搂着孙波的腰，那么美好。一股受重伤的嫉妒在体内燃烧，我不顾一切地冲上前，他们都很吃惊。孙波低声下气的表情让我很生气，这说明她在乎研究生，她从来没有如此在意过一个男人。后来孙波发生了车祸。

孙波的母亲看来很满意研究生，她决定让研究生来照顾车祸后的孙波。

从那一刻起，我决定换一种方式让研究生离开孙波。我去勾引研究生，他真的上钩了。但让我意外的是，孙波竟然愿意将研究生让给我。但她不知道，一个男人可以轻易地爱上一个女人，而一个女人爱上一个人后就很难再去爱别人。

那天，孙波告诉我，她要和研究生结婚了。我意识到，我和孙波真的要结束了。我忍着痛回到家，我告诫自己：孙波和研究生很般配。我也一次次提醒自己：我和孙波都是女人，我们是好朋友。我强迫自己不去想孙波，我甚至打着自己的耳光，强迫自己看着大街上那些形形色色的漂亮女人。我问自己：看着她们，你爱她们吗？难道你真像孙波说的那样是个心理不正常的人吗？

我不爱她们。

她们都很漂亮很有魅力，但我不爱她们。我真的不爱，我只是爱着那个叫孙波的人，直到她告诉我她要嫁人的那一刻我才明白，原来我爱的这个叫孙波的人和我一样是个女人。

当我明白这一切的时候，我已经无法再躲避自己，无法再控制住自己的感情，我那不听话的腿总想着去找一个人，一个我爱的人。

Because I love you

I've tried so hard

But can't forget

Because I love you

You lingers in my memory yet

Because I miss you

I often wish

……

我抱着吉他，一遍遍弹唱着，我把我的歌录了下来，我把我的爱刻在了磁带中。

孙波还会听我的歌吗？她还会记得我吗？

Because I love you

Because I love you

Because I love you

Because I love you

……

自从孙波告诉我她要结婚后，我再也没有找到她，我有些恍惚，我怀疑她要结婚的真实性，她是不是又在骗我。我拨通电话，我听见传呼台小姐谜般的嗓音传来："星光台，请问您呼多少号？"

"8888，请她速到小浪家……"

"8888，小浪等她回家吃饭……"

"8888，请您半小时呼她一次……"

那天晚上，我无数次地呼着孙波，但她没有出现在我的房门口，也没有回复我的 BP 机。那是个秋天，我预感到会有什么事发生。

车祸后，孙波的母亲禁止她再骑摩托车，好像听说她最近又迷上了汽车。

我又拨通电话："大姐，我是小浪，孙波在您那儿吗？"

叭，电话挂断了……

孙大兰是最讨厌我和孙波来往的。还是念书的时候，我每次去孙波家前都要打听一下她家有谁在，如果孙大兰在家的话，无论孙波怎么劝我也不会、不敢去她家的。我害怕孙大兰。有一次在孙波家，我无意间看见挂在墙上的全家福中孙大兰那双咄咄逼

人的大眼睛，一下子魂都没了，"嗖"地逃离了孙波的家，逃离了
那张全家福。

"二姐，我是小浪，我找孙波。"

"你找她有什么事，她不在家……"

"三姐，我找孙波……"

"三姐，求求你不要挂电话，我知道你心肠最好，让孙波和我
说话行吗？"

"小浪，我也不知道她在哪里，她马上要结婚了，你知道
吗……"

"五姐，孙波真的要结婚了吗？"

"小浪，我们正在看孙波和她丈夫的婚照呢！你要不要过来
看看？"

"不用了，谢谢五姐……"

看来，孙波真的要结婚了，要嫁人了，她要离开我了，她不
愿和我在一起？只是没有她，我又为什么活着。

我继续呼着孙波，她仍然没有回机。她一定是出事了，不然
她不会不回我的呼机，她一定是出事了。

我有些抓狂，如热锅上的蚂蚁，我是不会让她有事的，从
小到大，她不高兴就会来找我。我喜欢看她彷徨的样子，也喜
欢看她六神无主的神态，我喜欢她男孩子似的洒脱，我甚至喜
欢她边叼着烟边打着麻将的动作……我疯狂地喜欢着她的一切
的一切。

可如果有一天，这一切的一切突然从我眼前消失的话，我有
必要活下去吗？那一年的秋天，我知道有些事情真的不能勉强，
我也知道有些事情如果要发生是任何人也改变不了的，我还知道
每一个人的生命是由她的命运决定的……

"小波，如果生命可以轮回，我愿意再次碰到你……"

……

曾经多么美妙的誓言，

曾经多么感人的肺腑，

曾经的天盟地誓，

曾经的永不分离，

一生一世……保护你——

一生一世！

……

其实有什么比谎言更美丽，

有什么比谎言更动听，

有什么比谎言更能折磨人，

还有什么比谎言更能决定一个人的，

生生死死！

……

在谎言中我死去，

一生一世，

在谎言中与你别离，

一生一世！

曾经拥有这谎言也算是拥有过你，

一生一世！

第十章　孙波

有时，我真的希望自己是个男孩子。

那么，我出生时我的父亲不会离我而去，我和我的姐姐们也不会那么多年没有父亲，我的母亲更不会一个人承受那么多的艰辛和困苦。

如果我是男孩子，那么，我就可以大大方方地和小浪在一起，我可以实现我对她的承诺。我会好好地呵护她，不会让她流那么多的泪，一个人背负着那么沉重的包袱。

如果我是男孩子，小浪，我一定是你的。

那天，在孙五兰装饰公司的大厅里。画家替我画了一幅画，你是那样的不高兴，你打了我一耳光。临走前，你附在我的耳边，你说："听着，小波，你是我的。"

我是你的，我是你的……

那好像是 4 月份。空气湿润带着甜甜的温暖，一季的早春让世界充满碧绿的芬芳。

"波波，你听，是不是喜鹊叫？"母亲进得房来，拍拍床上的我。

我早已醒来，只是不想动。"什么喜鹊？是我昨天买的一只黄鹂。"我看着桌边的闹钟，八点半。

"起床了，接你三姐呢。"母亲一脸喜气。因为孙三兰今天将从美国回国。

"飞机下午才到。"我嘟噜着，将头捂进被里。母亲掀开被子，"那也该起来了，待会儿他们都来了。"

"来就来了呗，我起来也没什么事。"我将头又缩进被子里。母亲觉得没趣，出了房。接着又进来，"哎，波波，要不要通知……"

母亲话没说完我就打断了她："不要了，三姐不是说了吗，等她回来。"

母亲说的是孙三兰的男朋友范天平，他住在我们家老房子的后面，和孙三兰从小学做同学，一直到大学。

母亲走后，我也睡不着了，便起了床。还未穿上衣服，林小海像只豹子一样冲了进来，我便又倒在了床上。"我要骑摩托，我要骑摩托……"林小海嚷着，他身后跟着魏小涛。魏小涛以为我还睡着，"吱溜"钻进了被子里。他喜欢挨着我睡，用他的小嘴蹭我的皮肤。

孙大兰进来："行了，都下楼去，到院子里去玩。"

孙大兰带着林小海和魏小涛出去了，我也穿好衣服下楼了。

母亲的别墅里，前后院满是花香和绿色。王阿姨种的黄瓜开着小黄花，小白菜绿油油的，一个个小小的青椒还未长熟，乖乖地垂在那里。前院的迎春花和桃花也开了，满园春色。母亲喜气洋洋地张罗着饭菜。孙二兰说别在家里吃了，去酒楼吧。母亲想想还是觉得在家里好。

我坐着孙二兰的宝马去接孙三兰，孙三兰是先到北京然后再转飞机到武市。武市的机场很偏远，孙二兰开了有一个半小时才到。

武市的4月，风和日丽，飞机正点到达。孙二兰激动地站在出口处，有时候她会觉得她是家中的顶梁柱，不过，也对，她现在是母亲公司里的执行董事和总经理。孙三兰出来了，背着个小包，戴着墨镜，短短的头发，米色外套牛仔裤。她很快看见了我们，她紧紧地抱住了我，又转身抱住了孙二兰。

"你瘦了。"孙二兰说。

"是吗？"孙三兰看看自己，说，"二姐，你可是越来越漂亮了。"

我注意到一个身材高大的金发碧眼外国男子，推着一个沉重的行李车在一旁看着我们，面带微笑。我看了他一眼，我根本不会想到他和我们有什么联系，我只是拉着孙三兰离开出口处，走了几步后，孙二兰突然想起孙三兰空着手没拿行李，这时孙三兰才想起她身边的这个外国男子。

"噢，我忘了介绍。"孙三兰回头歉意地牵着外国男子的手，"sorry，霍克，这是我二姐和我的小妹妹。"孙三兰又看着我和孙二兰："对不起，二姐，波波，忘了介绍，这是我的丈夫霍克，我们刚刚结婚一周。"

可以想象孙二兰和我当时的吃惊，从来没有听孙三兰提起过，孙三兰说他们也是一周前才决定结婚，所以没来得及通知家人。

坐着二姐的宝马车回母亲别墅的路上，我想这下可有意思了，不知道母亲会惊成怎样，母亲能习惯这个突然降临的洋女婿吗？还有等了孙三兰六年的男朋友范天平。我回头看看这位金发碧眼的霍克，他冲我笑着。我递给他一块口香糖，他用生硬的中文说"谢谢"。我又递给三姐一块口香糖，我问三姐霍克能听得懂中文吗，三姐说会打招呼说"你好"。我就笑歪了嘴，霍克不明白我笑什么，问三姐，三姐握着他的手安慰他。我觉得很好玩。

霍克·卡尔顿三十八岁，比孙三兰大九岁，纯粹的美国佬。

母亲第一眼看着这个蓝眼睛、高鼻子的外国男子时嘴巴张成了一个O字，她一时不知该说什么好。直到霍克用夹生的普通话叫了一声"妈"时，母亲才清醒过来："啊，坐吧，坐吧。"

我"嘿嘿"地笑了。

我抱着孙三兰送我的 IBM 笔记本电脑，又抓了盒巧克力准备回房间，刚上楼梯，林小海和魏小涛一人拿着一部掌上游戏机紧紧地跟上来了。也不知他们怎么想的，总认为送给我的礼物一定是最好的。

"去，自己玩去，不是送给你们游戏机了吗？"我跟他俩说。

"我们要玩电脑。"林小海说。

"这是给我写作用的，不是玩的。"我说。

"那我们要吃巧克力。"魏小涛说。

我指着客厅里那一堆巧克力说："那不是有吗？你们随便吃。"

"我们就要吃你这一盒。"林小海说。

我苦笑着，将巧克力递给他们："喏，给你们。"

两人不接巧克力，只是看着我。我长叹一声："能保证只看不乱说乱动吗？"

两人拼命地点头，我就同意他们跟着我一起进房间里，然后我们一起吃那盒巧克力，他们看着我使用那台新 IBM 笔记本电脑。

半年以后，孙三兰和霍克的电子公司在武市开业，那天，我认识了研究生。

对于我和研究生谈恋爱，母亲很开心。她很宠我已是大家都知道的事实。可还有一个原因，就是她一直认为她的五个女儿找的丈夫没有一个是让她称心的。

大姐夫是一个普通工人，母亲当时很想不通名牌医科大学毕业的女儿怎么就会看上一个什么都不是的工人，大姐自己喜欢，母亲也没有办法；二姐夫倒是个大学生，可二姐和他结婚还不到两年就离了婚；本来三姐在上大学时有一个男朋友，母亲看着挺不错的，可是就在她满心欢喜地等着三姐从美国念完书回来好给他们办喜事时，三姐却带回一个金发碧眼的外国男子；四姐自己私自做主嫁给了一个农民；五姐夫也让母亲头疼了一阵，但最后也随五姐自己了。

至于我，家里人都希望我有出息或能有幸福美满的生活，所以我的男朋友一定是要经过全家人的严格筛选。大学期间，我曾认识一个在省体校踢足球的男孩子，打前锋，那一阵子我常在足球场上替他鼓劲。可是三个月后，在全家人左看右看、前挑后选下分手了。他说他受不了我的家人，我说要想成为我家的女婿就得习惯我的家人。

研究生的性子很好，至少在我家里是这样。妈妈一见到他就喜欢上了他，甚至认定了他将做她的小女婿。

与研究生相识到恋爱大概有三年时间，从第二年开始，母亲就经常有意无意提到我们的婚事。研究生家在外地，他总说一切听母亲安排，母亲就一直想安排。

对研究生，我从不否认对他的喜爱。只是有时，我也觉得奇怪，我从没想过要嫁人，但我知道婚姻是必须经历的。

对于小浪，或许我对她的关爱多于友情，我对她的容忍多于对她的拒绝，或许我从来就没有真正地拒绝过她。我关心她，同情她，我总想去保护她。我希望她过得好，有一个完整的家，一个爱她的男人。

那天清晨，她用我给她留下的钥匙打开了我的家门，那一刻，我们之间所有的容忍和秘密就已结束了。箭离弦奔向靶心的过程是最美好、最灿烂的，但当箭到达靶心的时候，它当初的离开也就毫无意义了。

我决定忘掉过去所有的快乐与不快乐，嫁给研究生。因为我怀孕了，结婚是母亲决定的。研究生没有反对。有时我觉得他很奇怪，他是否真爱过小浪呢？但他表示那只是一个错误，他爱我。

母亲决定我和研究生结婚后立刻去美国，孙三兰张罗着我们出国的事情，母亲张罗着我们结婚的事情。我在干什么呢？我在躲避着小浪。

那天晚上，我异常烦躁。我和画家在"北方饺子"馆里喝着酒吃着肉串，我们吃得都不专心。画家惦记着回家，他说困了。我看了看表，十点多了："再陪我坐坐。"我求他。

那是个秋天的夜晚，我总觉得有什么事要发生。

"你很烦躁，"画家说，"是不是家里有什么事？"

"不会，家里正准备我结婚的事呢。"我说。

"那你……"画家是想说，一个要结婚的女人现在应该是很开心的。但我不开心。

"不过也是，有事一定会呼你的。"画家宽慰我。

"我关机了。"我说着决定打开 BP 机。我轻轻地推上按钮，顿时，BP 机像开闸般"嘟嘟"地响个不停，我低头按住。突然我站了起来，看着画家，他也看着我，不明白我要做什么。

我将二百元钱放在桌上："我先走了……"我说完奔向街边的出租车。

画家停顿片刻，起身跟上了我。

那是一套二室一厅的住房，白色的墙，大红色金丝绒窗帘，长沙发都与别家没什么不同。客厅是黑的，我熟练地打开客厅的灯进入到睡房。睡房里有着朦胧的灯光，粉色的墙，粉的窗帘、墙纸、粉色的床单、床罩、被套，床的正上方是一张二十四英寸的合影，那是年幼的我和小浪，我们穿着规范的学生服，年轻、幼稚，很开心的表情。

那张照片是房间里唯一挂在墙上的东西。

床的一旁是床头柜，床头柜上有个粉色的小台灯，灯下放着一本粉色的硬皮笔记本和一盒磁带。

"小浪，小浪……"我轻推着小浪。

小浪安静地、乖乖地躺在粉色的床单上，穿着粉色的睡裙，胸前搭着一床粉色的薄被，她的双手平放在胸口上。看来她睡得很熟、很沉。

"别吵了，孙波，她睡着了。"画家说。

"不，她死了。"我说。

我依稀记得这是秋天发生的事。这件事让我充满了罪恶感，我用我短暂的人生经历去思索和理解这件事，可谁知却越想越糟。

在那天晚上，那个秋天的晚上，小浪吞下了八十七颗安眠药。

在那天晚上，在我一直没有回 BP 机又没有出现的情况下，小浪吞下了八十七颗安眠药。

就在那天晚上，八十七颗安眠药片很快让小浪进入到了睡眠状态，小浪的生命也随着睡梦越溜越远……

整整一天我都坐在小浪的身边，我看着她那张熟睡的脸，光滑细嫩，仿佛仍有生气和热度。我真不相信小浪已经离我而去，我不相信曾那么痴情执著的小浪现在已不属于这个尘世了，留下的只是那空荡荡的、曾经借给小浪使用过的躯体。我抱着那个躯体，握住那躯体的手，冰冷而僵硬。可小浪呢？小浪在哪里？我推搡着那躯体："小浪，醒醒小浪，我来了，我……看你来了。"

小浪死了。她带着她最深的爱和最后的遗憾死去，她带走了我的全部情愫，只有在感觉到她已经不在这个尘世的那一刹那，我才猛然意识到自己失去了什么，那是我一生都无法再找到的爱。

对不起，小浪。

或许真像你说的，世间是有轮回的。或许在很久以前的某一个时期，我们真的曾携手共走过。或许曾经在某一个美好的夜晚，我们的确相知相许过。可是，小浪，在今朝今世，我们也相识相知，相濡以沫，但你为什么还要撒手而去，不再与我共度这人生呢？其实，小浪，你好笨，相识相许的方式很多的，不一定只有爱情才能将我们联系在一起。我们可以做一生的朋友。你和我。

小浪留下了一本日记和一盒磁带，磁带里是她唱给我听的歌，我还没有勇气去听它。

我从不知道小浪在写日记，她从来没有告诉过我，她一直将我和她的点点滴滴写在纸上，写在心里。我看着日记，我的眼泪一直在流着，我控制不住它们。

研究生半躺在床上，眯着眼。他很累了，他一直寸步不离地陪着我。看着他熟睡的样子我突然有种怜惜，我想在他身上盖点东西。我拿起一床薄被准备往他身上搭，可拿被的手却在半空中停住了，因为电话响了。研究生一颤，睁开眼睛看看电话又看看我，我将薄被扔在他身上然后拿起电话。

电话是画家打来的，他告诉我明天早晨九点替小浪入葬。我所有的悲痛又在听到电话的那一刻喷发出来，我对着电话筒哭了起来。画家吓坏了，他说别这样，孙波，小浪已经死了，那不是你的责任，你不要哭了，要不要我马上来。

研究生这时接过电话很客气地说："不用了，这有我呢，谢谢你费心了。"

研究生放下电话后看着我，他轻轻地替我擦去眼角的泪水，嘴里不停地说着："波波，听着，我爱你。不要忘了，我是你未来的丈夫，我不希望看着你这样下去，你让我很心疼，你知道吗？"

我茫然地看着研究生，仔细地看着他："为什么……为什么会这样？"

一丝忧虑闪过研究生的眼睛，他摸摸我的头，把我搂在怀里。

第二天，研究生陪着我去了殡仪馆，画家等在那里，他已经办好了一切。孙二兰来了，她的宝马车在静冷的殡仪馆里引起了一点小震动，但很快随着她的离去而恢复平静。孙二兰只待了一会儿，她年轻的男助理在一旁不停地接着电话，又不停地在她耳边说着什么，一副公事很忙的样子。于是，孙二兰便向研究生交代了些什么后就走了。

我一直坚持待着，我坚持让所有的人都离去，我想和小浪多待会儿。最后，整座墓碑前只有研究生在陪我。

"你也走吧，我想一个人陪陪小浪。"我对研究生说。

"不要这样，波波，我爱你。"研究生痛苦地抱住我，"我们回家吧？"

"我会回家的，可我现在想和小浪待会儿。"

"波波，小浪已经死了……"

"波——波。"研究生无奈而伤心，"我和你一起陪着小浪。"

我摇摇头："小浪一直都不喜欢你。"

"可我也不想小浪死的。"

"你回去吧。"我让自己冷漠一些。

"那好吧，"研究生站了起来，"我走了，波波，不要待得太久。"

研究生走了，现在只有我和小浪了。我拿出小浪的日记，我一页页翻看的时候，我的泪水又止不住地流了下来。

小浪的日记本很精致但不厚，它的外皮是一种粉色的带压模花纹的硬皮，两边镶有两根粉红色的彩带。小浪喜欢粉色就像她坚持她的爱情一样。

天已黑了，我将日记本撕开，点燃。我已经不需要它了，小浪离去以后，这些对我来说都不再重要。我甚至感觉我还活着也是一种累赘。

我决定为小浪做一件事情。

我一直在计划着这件事，等待着这一天，等着送走小浪，等着送走所有的人，等着他们离开。但我没想到有一个人会在等我，等着我动手，好给他一个救我的理由。

为了这一次，我记住了他一生。

我一直在做着这个计划，我准备了一把刀，刀是一把跳刀，黑色的刀柄，柄上有一个按钮，轻轻一推，"嚓"的一声，一片银光闪闪的刀及开口的刃就出现在你的面前，那把刀看上去快极了。跳刀是小浪送给我的，有好些年了，一直没舍得用。夏季时用它切过一次西瓜，西瓜轻轻拍拍放在桌上，拿起刀推出刀刃，对着西瓜肚子杀进去，"哧"，瓜裂开了，再一划两半，整整齐齐。这以后擦干净放好了就没有再用。

小浪送刀是让我防身用的，那一阵子治安不太好，而我又骑辆摩托车挺招眼的，她说备把刀好，只当给自己壮壮胆。后来我还真将这把跳刀带在身上过几次，但没什么大用处不说，还死沉沉的，于是就扔家里了。

这一次我想该是用这把刀的时候了。

刀一直放在我的口袋里，很沉，压着整个衣角向下坠着，我只好又将它放进了裤兜，用右手拿着，而我的左手捏着日记本，那也是小浪留给我的。于是我在旁人眼里的姿势就是左手拿着一个本本，右手揣在裤兜里，脸上虽毫无表情但好像酷酷的。不过幸好没有什么人来，主要是研究生和画家，所以事情很快就完了。

我坐在小浪的墓碑前，我早早地让画家走了，研究生离开时我犹豫了一下，想对他交代些什么，我觉得在这件事上，他也算是个受害者，可是终究我还是让他走了。他走后，四周彻底地静了下来，只剩下我和小浪。我们又可以面对面了。

我静静待一会儿后，天就黑了，四周更静了，"沙沙"的，那是草动的声音，再等等，有了一些光，那是星星。

在星星出来的时候，我觉得到时间了。我先将那本日记本打开，最后看看，然后一页页撕下来点燃。在日记本最后一张燃烧的时候我将跳刀拿了出来，推开，合上，再推开，这样就有了一种"嚓嚓"的声音，好像是在犹豫又好像在思索。在最后一张日记燃成灰烬的时候，我没有再合上那把跳刀，我在星光下看了看它，然后向离左手掌三十公分的手腕划去……有一丝烈烈的痛感，低头看时，手腕处，刀划过的地方，有一丝红色的液体像水浸过纸面一样浮了上来，先是一根红线，然后一串串，最后"呼"地整个手腕上都是，血顺着手腕一滴滴进入到草地里。草瞬间红了……

先是我的手垂了下来，接着是我的头，再就是我的身体……于是眼前黑黑的，星星没有了，天空没有了，什么都没了……包括我自己。但奇怪的是我听到了一阵急促的脚步声似从天堂而来。我坚定那是小浪在疾跑，于是我以为来到了天堂。

我睁开眼，我躺在一片洁白的世界里，我感受着纯净和怡然，我知道自己已经死去，天堂也许就是这种白色。我喜欢白色，它代表纯洁和神圣，我喜欢它，我盼望自己就是那白色，永远停留在白色的氛围中。

看来我已离开了这个世界，我看见了小浪，她在向我招手，她向我缓缓走来，她还是那么漂亮。她仿佛很小，我和她仿佛又回到了学生时代，那个无邪的岁月。

我清晰地记得，当时，我正和校乒乓球队员们在校门口喝着汽水，那是放暑假前的一段时间，许多同学都在紧张地念着功课，只有像我这样吊儿郎当的学生才会在放学后很长时间还在校门口漫不经心地喝着汽水。我想我还只是念初一，离毕业还早着呢！

小浪就是在这个时候，在校门口看见我，向我缓缓走来。

我那时极端地不喜欢她，更不想和她做朋友。我在校门口将她推进臭水沟后，她就不敢再靠近我。我知道她很怕我。

可她此刻向我走来她想干什么，她凄凄的、惨惨的、痴痴迷迷的脸上没有光泽。

我从眼角的余光中感觉到她的急切和缓慢，难道她想报复我推她的那一掌吗？可又不像，她的手中空荡荡的，虽然她也不在老师们夸奖的那类学生之中，但她还不至于忘了书包。

她缓慢地向我走近，我不知道她要做什么，想揍我吗？谅她也不敢，就算是我也不会怕。我比她高一个头不说，我旁边还有四五个身材高大的男孩子，我故意地扭过头将背对着她。我的确不知道小浪此刻目不斜视地向我走来的原因，直到她猛地冲上前抱住我哭泣的那一刻，我才知道她原来是需要我的帮助。

有人如此地依赖我，我还是第一次知道；有人如此崇拜我，我很得意；有人如此需要我的帮助，我很自豪。我要帮助她！

我在听完小浪的哭诉后想都没想地问了一句："他是用哪只手碰你的，右手还是左手？"

我将手上的跳刀推上又收回，我看着它一闪一闪的，在这几乎黑了天的墓地，它的闪亮犹如黑夜中的萤火，让人毛骨悚然。我一点惧意也没有，在小浪的墓前，我是不用害怕的。我面前的小浪，墓碑下的小浪，她是不会让其他的鬼怪侵犯到我的，她会刁难一切企图与我接近的物体，就像活着的小浪一样。

月夜的星光照耀着我的双手，我看见它们洁净如水，白皙而透明，那曾是小浪赞美过的双手，这双手现在却血迹斑斑，我看见小浪痛苦地冲我挥舞着那双已无力挽回的手。

不要，不要，小波……

但又有什么能控制时间呢？只有死亡。我的思绪又回到了从前，回到了曾经浪漫如画的年龄，曾经如诗如歌的十七岁。

"看，那桥，"小浪说，"七仙女和董永的桥。"
"不对。"我说，"是白娘子和许仙的桥。"

我知道是画家救了我。

在做这件事之前我没想到有人会来救我，我也不希望有人来救我，我觉得生命已没有任何意义，我不需要活着。连研究生都走了，谁还会留在这里，何况是黑夜里，除了星星、小草、树木再就是鬼魂。对了，一定是鬼魂，是她不让我死去，她阻止我跟她一样，她要让我留在这个世界上痛苦一辈子，自责一生。那是我欠她的。一定是她将这个意思告诉了画家，又将我留给了画家。于是画家等着救我，于是他救了我。

我知道我还活着的时候是躺在床上，空荡荡的房间里唯一的一张床，白色的床单、被套、枕头、墙还有我，我的左手腕已被纱布包扎起来，纱布也是白色的。这时白色的门被人推开，进来一个穿着白色大褂、戴着白帽子的人，是个女人。整个脸被白口罩挡着，我只能看见她的两只黑眼珠在转动。她看了看床边的吊瓶，摸了摸我右手背上的针管，一使劲儿拔了出来，又用粘着白色棉球的白色胶布贴在了刚刚拔出针管的地方，然后她出去了，白色的房门重新合上，就像她从没有进来过一样。顺着房门向左再向左，就到了我的左手边，是一扇窗户，窗外苍白苍白，因为是白天。

我很失望，我还活着。一串泪珠从眼角处渗透到枕下，我感觉一点希望也没有。

有人在说话，我的脑袋突如其来地清醒，我仔细地倾听着，可是听不清，房门有被推动的痕迹，我忙闭上眼睛。我感觉到脚步声，小心翼翼的，还带着抽泣声，一双略为粗皱的手抚摸着我的脸，颤抖着："你怎么这么傻呢？"我的整个脑袋被人搂在怀里，我从气息就知道这是谁了，我的泪水马上浸湿了她的胸襟。

抽泣声越来越重，接着终于克制住了："谢谢你救了我的波波。"

"伯母，别……"画家言语迟钝起来。

"你真是个傻孩子，从小就死心眼，又太善良，都怪妈很少关心你的生活……"母亲一个人絮絮叨叨的，全然不顾旁人。等到她说够了，说累了后放下我，我依旧平躺在床上，闭着眼。

接二连三的脚步声进入病房内，房间里一下子热闹起来，七嘴八舌，我的脑袋顿时大了。我还是死去好了。

"伯母，让孙波休息一会儿。"

"行。"母亲答应着，"那个……"

我不知道母亲想说什么，但她没有说下去。画家说："伯母，我已经通知了研究生，他很快就来，他很快就会来，很快……"

我不知道画家为什么会有这么多的很快，很快很快。母亲放心了："有他照顾我就放心了，你是波波的朋友，劝劝她，好好的，好好的……"

于是七七八八的脚步声陆陆续续地离开了，房间一下子安静下来。我慢慢地睁开眼，像做梦一样，白色的床、被套、枕头、墙还有我。窗外惨白惨白，我的心灰灰的。

门再次被推开，我来不及闭眼，我和他都吓了一跳："你醒了，你想吃点东西吗？"

我没有说话，我只是看着他，我怎么就把他给忘了呢？我一直最注意的那个人就是研究生，我以为他走了，别人就都走了。但我忘了画家是我最好的朋友，可是我竟然一点也不了解他。他为什么要救我，他怎么会知道我想干什么？这个男人很奇怪，他瘦瘦的、高高的，棱角分明的骨骼，坚毅的脸，我的事情他都知道，可他到底在想些什么，我一点都不知道。

"这有馄饨和粥，你吃哪一种？"

我还是看着他，我想知道他怎么就猜到我会自杀。那是一个个人行为，不是什么人都能想到的。他到底还知道些什么？

画家被我看得有些慌乱："不要瞎想了，你当时的表情谁都会猜到你想干什么。"

我依旧看着画家，我心想，你别想蒙我，我可是死过一次的人。如果我当时的表情真的谁都看得出要干什么，那为什么就你一个人留下了？

见我不说话，画家将桌上一个绿色的保温瓶打开，将里面的东西盛了一小碗，端到我的面前："吃点馄饨吧，挺好的，你妈妈带来的。"

画家用小汤勺准备喂我，他将小汤勺送到我的嘴边，我的眼睛依旧停在画家的身上，他冲我点点头，意思是让我吃一点。

门外又传来了脚步声，有些急促。一个人戛然停在门外，我猜着这个人是谁，凭着脚步声我知道是谁。我有些紧张，画家也很紧张，门外的人更紧张。看来他很矛盾，他一直非常矛盾，从一开始他就很矛盾，从他认识我和小浪后，他就一直处在矛盾中左右徘徊。大家僵持着，等待着。终于门外有了动静，但门始终没有被推开。

"啊，过路的。"画家说。他又将馄饨送到我的嘴边，可是我一点食欲也没有，我好累，我重新闭上眼睛。画家有些尴尬地举着碗，然后他退到一边，放下碗又退到门口，出了门。在房门合上的时候，我又睁开眼睛，盯着那扇门，盯着它，我希望它被推开，我又希望它永远不要被推开。

画家离开后很长一段时间房内外都静得可怕，一点人气也没有。白色的一切像一个大匣子，如果眼前有点颜色多好，比如说一束花。

就在我想象的时候，我的眼前真的出现了一束花，粉色的百合。我知道小浪最喜欢百合，并且还是粉色的百合。

"百合，百年好合。"我轻轻地说。

"是啊，如果真能这样该有多好！"花移去露出研究生憔悴的脸。他什么时候进来的。他还是来了。

"你好、好吗？"

听着研究生艰难的话语，我突然有些心酸，莫名的泪水顺着脸颊流了下来。

"对不起，我不是有意的。"研究生也想哭，他半蹲在床前，用手擦着我眼角的泪水，"对不起，我真的不是有意的。"

研究生将我搂在怀里，我的脸紧贴着他的胸口，我都可以听到他虚弱的心跳声。"对不起，我真的不是有意的，我不是不想救你，我也想到了，我真的想到了……"研究生为了证明他的确想到过救我，他将我抱得更紧了。

"你去哪里了？"我问。

"哪里？"研究生放开我，看着我，他问我，又似乎在问他自己，然后他站直了身体将百合很随意地放在了一边。

"知道今天是什么日子吗？"研究生的目光始终没有离开那束百合。"今天应该是我们结婚的日子。"研究生的嘴角微微地笑着，他用手拨弄着那束百合的花瓣，一片片的，一片片的，然后他用手捧着放了我的床上。"多好看，瞧那粉色，上面还有露珠呢。"研究生将脸埋进那堆百合花瓣中深深地吸了口气，"真香！"

"你闻闻。"研究生抓了一把花瓣放在我的鼻子前，"真的，好香。"

"我曾经想过,我们结婚的这一天,我要买好多好多的粉色百合放在我们的新房里,放在床边,然后我们躺在中间,闻着花香,听着音乐,我们做爱……呵,那一定很美!"

研究生的眼睛湿润着:"你喜欢听什么音乐,嗯,我放给你听。"

研究生凑近我,我看见一滴眼泪在他的鼻尖处垂着,垂着,很沉,但始终没有落下。

"噢,对了。"研究生突然站了起来,"我知道你喜欢听什么,我带来了。"研究生似乎很得意地从口袋中掏出一个随身听,"叭嗒",他取出里面的磁带在我眼前晃了晃:"这盘带子你一定很喜欢听,这是为你唱的。我昨晚听了一夜,因为我也很喜欢听……"

研究生转过身捂住了眼睛,然后他又回过身来,他的眼睛红红的,那里已经被泪水浸湿透了。

"你知道吗?波波。"研究生声音哽咽着,我从没有见他如此伤心过,"《Because I Love You》。唱得太好了,我一夜都在听她唱歌……因为我也爱听……"

研究生将磁带重新放进随身听里,闭上眼睛按下键,清脆的吉他声缓缓传来,接着是轻轻的吟唱。那歌声我太熟悉了,那唱歌的人我更熟悉,顷刻间我几乎被那歌声融化。但是,突然地,我看见研究生的脸,那么陶醉,那样痴迷,我讨厌他的表情,我讨厌他听歌时的神情。那是我的歌。

"关掉它!"我大叫一声,我想去夺随身听,我要毁了它。

研究生反应灵敏地躲开我:"你为什么不愿意听,你害怕吗?"

"关掉它!!!"

"你不愿意听到她的歌声,你心虚了?她能为你死你还怕听到她的歌声吗?你能为她死你还怕听到她的歌声吗?"

"关掉它,请你关了它!"

"你一定要听，这是你自己选择的，你宁可要她也不要我，是你自己选择的……"

研究生又将随身听的音量调大了些："你听好了，波波。你听清楚。你从来没有爱过我对不对？我只是你发泄的工具，对付小浪的工具，逃避责任的工具，爱情的工具，对不对？"研究生俯身床前，"你为什么不肯爱我呢？亲爱的波波，亲爱的波波，亲爱的波波……"

"我不要听，我什么都不要听。"

"你一定要听的，你一定要听……你听她唱得多好，她是为你唱的——"

Because I love you

I've tried so hard

But can't forget

Because I love you

You lingers in my memory yet

Because I miss you

I often wish

……

研究生随着录音带轻轻吟唱着，然后说道："她为了你什么都愿意做。为了你勾引我，你为什么不能好好地爱她？她对你无怨无悔，你为什么就不能认真地爱爱她？"

"因为我爱你！"

"你撒谎！你不要再骗我了。"研究生猛地将随身听扔在地上，那盘磁带在随身听与地面的猛烈撞击后弹出了磁带盒，小浪的歌声就这样停止了。但研究生的声音并未结束，"你什么时候表示过你爱我？和我做爱是爱我？你自杀是爱我？本来我们还有点希望的，本来我以为你至少是爱我的。就在昨天晚上，我还想，如果今天早晨你活着，那么就证明你至少心里还有我。可是你死了，昨天晚上你就死了！

"你一直都在骗我，波波。你从来都没有爱过我，你爱着小浪，你不敢承认罢了，你还记得那天早晨吗？"研究生喃喃地说着，"你说……如果小浪喜欢我，你可以退出……那天我才明白你不爱我……你为了小浪可以放弃我放弃任何人，你还敢说你不爱她……是你杀死了她，你知不知道！"

"你知道不知道，你爱她！"研究生痛哭起来，我伸出手去抓他，我想抓住他。我把他抓进我的怀里，我让他在我怀里痛哭着。

"对不起。"我轻轻地拍着怀里的研究生，他在我的怀里安静了下来。

"波波，我多么喜欢那个海边，你把第一次给了我。我又多么希望永远待在海边不回来呀，那样至少我还拥有你。"

研究生冷冷的话语像从半空中传来一样，我浑身一颤，我突地坐起，我的怀里已经没有了研究生，床上也没有什么粉色百合花的花瓣，但空气中我的确嗅到了那清新迷人的百合花香。

研究生怎么会不见了？"你在哪里？不要离开我，你在哪里……"我大叫着。

门立刻被推开，露出画家恐惧的脸，"你怎么了，孙波？你在做噩梦，看你，满头的大汗。"

"研究生呢？他去哪里了？你不是说他很快就来吗？"

"嗯，"画家犹豫着，将一封信递给我，"这是他给你的。"

"他走了是吗？"我没有接信，我下了床。画家想扶我，我拒绝了。我来到窗前，原来窗外竟是如此的美，阳光灿烂，百花争妍。

"能帮我将窗子打开吗？我想吹吹风。"

"会生病的。"

"帮帮忙，行吗？"我说。

画家打开窗扣，推开窗，扑鼻的花香阵阵袭来，我将头使劲地往外伸着，画家担心地拉住我的一只胳膊。我回头笑着看着他，"放心吧，我只是想看清楚花园里的花。"

于是画家松开手，但他依旧站在我的身边，看着我将半个身子探出窗外。我搜寻着花丛、人群。好多好多的人在花园里散步、聊天，他们显得坦然、放松、幸福、快乐，他们中有很多是住在这里的病人，但此刻从他们的脸上一点也看不到生病的样子，他们都是一脸的健康。终于，在一棵大树下，我看到了一个人，高高的个子，英俊的脸庞，他冲我挥挥手，笑着说：

亲爱的波波，让我最后一次吻你吧，我知道该是我离开的时候了。

昨天夜里，离开墓地后，我回到家，我预感到什么。我开始清理行李，我对自己说，如果事情真像我预料的那样发生了，那么就是我离开的时候了。

我一夜未睡，我都在等着你的消息，我希望我的猜测落空，我们还有希望。但是天亮前我接到了电话，我知道我们之间已没有什么瓜葛了，那个喜欢大海、喜欢幻想、纯净如水的小女孩，那个曾经让我流连忘返的孙波已不会再属于我了，她已经死了。那个叫孙波的女孩已经死了，她的灵魂已随着一个叫小浪的女孩走了。

孙波，我很幸运，因为认识了你和小浪，认识你们的这段日子是我一生中最璀璨的时刻。但同时，认识你们的这段日子也是我一生中最痛苦的一段日子。这段日子将陪伴我终生。

其实孙波，至今我也不明白自己到底是爱你还是爱着小浪，但是如果你和小浪是一个人我又会怎样呢？我不知道，但在我的内心里，我又是多么地羡慕你呀，我多么希望能有个女孩像小浪一样痴情地爱着我。哪怕只有一天，都能让我感动得为她而死。但是没有，你不会为任何一个男人去死，你不会真正地去爱一个男人，你爱小浪我一眼就看出来了。如果你不爱小浪，小浪就不会死了，所有的过错都是你一手造成的。你在小浪心中已不单纯的是个男人或女人，而是一个人，一个她至死不渝爱着的人。你知道吗？我好难过，为什么小浪爱的那个人不是我？而是一个和她一样的女人。为什么你也不爱我？

为什么这两个好女人都不能真心地爱我？

孙波，你知道吗？我很失败，因为你们。

我看着你，孙波。看着你熟睡的身影，原来你睡着的时候是这么的安静，是这样的美。我开始后悔自己以前怎么没有好好地、如此清晰地看看你，现在什么都晚了，什么机会都没有了。

再见吧，孙波。我知道你已经不可能再嫁给我了，小浪永远会活在你心里。

孙波，我走了。你会像怀念小浪那样想着我吗？可能永远不会，也可能还没等我离开你就已经忘了我的模样。但是，我会记住你的，孙波。不管你将来是否记得我，我都会记着你的。我要告诉你，孙波，我爱你，真的爱你。可是对不起，孙波。我不否认我也爱着小浪。

再见了，孙波。我永远都不会忘记你们，两个我曾深深爱过的女人。谢谢你，也谢谢小浪。

深爱着你们的研究生

我下意识地冲着花丛挥挥手，微笑着，我知道该过去的都过去了……

下部

无论你是什么人，你都生活在一个无形的圈中，
这个圈包围着你，直到窒息。

第一章　孙波

我还是那个我，我叫孙波。

我有母亲和五个姐姐。我的父亲很久以前就离开了我。我的五个姐姐各自生了五个男孩。

我的母亲不再记恨我的父亲，她常常感叹："唉，要是你父亲还活着就好了。"

所以，时间可以改变很多东西。

我的姐姐们也常怀念父亲，大姐说父亲真没福气。

二姐说，小时候有一次摔破了头，是父亲慌里慌张地抱着她到医院缝了四针。二姐说这话时会挠挠头，好像那里还有块伤疤一样。

很多年后，家里人经常怀念起父亲，那个她们曾经极不喜欢的爸爸。

"要是爸爸现在还活着多好，看看现在的我们一定会很满足和幸福。"三姐说这话时，母亲点点头，但随后她又很忧虑地看着我："只是波波……"母亲一脸无奈。

现在，我时常一个人静坐在某一个角落里凝视着某一个地方，许久许久。但都不会超过大半天，因为这时母亲就会找个理由过来询问一两句。如果天冷就会说"冷吗，波波？"或者"口干吗，想吃些什么……"每当这时，我都会抬起头看着母亲，或点头，或摇头。于是，母亲就会摸摸我的头，摸摸，像儿时那样。而我就静静地将头放在母亲的手掌中，任她抚摸着。

喜欢我爱的人抚摸着我的头，喜欢那种被关怀时的感动。

我现在和母亲住在一起。母亲很久没有工作了，她说照顾我就是她的工作，我为此很难过。

母亲的别墅里长期还住着一个人，就是王阿姨。王阿姨负责洗衣做饭及打扫屋子，还有其他她自己的事。每天早晨母亲会来叫醒我，吃完早餐后，母亲经常建议我在别墅周围走走。母亲不喜欢我在一个地方待长或发呆，她会打断我。吃过午饭后母亲会强迫我睡上一小会儿，我不爱睡午觉。我经常假装闭上眼睛，但母亲一定要坐在一边看着我入睡，没有办法我只好告诉母亲："我睡不着，我害怕睡觉，我不想睡。"母亲会问为什么，很温柔很温柔地问。我告诉母亲："如果睡不着我会很痛苦，而睡着后醒来发现生命越来越短暂会更加痛苦。"这时，母亲会很恐慌、害怕，她会搂着我，轻拍我的背。

喜欢爱我的人抱着我，喜欢她轻轻拍着我入睡。

有一种红色的药丸装在一个精致的小瓶里，小瓶由母亲掌管。每天，她看着我吃三次这种红色的药丸，每次三粒。母亲说吃了我的病就会好，我已吃了好多年，我忘记了很多的事情。

红色的药丸是一个姓张的医生带来的。张医生是一家精神病医院的副院长，大姐说她的医术相当高明，治好过不少的精神病人。张医生做我的特护已经多年了，我真不明白她凭什么做我的特护医生，每次来号号脉看看面，然后提一些非常幼稚的问题："想家吗？""知道自己在哪里吗？"……这么傻的问题谁不会回答。

我偏不好好地回答她："我饿了""我儿子今年六岁了"……我

还故意冲她怪叫，吓唬她。可是事后我很后悔，因为她至今仍不敢肯定地告诉母亲我是个正常人。

"一进入到人群……"张医生说得最多的就是这句话，母亲也就记下了这句话，所以她很害怕我进入到人群中。

张医生每月来两次，来了就走，她总说再观察再观察。我觉得她无非是想骗骗母亲的钱，不说我是正常人以便她仍有机会再来给我看病。我开始以为母亲年纪大了脑袋不灵光了，竟甘心让她骗。后来渐渐地我明白，其实大家都一样，希望我保持原状，永远这样，留在家里，安安静静。

我现在年龄大了，有三十岁还是三十多岁了我一时肯定不下来，总之三十岁左右了。人大了就是和年轻时不一样，特别理解母亲的心情，母亲害怕我再像过去那样在外面疯闹着，所以她们都说我精神有病。

我精神有病？我会比其他人还不正常吗？

这世界上还有一个正常人，那就是奇迹！

虽然如此，但我非常配合，我不能让母亲难堪，也不能让张医生难堪，不能让所有的人难堪。于是我不吵不闹，吃药、睡觉、沉思——不过幸好没有人知道我在想什么，也没有人知道我想干什么——也只有我知道自己的心事——那遥远的还未能抹去的记忆……

但是，想起一个人时，我还是会流泪。

……

When I was young

I'd listen to the radio

Waitin for my favorite songs

When they played

I'd sing along,

It made me smile

Those were such happy times and not so long ago

How I wondered where they'd gone

……

这是一首欧美怀旧歌曲《昨日重现》，吸引我的不仅仅是这首动听的歌曲，更是因为唱歌的人。《Yesterday Once More》。我的嘴随着歌声轻轻地蠕动着：

……

Every sha-la-la-la

Every wo-wo still shines

……

从我的眼睛穿透过去是一个舞台，很柔的灯光，舞台灯光凝聚的焦点处，一个身穿黑色长裙的女子抱着一把古老陈旧的吉他坐在昏黄的灯光下轻声吟唱，一头浓厚密集的长发遮住了女子的半张脸，使她变得更加神秘莫测……

"《Because I Love You》。"女子唱完一曲后我轻轻地说了一首歌的名字，于是，果然，在音乐声中女子唱道：

Because I love you

I've tried so hard

But can't forget

Because I love you

You lingers in my memory yet

Because I miss you

I often wish

……

　　我的整张脸立刻铺满了泪水，在女子唱完这首歌离开舞台后我不由得跟了上去。快到洗手间门口时我站住了，我看见一个穿着西装的男子站在那个唱歌的女子身后，说："你的英文歌唱得可真棒，都快把我迷死了。"

　　"出去，有人进来了。"女子说。

　　"哪有人？不要再拒绝我了，只要你一句话，要我死都行。"男子说着从后面猛地抱住女子。

　　"你干什么，放开我。"女子挣扎着从化妆包中拿出一把小刀向男子的手背刺去，男子尖叫着跳开，不敢相信地看着流血的手背。

　　"你再敢占我便宜我就杀了你。"女子冷冷地说。

　　男子灰溜溜地跑了。女子重新整理化妆包，突然她从镜子里看见了我，她的嘴角轻轻地颤动了一下，她快速地将化妆品放入包内。

　　"看来，我不用再担心你了。"

　　"是吗？你担心我？"一滴眼泪从她的脸颊滑落。我惊呆了，我在女子从身边经过时抓住了她的手腕。

　　"你已经很坚强了，你不应该再哭。"我说。

　　"那么，你为什么流泪……"女子问。

　　"我很高兴……今天看你这样……没有什么比看到你……这样更开心的。"

　　从来没有过的激情和热泪，从来没有过的温情和邂逅。

　　"小波……你愿意送我回家吗？"女子问。

我犹豫了。

"算了。"女子擦干眼泪，又往脸上补了些妆，然后冷冷地转身而去，就在她转身的时候，泪水再次涌出眼睑。酒吧外，我还是支起了那辆银灰色铃木王摩托车，我替女子戴上头盔，我决定送她回家。

摩托车行驶在无人的街道上，女子紧紧地搂着我的腰，我可以感觉到背部火热般的身体。我依然在思索和犹豫，我是如此地不争气。

终于，在黑洞洞的楼门口，我停住了摩托车，帮她取下头盔。我的手无意间触碰到她的脸，她立刻抓住我的手停留在她的脸上。她的嘴唇微张着，眼里满含着期望和等待。我依然在犹豫，我握着她的手，我们一起向黑暗的楼门口走去。

"嗒嗒嗒嗒"，我们脚步声在楼道里缓慢而迟疑。我一直牵着她的手，我在前面走，她紧跟在身后。在经过楼梯转弯处的窗子时，一缕月光轻飘了进来，我们站住了，看着月亮，她看着我，我也看着她。她真美。洁净而透明的脸，细而长的眉毛，高而挺直的鼻子，微微向上翘起的下巴……

"你真漂亮！"她突然说。

我将她的手举到嘴边轻轻地吻了一下，她却用另一只手捧住了我的脸，我们贴着很近，我能感觉到她微凉的鼻尖，嘴里呼出的热气。我喜欢她身上的香气，我深深地吸着气，我的嘴唇不自觉地停留在她的额头、鼻尖、下巴……

"嘟嘟嘟……"传呼机突然响起，在寂静的楼道里回旋。我惊得想向后退，但她抱得很紧。她很固执，她的脸冷静而坚定。

"你要躲到什么时候？"她问。

月色不知何时褪去，我牵着她的手继续往上走。

在女子的家门口，我想松开她的手，她却抓紧了，顺带着抱

　住了我：“不要回家，和我一起。”

“太晚了……明天、明天还有工作。”

“不要回家，和我一起。试着跟随你的心……”黑暗中女子的双眼闪闪发光，我不敢看她的眼睛，我的头摇摆不定。

“你怕什么？”女子问。

“哼，我怕什么！”我没怕过什么，我真没怕过什么。

“那为什么……不敢……”女子说。

“这是不太好的事……”我挣脱开她的手，“家里人催我回去了……”

片刻无语。

“小波，求你一件事好吗？”女子又说。

“什么？”

“永远都不要不理我。”

“……我也求你一件事好吗？……我们永远是好朋友。”我说。

我们长时间、紧紧地、久久地抱在一起，没有说话，但是有止不住的眼泪从我的脸上滑进女子的发间……

……

时间就像从手指缝里穿过的阳光一样安静地绽放、迷失，带着它满腹的遗憾和忧伤。

有时我会记得很多的事情。那时我年幼，对一些不愿接受的事情常常表露出怀疑的神情。我们在奔跑，穿过满是青草的江堤；我们做着小女孩的游戏，在漫无边际的大床上展开身体……我爱做梦，白天常闭着眼睛微笑；我爱跑，有一双无形的手总想抓住我……

时间流逝得很快，年轻人的错误总是无边无际：我看着她慌慌张张地冲我笑，我看着她一颗颗吞下了八十七颗安眠药……

第二章　作家

我三十六岁，我是一个作家。我知道我的出现很突然，但没有办法。我出现在这里是因为我在找一个人，一个叫孙波的女人。我决定去武市找她。我很想念她。

这个决定我下了很久，足足两天。

我是一个正宗的北京人，生在北京长在北京，除了出差就没离开过北京。可我丈夫却不屑一顾，他说我应该算是江苏人，因为我的父亲是江苏人。我丈夫说他才算是正宗的北京人，他家祖宗八辈儿都是北京人，他说这话时有一种北京人特有的自以为是及优越感。我很讨厌他这种表情，我说那又怎样。他冷冷笑着说："你知道一个北京人意味着什么？一个北京户口意味着什么？"

我也很不屑地说："能意味什么？"

"什么！"丈夫不可一世，"你大概不知道曾有过为一个北京户口倾家荡产的事件吧？更不会知道有一家人为了一个北京户口家破人亡的事情。"

我不想理丈夫，我觉得他有病，他说这话时脑袋肯定进水了。

我丈夫很功利，他说现在就是一个功利的社会，你不得不承认。我承认，我说："那就功利好了。"

丈夫摇摇头，对我的不理解表示出他的痛心疾首。有一次我问孙波，她——为什么不在意这些。孙波说她不会在一个地方逗留太长的时间，她也不想成为一个北京人。

"我就是我自己。"孙波说。

当然，我和我丈夫的故事已经是好多年前的事了。现在，他应该算是我的前夫。

我是从另一个国家回到北京的。我回忆离开前的样子，除了机场，我仿佛进入到另一座陌生的城市。北京每天都在变化，每条街道，每个人。

我不知道自己为什么还要来找孙波，离开时，她百般不舍地抱着我说："以后再很难找到像你这么好的说话对象了。"

"不会的，你看他。"我是说站在我们身后的画家，"他像座堡垒，应该很安全。"

我说完孙波回过头，一丝不经意的忧虑划过她的眼眸，她松开我，仿佛做着一个重大决定，"好吧，你去吧。"

就这样，多年前，我离开了孙波。我离开她时，我不知道我会如此地思念她：我思念她忧郁的眼睛、调皮的微笑、漫无目的的闲聊和恰到好处的吹牛。我想我需要她这个朋友。

"你看看你——"孙波微闭着她的眼睛，摇摇头，"其实你很软弱，这跟你从小的生活环境有关，哎，小时候你妈是不是老训你。"

我用脚尖拨了一下她的小腿肚子："好好的，又没正经。"

"没关系，你老公不要你的话，跟我过好了。"孙波说着仰起头，靠在椅背上，细细地品着一支香烟。那是我丈夫将一个女人带回家，我和他大吵一架后，在酒吧里，孙波说的话。

"我要离婚，我要离开他。"我咬牙切齿地说着，竟委屈地流下了泪。

"别这样，我最见不得眼泪的。"孙波递给我一张纸巾，"快擦了，男男女女情情爱爱，真烦。"

第一次知道孙波这个名字还是从我丈夫嘴里听到的。

我丈夫很少瞧得起人的，因为他是一个作家，一个功利的成名了的作家。但是和他结婚以前他不是这样的，我认为他的功利是我宠出来的。

我和丈夫结婚的头两年还很好，我这么认为，可第三年我们之间出现了小小的问题，我的丈夫有了外遇。

丈夫有外遇是我感觉出来的。那是半年前，有一天，我突然感觉丈夫对我没有以前那么热心了，我就想会不会我们之间有了第三者？要知道现在很多名作家都很花心，并且现在一个作家成名前后大多数是离婚或者单身，如果你是一名未成名的作家，那么你就要考虑一下你现在的生活是否太正常了些？

那是个周末，临出门前丈夫刻意的打扮引起了我的注意。凌晨三点，一身酒气的丈夫被他的一个朋友，一位当今还算有些名气的评论家送了回来。回来之后那位评论家并没有马上走，两人在客厅里聊着。

"你也真是老实，叫你喝你就喝。"评论家说。

"那不是迟到了吗？要罚酒咱不能赖皮。"这是丈夫的声音。

"罚酒你也得学着喝呀，你没见孙波那丫头偷偷地把酒都倒了，你跟她对着喝不吃亏才怪。"

"是吗？"丈夫笑了起来，那笑声是开心的，"她可真是聪明，我还真没发现，看来下次跟她喝酒得注意点。"

下次！他们还有下次。我咬牙记下了"孙波"这个名字，我知道丈夫轻易不会夸奖一个人的，并且这个人还不是个北京人。我开始留意丈夫的电话、信件、手机和任何一个细微的举动。可是越留意越感觉有问题。我发现丈夫每天在家都有些心神不宁的，出去散步的时间也比往常长了许多，并且好几次丈夫打着电话时看见我一回家便挂了。我心里犯着嘀咕，我决定亲自去会会这个孙波小姐。

第一次见孙波是在北京一条很有名的酒吧街上。我打听到她租的房子就在这附近。傍晚六点钟，我在这里等她，我想这个时候她应该下班了，可是我等到七点还没有看到她，我有些着急，在那幢楼前走来走去。七点一刻，我来到那幢楼旁的一条街上，那就是著名的酒吧街，这个时间酒吧街上人还不算多，道路也不是特别拥挤。我数了数来往的车辆，我想自己是不是有些过分，仅仅只是怀疑就来找孙波，是上天有意不让我见到她吗？

临近八点，酒吧街的车辆一下子多了起来，一些带着懒散醉意的人开始游荡在路边，一个挺着大肚子的老外冲我吹了声口哨，我不知所以然地看着他，他自觉没趣来又走开了。

八点一刻，我的腿有些酸了，我很倔，今天哪怕有狼我也要见到孙波。八点三十分，一辆红色的夏利出租车缓缓地从我面前经过，停在了我一直盯着的那幢楼门口。一个有着一头短而卷曲头发的女子带着一身的疲惫钻出汽车，我想都没想地大叫了一声："孙——波。"

几乎同时，满街的"鸟"都受到了惊吓，用一种怪异的目光盯着我，反倒是那个短而卷曲头发的女子没有任何反应地向楼门口走着。我不相信自己的判断会有误差，但仍小心地跑过去拦住了那个女子："你是——孙波吗？"

我问得比较忐忑，女子看了我一眼，一脸的漠然："你是谁？"

啊，她是孙波。我的怒气同时也上来了，我说出自己是谁后，孙波明显吃了一惊，她忙伸出手："你好，我很喜欢你写的小说。"

"谢谢。"我没有理会她，"这里说话不方便，我们去前面酒吧里谈。"

孙波看了看表："我很累，有什么事就在这里说吧。"

"不行。"我说这件事很严重，一定要找个地方坐着谈。

我的表情让孙波有些困惑，她略微皱了皱眉头："可你看……

我上了一天班……"

"你在哪里上班？"我问。孙波说电视台。我冷冷一笑，"刚到北京就有这么好的工作，不会是自己找的吧。"

"朋友介绍的。"

"是林木吗？"我问。

"谁？"孙波一愣。

"林木，我丈夫！"我大声说。

孙波停住了，她定定地看着我，舔了下嘴唇："你……"孙波看了看四周，"那好吧，我们找个地方谈谈。"

我曾经去过很多酒吧，但没有一家酒吧像 FOOL 这样吸引我，那天和孙波无意中走进这家 FOOL 后，我就经常地会再次走进来，并经常地会在这里遇到孙波。其实在这以前我们都没有来过这家酒吧，那天我们都是第一次走进 FOOL。

FOOL——不知道进来的人是不是都想把自己变成傻瓜。

在 FOOL 里孙波要了两杯橙汁，孙波将钱都付了，但我一定要将我的那份橙汁钱给孙波，孙波没有坚持，她很烦躁地一口气喝完了橙汁："说吧，你找我有什么事？"孙波的口气很不友好。

孙波这样我认为是心虚，或者是因夺了我的丈夫而对我不屑一顾，就像林木现在已对我不在乎一样。

"说吧，"孙波又说，"我很累的。"

"你……认识林木吗？"我问。

"不……"孙波马上又说，"认识，怎么了？"

"我是他妻子。"

"我知道，你刚才已经告诉我了。"孙波有些不耐烦，她一扬手又叫了一大杯啤酒，然后将三十元酒钱拍在桌上。这样，我更认为就是她。肯定是她，看她喝酒的样子就知道，那么猛那么急。林木就是喜欢有人陪着他喝酒，刚结婚时还叫我陪他喝两口，但是对酒精我一直不感冒，后来他也就罢了。

面对着破坏我家庭、我美好婚姻的情敌在我面前安然自得地喝着酒，一副不把我放在眼里的样子，我很生气。我也一口气喝完橙汁，然后叫了一大杯啤酒，也将三十元钱拍在桌上。

在一个灰黑的夜晚，在昏黄的泛着傻气的酒吧里，两个从不相识的女人面对面一扎扎喝着小于等于十度酒精含量的、跟尿一样颜色的、有着白泡泡的液体，似乎在较量，似乎在思索。

我从不知道这种跟尿一样颜色的啤酒我能一口气喝下三扎，肚子鼓胀得难受，可是我却有着从没有过的痛快酣畅。我看着孙波的眼神也越来越锐利，我不怕你的，我在心里说，你敢抢我老公。我死死地咽下了一口欲翻出胃来的啤酒。远处，一个留着长发的中年男子傻傻地吹着萨克斯管，好像是一首《回家》，可是今晚不把事情说清楚谁都别想回家。

"哈。"孙波突然笑了，在三扎啤酒下肚前，我们都没有说话，都只是在一口一口地喝着，可现在她却笑了，她还敢笑我？

我一拍桌子，大喝一声："你笑什么！"

"没有。"孙波还在笑着，"你很有意思。"

"你什么……意思？"我怒视着孙波。

"没有，没有什么意思。"孙波笑着摇摇头，"我刚到北京，以前从没有见过林木，就跟他吃过一顿饭。"孙波说："如果你老公有外遇的话，那个人——绝对不是我。"

外遇？外遇。我的心不由得一酸，林木？外遇。不争气的眼泪一串串地往外流着，我简直不知道它们从哪里来，我一点感觉也没有，就好像刚刚喝进去的啤酒又一点点地流了出来。

"别，别……"孙波一下子慌了，"你别哭，我……那个，我真不是……现在你老公长什么样我都想不起来了。"孙波越说越糊涂，可我反而越哭越凶了。

旁边人很多，可是没人在意我，这就是 FOOL 的好处，大家都一样，都是 FOOL，没有人笑话谁。

我第一次明白为什么有那么多的人喜欢在这样的夜晚，这样的时候进来 FOOL 酒吧喝着这种像尿一样颜色的液体，那是因为这种小于等于十度酒精含量的液体可以很快让你迷醉又可以很快让你清醒。

FOOL——每个人其实都想成为傻瓜，在那个时候。

我擦干眼泪，我的心情好多了，我仔细地看着孙波，进来这么长时间我还没有仔细地看过她，因为在这之前，我没有想到去看她，我也没有敢像现在这样直视她的眼睛。

她的眼睛很美，大而亮，在昏黄的灯光下，发着璀璨的光。纯朴、洁净，坦然、执着，又带有那么一丝的忧郁和邪气。我在想，有着这样眼神的女子不应该太会骗人，除非她需要。孙波见我盯着她看，突然又一笑，她的眼睛也随着她的笑容微闭了一下，迷离、摄人心魄。我突然低下了头，我自认不是她的对手。

"你还好吧。"孙波问。

我点点头，我安静极了，像一个刚刚被人原谅了错误的乖孩子，而孙波则像个引导你走出迷宫的老师一样舒心地笑了，我也笑了。突然地，孙波像被人扎了一下似的，她的笑容瞬间凝固了，像刚刚关掉电源的洋娃娃，"哇哇"笑着就卡住了。那是在一阵悦耳的吉他和弦声飘过来后，孙波表现出的神情。她一惊，低下了头又仔细地听了听，不相信地看看我，她的眼里满是迷惑与猜疑，她的呼吸越来越急促，很快她侧过头向舞台中央望去。舞台中央，刚才吹萨克斯管的中年男子已经换成一个长发披肩的女子，女子的怀里有一把古老、陈旧的吉他。

四周一下子安静了下来，只剩下女歌手轻柔的声音："今晚我带给大家的第一首英文歌是欧美怀旧歌曲《Love Story》。"

Where do I begin to tell the story of how great a love
can be
The sweet love story that is older than the sea
The simple truth about the love she brings to me
Where do I start
……

歌声纯净、质感，像一丝清风、一股甘泉，一只温柔的手轻轻地拂过你的脸……

"真好。"我说。我顺便看了一眼孙波，我惊呆了，我困惑而迷茫。孙波在流泪，很多的泪水聚集在她的眼睛里。

"你怎么了？"我轻声问道。

眼泪顺着孙波的脸向下流着，我不安起来，我不知道她为什么会流泪……是啤酒还是自愧？

在歌曲快要完结时，孙波突然站了起来，她像一个醉汉一样向那位女歌手走去。

"你要干什么？"我想叫住她，但她已经走到了舞台中央。

女歌手正打算离开，孙波一把抓住了她的手腕。女歌手回过头来，用一张成熟、世故的脸看着她，有些不高兴地问："小姐，你有什么事？"

"对不起，我……"孙波皱皱眉头，"我想点首歌。"

"你想点歌只要写在歌单上交给服务生就行了，我休息一会儿就会来唱的。"女歌手说着要放下吉他。

"不是——"孙波说着掏出钱包，从里面一张张地往外拿着钞票，直到把钱包里的钱全部拿出。

"不好意思，我只剩一千块，你都拿去吧。"孙波说。

"这太多了。"女歌手有些不好意思。

"没事，你拿着。"孙波将钱塞进女歌手的牛仔裤袋中。

"那谢谢小姐了，你要点什么歌？"

"什么歌？"孙波又皱起了眉头，"嗯，《因为我爱你》。"

"什么？"女歌手一愣。

"对，《Because I Love You》，你唱吧。"孙波说着走下舞台。

"非常感谢七号台的这位小姐慷慨点唱这首欧美名曲《Because I Love You》，现在我就把这首歌奉献给大家……"

     Because I love you

     I've tried so hard

     But can't forget

     Because I love you

     You lingers in my memory yet

     Because I miss you

     I often wish

     ……

在歌声中孙波重重地坐在了椅子上，她的表情庄严、沉重，她让我百思不解。我一直在默默地注视着孙波，她用左手捂住了双眼，我看见她的左手指缝中流淌出的泪水，我感觉到来自孙波心灵的震撼。那一刻我被这个陌生的女孩感动了，我知道这首歌很多人都听过，但不是每个听过的人都会流泪的。我想找些话去安慰孙波，可是孙波突然站起向酒吧外快步走去，我忙跟了出去。

在酒吧外，我终于追上了孙波，孙波也冷静了下来，她冲着我笑着，依旧是那副对什么都不以为然的表情："对不起，吓着你了，这首歌曲让我想起了一个朋友。"

"男朋友？"

"不，一个非常好的女朋友。"

听孙波这么一说，我似乎放心多了："你还真把我吓坏了，我还以为出了什么事呢。好了，现在没事了，那个……"我看了看手表，十点，我没有回家的意思。我又看了看孙波，我知道她工作了一天一定累了。

"怎么？还怀疑我是你老公的相好？"孙波说。

我笑了："你累了，是吗？"

"嗯……"孙波看了看我，"你……还想喝酒？"

"想坐坐。"

"FOOL？"孙波指着 FOOL 酒吧问。

"换一家也行。"

"不用了，就 FOOL 吧。"孙波说着有些不好意思地看看我，"不过我没钱喝酒了，你能借我一百块钱吗？"

"借钱？噢。"我笑了，"行。"

"那就快点儿。"孙波说着向 FOOL 跑去。

我想起来了，我也要去。我跟着孙波跑进 FOOL。

我没有再问孙波是不是我丈夫相好的事，我觉得那已不重要了。

有时候，我会想，和孙波做朋友似乎是件理所当然的事。她就应该是我的朋友，我们注定会成为朋友。就好比，世界很大。她原本在另一座城市，我们原本相隔很远，毫无牵连。但命运注定她会在某个时间来到我住的城市，我们会在某一天相识。

那天晚上，和孙波在 FOOL 喝了一夜的酒。分手时，我们彼此虽未留下联系方式，但我确定会再碰到她。

一周后，周五的晚上。我情不自禁地又来到那条酒吧街，我从没有想过会一个人去酒吧，我似乎知道会碰到孙波。我走进

FOOL，我张望着。没有看到孙波，我有些失望，正当我准备出去时，一个高挑个子的女子走进了酒吧，她看到我，略眯了下眼，不相信地挑挑眉毛，独自走到一张桌子前坐下，向服务生叫了扎啤酒，将三十元钱拍在桌上。片刻，我走过去，坐在她的身边，同样叫了一扎啤酒，将酒钱拍在桌上。

啤酒上来的时候，孙波端起酒杯喝了一大口，我也喝了一大口。我们没有说话，又各自喝了一口。孙波想了想，还是将酒杯伸到我面前，我们碰了碰酒杯。

"你怎么知道我一定会来呢？"孙波突然问。

我一下子卡住了："嗯，我没想到你会来。"

"很高兴再见到你。"孙波说。

"我也很高兴再见到你。"我们又碰碰杯。

那天晚上，孙波又点了那首《Because I Love You》。不过这次她没有流泪，她只是喝着啤酒静静地听着。我坐在她的旁边，我依然能感到她内心的激动。

就这样，我们成了无所不谈的朋友，我几乎每个活动都想叫上她："周四晚上有场话剧，一起去看吧。"我有时会约她看话剧。

"我知道一家新疆菜馆，还有歌舞表演，要不要一起去吃吃。"她有时会约我去吃饭。

我们也会约着一起逛街，喝咖啡晒太阳。有一天下午，我们在星巴克外喝咖啡晒太阳的时候，两个女子来到不远处的一张空桌子旁，一个是东方人，一个是外国人。两人手牵手过来的，然后外国女子进屋去买了两杯咖啡，出来和东方女子边喝边聊着，很亲热，很开心。我们离她们不远，她们的一举一动我们看得一清二楚。突然，身边的两个女子相互亲吻了片刻。我不以为然，依旧喝着我的咖啡。在北京，街头、酒吧里，同性恋、异性恋、双性恋、异装癖……见怪不怪了。但孙波一下子如坐针毡，非常不自在，看了我一眼。

"你怎么了？"我问她。

"怎么能这样？你没看见吗？"孙波说，脸都红了。

我很诧异地看着她，马上明白她是看到旁边那两个亲吻的女子："这怎么了？妨碍你了？人家又没亲你。"我说着笑了起来，"人家两个人相爱。"

"相爱？两个女人？"孙波小声说。

"两个女人怎么了？"我说，"你看周围谁大惊小怪了，就你。"

孙波左右看看，的确，周围喝咖啡或走过的人，谁也没有在意刚才两个女子亲吻了。

这时，两个外国男子推着一辆婴儿车过来，车里睡着一个漂亮的小男孩。我推推孙波，指指那两个外国男子，说："那你看到他们俩是不是要疯掉了？"

孙波看了看那两个外国男子，问："为什么？"

"很明显，这两个男子是一对GAY，那孩子是他们收养的。"我说。

"G——GAY？"孙波结结巴巴地问，"什么意思？"

"别说你没学过英文。"我说，"GAY，同性恋。"

孙波听了立刻缩起了脖子："同——同，你能小点声吗？"

"你怎么了？你怎么突然——"我不明白一向自信大方的孙波怎么畏缩小心起来。

"同性恋怎么了？"我说，"1973年，美国精神学会理事会已确认，同性恋不是一种精神疾病。2001年，中国也不再将同性恋归为精神疾病。所以，你不应该对他（她）们有什么偏见。"

"啊，不好意思，我没有偏见。"孙波说，"我只是刚从乡下来，见识少。"

我笑了，我喜欢孙波这些自嘲的小幽默，我轻打了她一下，"乡巴佬。你知道现在很多国家同性婚姻都合法化了。"

"还能结婚?!"孙波一下子提高了嗓门。

"对啊,丹麦是第一个承认同性恋婚姻合法的,其次有荷兰、比利时、西班牙、南非等,将来还会有更多的国家承认同性恋婚姻合法。"我说,"北京是文化政治中心,是一座包容的城市。以后不要大惊小怪的,让人笑话。……对了,我知道有一家GAY吧很有意思,晚上带你去玩玩。"

"GAY吧,还有这方面的酒吧?"孙波不相信地问。

"乡巴佬,乡巴佬,乡巴佬……"我冲孙波说着,"你怎么什么都不知道?"

"我情商差。"孙波说着反问我,"你怎么什么都知道?"

"我北京人啊。"

"靠!"

孙波说着有些泄气地趴在桌上,挠挠头,看看旁边的一对恋人,又看看街边走过的人,眼里突然闪过一丝痛楚。

"又怎么了?"我问她。

她看看我,许久才说:"我真是乡巴佬,亏我还读了四年大学。"孙波抓住我的手,"谢谢你告诉我这些。如果我早知道这些……"孙波说着手突然在眼前不甘心地挥挥,像挥去一些不痛快的往事般:"嗨……北京真好。为什么以前没想过要来。"

孙波说着又笑了,是那种不以为然,无所畏惧的笑:"谢谢你……"

这以后,孙波对北京的各类文化活动、演出画展等很感兴趣,她说她喜欢北京,她爱北京。

"我以后就留在北京了。"孙波说,"我早该来了。"

我非常愿意孙波能留在北京。我非常喜欢和她聊天。

第三章　朱敏

　　有时候，我也会静静地坐下来想想我走过的这些年。恍惚中，感觉像梦一样。突然之间，我可以干自己想干的事。

　　人年龄大了，想得比做得多。我已没有当年创业时的冲动，更多的是看着孙二兰在忙碌。孙二兰是个成功的商人，她的出色是难以形容的。话说回来，我的六个女儿都是出色的，我的女儿们遗传着我的血液，天生就是赚钱的高手。我不用担心她们的事业，我担心她们的生活。

　　当然，最操心的仍然是孙波。

　　小浪死后，孙波辞去了杂志社的工作。她开始写作。我从没有关心她到底写了什么，我也从没有在意她写过什么。但有一天，我在一张纸条上看见她写的字：

　　　　有时候，我很寂寞。我想找人说说话。

　　我意识到关心她太少了。我让孙五兰去找她聊天，小时候她们俩最好了。五兰回来说："她挺好，谈场恋爱就好了。"五兰刚生了个男孩，忙着哺育他。

　　我让孙大兰去陪她，孙波打来电话说："妈，够了，我这里又不是垃圾站。"

孙大兰正准备和丈夫分居，这件事让我很生气。难以想象，孙大兰当初几乎是拿命威胁我同意她下嫁的老公竟然有了外遇，并且那女人还怀孕了，流产时大出血却是大兰救了她一命。我的傻女儿就是这么单纯。现在她要离婚，她的丈夫林冬生死活不同意，他跪在地上请求孙大兰原谅他。我了解我的女儿，她决定的事情很难改变。只是，我也不同意离婚，孩子都那么大了。

孙三兰一直和孙波最谈得来。三兰将孙波带到她的公司，说："要不你在我这里上班吧，好多帅哥呢。"

孙波笑了："好哇，你安排一下，让他们轮流陪我好了。"

孙三兰终于和霍克的关系稳定了。她和霍克刚从美国来到武市时，我可担心她和范天平的关系了。孙三兰一直觉得愧疚范天平。然而孙波告诉孙三兰，她和范天平之间其实只是友谊。孙波和范天平同在一家杂志社上班，她了解他。

孙二兰将孙波带到商场购物一番，她告诉孙波说："天涯何处无芳草。想爱就爱，我可不在乎你爱男人还是女人，只要你高兴就行。"

孙二兰离婚后没有再婚，她不相信婚姻，不相信男人。她只相信钱和她的事业。她拼命地挣钱，她相信以后需要的一切都可以用钱买到。这些年她可没少交男朋友：模特、歌星、导演……有时我想，钱挣多了到底是好事还是坏事。

孙波很喜欢小孩，家里的孩子们都喜欢她。她是否怀念那个孩子呢？或许，我该替她留下。后来，她收养小玉时，我就想我真该劝她留下那个孩子。

转眼到了春天，有一天，孙波打电话来说，她在机场，她准备去云南。我很担心，我小心翼翼地问她去多久，跟谁去。她说她一个人，玩累了就会回家。那一段日子，我经常梦到她出事，没有再回家。我每天注意看各种新闻、案件、人名。一个多月后，孙波回来了。我去老房子看她，做饭给她吃，饭却煮煳了，我什么都不会做了。

半个月后，孙波又离开了，二十多天后一身烂泥地回来了，她告诉我去了江西。

随后她又出门，这次走的时间很长，有两个月之久，杳无音讯。孙二兰安慰我不要担心，孙波这么大了，只要身上有钱就行。孙二兰的话提醒了我，我立刻查孙波的银行账户，只要她还在花钱就证明她没什么事。果然，这次孙波回来后，告诉我她去了西藏，她很有兴致地给我看她从西藏买回的东西，她送给我一些很漂亮的藏银首饰。她说她还会去西藏，她说到了那里就不想再离开。她的心情不错，我认为她恢复了很多。

以后，我定期往孙波的账户上汇钱，只要钱在减少，那么我的孙波就会平安，我的波波身上只要有钱就不会有什么事。这样过了一段日子后，我渐渐放心了。我从每周查一次账变成每月查一次，后来太忙，也就没顾上查账了。

秋天的时候，孙波又回来了。她黑了，瘦了，但她的状态很好，还在别墅里陪我住了一周。她说她去了内蒙古，她看到了孙四兰的儿子方小豪。她带回了很多的照片，她已经完全恢复了。

入冬的时候，她又走了。她好像停不了一样，来来去去，走走停停，从一座城市到另一座城市，寻寻觅觅。

年末的时候，孙二兰说她的证券公司挣了些钱，她要送份生日礼物给孙波。很快她就从香港弄回一辆黑色的三菱吉普车。这时候我才发现，很久没有了孙波的消息。我调出银行账单，发现孙波有几个月没有花账户上的钱了，我一下子紧张起来。春节前，我接到孙波打来的电话，她说她在北京，春节不回来，她有了份工作，足够她生活了。她给家里每个孩子寄来了一份礼物，表示她很好、平安。

整个春节，家里因为没有孙波而显得冷冷清清。孩子们初一回来聚了一天后便离开了，我也感觉年龄大了，我需要个人说说话。

然而，就在这时，自我创业以来，一场最大的事故发生了，这场事故足够摧毁我二十多年的努力。

我的二女儿孙二兰是一个非常出色的女人和成功的商人，她在商场的魅力和号召力已在逐渐超过我。

我对孙二兰一直有些愧疚，六个女儿唯有她没有读大学，高中毕业后就跟着我奋斗。我把她的离婚也归罪到很早就跟着我出来创业上，因为这些，有时我会容忍她的一些错误：不承担一个母亲的责任而将魏小涛送到乡下；魏小涛回到武市后也不理不睬；乱交朋友，乱花钱……

当然，孙二兰也会挣钱。她赶上了中国最早的股市，她尝到了甜头，她误以为她能呼风唤雨。

林凤，一个香港证券商，她是让孙二兰第一次接触股票的人，随后，她们合伙在广州注册了一家证券公司。

我是这么理解股票：它是一块能吸水和缩水的海绵，当它吸水的时候，你以为你有足够多的钱，这时你会犯一些不知名的错误。但一捏紧的时候，就会发现钱都流掉了，抓都抓不住，这时什么都无法挽回。

半年前，我在广州看中了一块地，盖幢写字楼应该不错。武市的发展空间越来越小了，应该出去看看。我用武市的产业做抵押贷款买下了这块地。我准备找个合伙人一起来做这件事时，一场金融风暴袭击了整个东南亚，也带来了一场股灾，孙二兰和林凤投入到股市里的钱也就像海绵里的水一样一下子挤干了。

我对股灾并不着急，孙二兰用她自己的钱炒些股票开开心，是她自己的事，我对我的孩子都很放心，我相信她们处世的能力。但我没想到的是，孙二兰为了获得更大的利润竟然将我刚刚购得的那块地押了三亿元一起投入到股市。

这件事孙二兰一直瞒着我，直到我准备给孙波汇款的时候，才发现我的银行账户已被冻结。

二十多年来我第一次住院，病倒了。不过也幸亏有这次生病，让我有机会认认真真了解我的六个女儿。孙大兰不懂财务，但却找了一家会计师事务所，帮她算算她的门诊所能抵押多少钱。门诊所太小了，根本不足填补孙二兰的漏洞。孙三兰和霍克愿意将他们的电子公司出售；孙五兰不是很高兴，她怪孙二兰不懂经营，瞎投资，也不和我商量。她说她的装饰公司注册资金不过上百万，她还准备孩子大些时再投入资金开个更大的公司，她说她和孙彬有好多的投资计划，如果我破产了的话，那她的计划就落空了。孙五兰的抱怨让孙二兰很难堪，孙彬知道后很生气，怪孙五兰不懂事。这次生病最让我欣慰的是孙波从北京回来了，她在医院陪着我。然而更让我意外地是，孙四兰和她的丈夫方伯寒也回来了，他们是回来帮我的。

孙四兰给我讲解了很多关于经营管理的事，她说这是科学的。她给我讲解：当一个家族企业进入了一定的资本积累时，需要一个好的管理理念，需要股份制。每个股东都有自己的责任和义务，每一笔投资都必须经过董事会投票决定，这是企业长远发展之道……

我接受了孙四兰的建议，她的方法是可行的。

我准备招标卖地。

第四章　画家

我是一个怎样的人，懦弱，内敛，自卑？在很多的时候，我常常这样问自己，我懦弱吗？我内敛吗？我自卑吗？可是我从来都不会回答自己，我认为不需要。其实我太清楚自己是个什么样的人了。

"你……怎么说呢？"我的朋友孙波皱了皱眉头，将左手的几个手指放进嘴里轻轻咬着，然后"啧"了一下又拿出手，象征性地挠了一下头，摸了摸眉毛。"哼。"孙波笑着摇摇头，"说实在话，我还真说不清你是个什么样的人，无从说起。"

"我明白，你就直说我是个没有个性的人不就得了。"我说。

"不是这个意思，不是这个意思。"孙波有些急了，但她又笑了。

这就是我最好的朋友孙波，我早就应该谈谈她了，因为我想念着她。

我对孙波存留的最后记忆是一架飞机，一架腾空而起的飞机。那一天我就是看着那架飞机倒下的，直到孙波又回到这座城市。

小浪死后，孙波开始四处流浪来折磨自己。她去拉萨，只为了去看看；她去云南，也只是个过客。她用她那不安分的双脚四处游荡，她什么也不为地一座城市一座城市地逛着，她似乎在寻觅着什么？又似乎一直在犹豫着一件事，她不知道自己到底要去哪里，是否回家？反正她什么也不知道，她总是背着一个不大不小的行李在某一天出现在某一座城市，而又在另一天离开。她的举动让我很不安，我不知道怎样才能安慰她，怎样才能留住她的脚步？

看来只有一个人才能留住她的脚步，才能让她停下来，可惜这个人已经死去。

那一天，孙波在回家停留了一段时间后又准备离去，这一次她要去北方一座繁华的都市，到底什么时候回来她不知道。其实每次她都是这么说，但每次她都回来了。这一次，我却有一种预感，我感觉她不会再回来了，我感觉她的心已不再年轻，那累累伤痕而疲惫的身体已不再想继续行走了，但没有什么理由能让她留下。

就在那一天，我目送着孙波又踏上了远去的旅程，我感觉那是永别，我感觉自己再也见不着她了，我感觉胸口沉闷而苦涩，我感觉心脏已没有知觉，我感觉我的身体已成为我的负担。我多么想脱离这层躯壳般的肉体随她而去，我又是多么想留住那双不安分的脚。我想对她说：留下来。可不可以为我留下来！我想喊住她，我想告诉她一些事情，可我使出浑身的力气也没有喊出口，我大张着嘴，瞪圆了眼睛仰头望着徐徐升起的飞机从我的头顶上空掠过，我就这么看着看着直到倒下……

就在那一天我被送进了医院的急救室，而我的朋友孙波却去了北方最繁华的都市——北京。

这以后我没有得到孙波的任何消息，其实就算有我也得不到，我从孙波走的那天倒下后就一直躺着，躺着。我感觉心灰意冷，人生已到了尽头。

这样过了许久，那段日子长极了。

初秋。午后。出了武市向东再向南二十里是一片翠绿的竹林，密密匝匝。进入竹林有一个小坡，一条小草径穿过小坡通向竹林深处。过了这条小草径眼前突然一亮，那是一条宽宽的马路，马路围着竹林整整一圈。马路的对面有一座半封闭的大院，院里很深很大，鸟语花香的。大门边上竖着的牌子上有三个字非常清楚：疗养院。

一个老人和一个八九岁男孩的声音透过竹林传了过来，深一脚浅一脚。

"爷爷，爸爸什么时候可以出院呢？"小男孩仰着头，他的眼睛透出成人的早熟，那是忧虑。

"不知道，应该快了。"老人说这句话时很累很累，仿佛走了许久的路一般，其实他们不过是刚下车。

老人和小男孩很快穿过竹林进了疗养院。

这是一家公费的疗养院。

进入疗养院可以看见一个很宽大的花坛，花坛过去是一座三层楼高的房子，那是住院部。住院部后面还有几个分部，也是给来这里疗养的人住的。穿过住院部就到了后院，后院极大，迎面是一座很大很宽的花园。花园由一圈回廊贯通着，像小蛇般弯弯曲曲。回廊上，一些来此疗养的老人将藤条椅放在阴凉处小憩。

这个季节来疗养的人并不多，很多人过了夏季就回去上班了。留下的只是一些得慢性病或绝症的病人，并且多数是老人。

花园的西北角处有一条二十米长的葡萄架，上面已挂满沉甸甸的葡萄，很诱人，一些路过的护士总想拿东西去够它们。

葡萄架下同样有一张藤条椅，与众不同的是躺在这张藤条椅上的人是一个年轻人，以他的年龄是不应该躺在这里的。但是他的脸色灰暗，他的表情，他虚弱的眼睛，他无力的嘴唇都在传达一个信息，他待在这个世界上的时间已不多了。

初秋的午后,太阳依旧很烈。

可是年轻人的身上却盖着厚厚的毛毯,毛毯里的身体纤弱而无力,他的一双白皙而没有血色的双手平放在他深陷的小腹上。他在这里躺了多久没有人知道,只有护士偶尔走过来看一看他,替他量量体温和血压然后走开。

初秋的午后依然有蝉鸣,一声一息。他微闭着双眼,他的目光跨过山丘、河流,停在远处的天空中,似乎在听,在想,在感觉,那唯一生的气息。轻轻的脚步声由远至近,一老一少两个人影站在他的两边。他感觉到了,微微地移动了一下眼睛,然后又回到原来的位置。接着,他的脸上有一双热乎乎的小手在蠕动,他的脸顿时湿乎乎的。

一老一中一少坐了一会儿,都没说什么话,只是坐着看着彼此。在太阳快要离去时,老人又牵着小男孩的手离开疗养院向那片竹林走去,他身后的草地上留下的不知是眼泪还是汗水。

老人回家后就要准备很多的事情,这是医生刚刚告诉他的。

这是一家疗养院,我被送进来已有大半年的光景,我的父母经常来看我,有时我的儿子也会来。我的父亲每次来看我心都沉沉的,脸黑黑的,然而这一次,他来看我,脸却是红的,被太阳晒过的那种红润。他不停地搓着手对我的儿子小文说:"爸爸很快就没事了,很快……"但是我从父亲牵着儿子离去的背影中知道自己时间已不多了,医院已通知父亲安排我的身后事,他今天来只不过是让我再看一眼我的儿子。父亲的脸色发红,那是被痛苦憋出来的红色。父亲和儿子坐在我的对面,我们都没有说话,这时候无论说什么都会引发一段悲哀,所以父亲和儿子待了很短的时间就走了。在父亲和儿子走后我依旧躺在走廊的藤条椅上,看着远处蓝白色的天空,其实我想告诉父亲我最想看到的、等待的是另外一个人。

一本中国古代言情小说上记载：当你长时间盯着一个地方想着一个人时她就会出现。我不知道这是不是真的，但我这样做了。

我躺在走廊上的藤条椅上盯着远处的天空由灰到暗，由暗到蓝，由蓝到白，我看到花园角落里那棵桑树叶落了又长出新芽。我等待着它长出果实，就像我坚信她一定会出现一样。

这座城市最清晰最明白的就是季节的变化。我在季节中等待。

一阵风吹过，一片青黄的树叶不知从什么地方飘来，忽远忽近地落在我的胸前，那是一片桃树叶。我记得花园里是没有桃树的，可是我清楚地闻到了桃子的香味，一种可以咬出许多汁来的蜜桃。

"吃个桃怎样？山东大蜜桃。"

我的眼睛立刻湿了，所有的一切都是真的，只要你真心诚意地思念一个人，她就会出现。

"什么病？住这么长时间？"孙波在一个桃子上狠咬了一口，一股殷红的桃汁顺着她的嘴角往下流着，她漫不经心地用手擦了擦。

"真甜，来一个吧？"

"好。"

孙波将一个桃子递给我，我咬了一口，清甜可口，好吃极了，这么长时间我从没有如此完整地吃完一件东西。

桃核被孙波扔进一个垃圾袋中，擦擦手："好吃吧。"孙波说，"我买了好多，放在家里，这次就拿了两个来，你要吃可以去我那里。"

"你那里？"一阵忧虑袭来，我突然好恨自己的病，我为什么要病着，而她还是那样健康。"恐怕我的病……"我看着孙波，"我的病很重。"

"重？"孙波不屑地看了我一眼，"谁没有病？这个世间还有一个正常人，那就是奇迹！"

孙波的话让我吃了一惊，我抬起虚弱的头，看着孙波。突然我笑了："说得太好了，小波。"

小波？孙波愣了愣，那语气，那声调像一个人，是谁？孙波不敢想，只有这个人才会这么叫她——小波。

孙波没有再说话，她望着远方，眼睛眯成一条缝，秋天的阳光映照在她的脸上。

"我真以为见不到你了。"我见孙波不说话以为她在意我刚才对她的称呼。

我和孙波在一所疗养院里。这一天是她回到武市后的第三天。

"也幸亏我回来了，不然就不知道你病了。"孙波说。

我的头半仰着，也像孙波一样看着远方，享受着秋天的阳光。"真害怕再也见不到这阳光。"我幽幽地说。

"别这么说，你很快就可以出院了。"孙波坐在我对面的椅子上，她依旧仰头望着远处，她的下巴至脖颈处仰成了一条漂亮的弧线，而这时我已收回了目光看着阳光下的孙波。

"真美。"

"是的，没想到这么美。"孙波说着发现我在看着她，不由得一乐，"干吗？"

"我一直有一个遗憾，我想把你画下来。"说着话我有了一点精神。

"好哇，你等等。"孙波起身跑进屋，再出现在我面前时，她的手中已多了一些东西，我看着愣住了："哪来的？"

"我知道对于一个画家来说，治病的良药就是画画。"孙波将画板递给我，然后坐在我的对面等着，"这次可不要画糟了。"孙波说着，有一丝忧伤从她的眼睛里划过，她不经意地又好像不屑地摇摇头。"开始吧。"孙波说。

我支撑着身体，让自己坐了起来，我有些兴奋，激情在体内膨胀，我左手撑着画夹，微微颤抖的右手拿着笔在纸上磨蹭着。突然，一滴眼泪滴在纸上，我懊恼地将画板扔向一边。

"你怎么了？"孙波过去拾起画板，"慢慢画，没关系，你可能是长时间没有动手的缘故，不过很快就会熟练起来的。"

孙波将画板重新递给我，我推开它："不是，你说的都不是，这个并不重要……"我看着孙波，就这么看着，我很想说什么，但我只是看着孙波，看着她，然后闭上了眼睛。

"你累了，是吗？"许久，孙波抬头再次测了测阳光，感觉一下时间，"那好吧，你先休息，我改天再来看你。"

孙波收拾好东西，将一个双肩挎包挎在肩上，可当她要走时，她感觉双肩包被人扯住了，回过头来，她的心一酸，她看见一只瘦弱而无力地手正抓着包带。

"再待一会儿，行吗？"我说。

孙波又重新坐了下来，无语，空中传来的依旧是蝉鸣。

"你妻子从来都没有来看过你吗？"

"不要提她。"我烦躁地转身冲孙波狠狠地挥了一下手，又无力地躺下。

"好了。"我突然立了立身子，让自己挺拔些，"你回去吧。"

孙波坐着没动，我又加重了语气："你回去吧，你在这里帮不了我任何忙，只会眼睁睁地看着我死去。"

在我说完这句话后，孙波噌地站了起来："我要给你办出院手续，我要你马上离开这里，你不能再待在这里了，这鬼地方！"

"不行，我身体不好。"我慌乱地摆着手，好像怕孙波将我立刻带走般的恐惧。

"见鬼去吧！我要给你办出院手续，你马上离开这里。这不是你待的地方，就是死也不死在这里！"孙波气喘吁吁地着着我，也似乎是在威胁着我，"如果，如果你一定要待在这里的话，我永远都不会再来见你。"

孙波说着做出要走的姿势，但她的手立刻被我拉住："不要走，波波，不要不理我……"

孙波一下子抓住我的胳膊："我给你办出院手续……相信我，你不会死的，至少现在不会！"

我依旧睁着我那惶恐的双眼……

"站起来，画家，求你了，站起来。"

"不，不要。"

"为什么？"

"我……怕……"

"怕什么？"

"……怕你离开我。"我勇敢地直视着孙波，我连生命都没有了，我还怕什么。

"什么？……只要你站起来。"

孙波说完轻轻地叹了口气，向后退两步看着我，我企盼地看着她，她摇摇头，依旧站着没动。我知道已没有其他的选择，于是我坚持着，哪怕是今生最后一次，我也要坚持着用自己的两只胳膊支撑着身体向上，再向上……汗水开始顺着我的脸向下流着，孙波也有些担心，她犹豫是否要帮我。然而就在这时，奇迹还是出现了，我站了起来……我站起来了，双手离开藤条椅站了起来。我向着孙波一步步走去，一点点，慢慢地靠近，在我们的身体相互碰撞的那一瞬间，孙波紧紧地抱住了我。泪水、汗水打湿了她的肩。

这天夜里，我决定不再这么躺下去了。我站起来，走到窗前，看着没有月亮的夜空，我想着，这一次，我一定要将她留下来。这样想了以后，我的心就活动了一下，我不可思议地笑了笑，走到床前，准备躺下，但又很快站起，整整半个晚上，我就这么来来回回，一点也没觉得累。

"谢谢你，孙波，你救了我一命。"

"你不是也救过我一命吗？"

那是个清晨，阳光明媚，万物苍穹。我和孙波站在疗养院花园的走廊上，远处是来此准备度过余生的人们，他们没有我幸运，我要离开这里，走出去，今天是最后一天。

透过走廊上的窗子，可以看到替我清理衣物的父亲母亲，此时的老父亲脸色红润，精神饱满，边清理着衣物边哼着一种奇怪的小曲，啊，我听清楚了。

"啊朋友，再见，啊朋友，再见，啊朋友，再见吧再见吧再见吧……"

一头白发的母亲推推父亲，让他不要唱了，说会吵到别的病人。这时，老父亲才停住了歌声，但一脸止不住的笑意。

"不是再见，爸爸，应该是拜拜。"我站在走廊上冲着父亲说了一句。父亲愣了一下，然后和母亲一起笑了起来。父母亲很奇怪我的病来得快去得也容易，直到看到孙波他们才有些明白，但很快他们又忧虑起来。本来他们已经做好了充分的准备，现在见儿子好了也算是个意外的惊喜，管他怎么着，只要自己的儿子没事就行。

孙波是第一次见到我的父母，她说我的眼睛和嘴像我母亲，我的身材和脸形像我父亲。

那时我正和孙波走过一片绿油油的油菜地。我说带孙波四周围看看，来这里这么长时间我还从没有走出过这座疗养院，今天一定要四处看看。

出了疗养院才发现这个地方美极了，幸亏出来看看，不然一辈子都不知道疗养院附近还有这么个地方。穿过那片油菜地，我和孙波来到一扇用鲜花缠着的铁门前，我轻轻地推开铁门进去，是一条碎石小路，沿着小路来到一条小河边。河宽不过十米，细长细长，河的右边是一座小石礅桥，两边种满了青菜。

"啊，太美了！"我大声说，"健康太好了。"

突然，我和孙波都停了下来，我们俩相互望着，不相信的神情。"你听见了什么？"我问孙波。

孙波将一个指头放在嘴边，意思是让我不要说话，然后她四下张望着，循声而去。小跑，向右，过小石礅桥，轰，像鲜花怒放般，各式各样的鸟叫声一下子围绕在我们周围。我们仰头远眺，终于看见了，我们的前方，六七棵花树上跳跃着上百只漂亮的小鸟，它们一起歌唱，一起飞起落下。它们美极了，那真是个人间仙境。

"百鸟齐鸣，百花齐放。这是一个好兆头。"孙波说，"画家，你的好运来了。"

我们向那些花树走去，越来越近，我们脸上洋溢着微笑。可是在我们离那几棵花树更近的时候，孙波停住了，满脸的疑惑。"为什么那群鸟儿始终不离开那些花树？"孙波看着我，我也看着她。突然，孙波飞快地跑向那几棵花树。

"怎么会是这样？为什么……会这样？"孙波看着我，她的神情黯淡下来，一股莫名的忧郁出现在她和鸟儿们之间。

"养鸟人是多么的聪明。"孙波伸出双手似乎想去触摸那群鸟儿，鸟儿们有些受惊地上下扑腾，但始终没有飞远。

"是啊，养鸟人真聪明。"我附和着孙波，"这些花树是用很细的铁丝网人为牵着的，而网的外面还有层透明的玻璃，这就是这些鸟儿为什么一直待在这几棵花树上不肯离开的原因，其实不是它们不想离开，是它们离开不了。"

"人何尝不是如此呢。"孙波感悟地说，"其实我们都生活在一个笼子里，只是我们没有感觉到罢了……鸟儿如此……又何况人。"

孙波的脸色越来越阴郁，我害怕起来。她长时间和那群鸟儿对视着，在那个巨大的鸟笼前，她就像只鸟儿。

"小浪曾让我猜一个字谜，她说'人'，让我猜。"孙波似像回答又像是在自言自语，"我猜不出，于是她告诉我，'人'打一字，就是'囚'字。"孙波突然淡淡一笑："小浪说，人始终都是关在一个笼子里的囚犯，只不过他们不知道罢了。"

"孙波，它们只不过是一群鸟儿。"

"你不理解的。"孙波摇摇头。

"我理解，我……"

"不，你永远不会理解我和小浪，没有人会理解。"孙波说着漠然地回过头来看着我，"知道我为什么会在北京待这么长时间吗？"

我摇头。

"开始我没想待那么久。"孙波说，"后来我在那里弄明白了好多事情，好多好多……我就不想离开。我害怕一离开，我明白的事情又都不明白了……"

孙波说得我很糊涂，我看着她："我明白的，我愿意去理解你。"

孙波笑了，她摇摇头，大声说："我要放了它们！"突然她又难过起来，"可是为什么呢？为什么会这样……我想买下这些鸟，我要把它们全都放了。"

"不要这样，孙波，把它们放了有一天它们还会被人抓回来，重新关进网里。"我说，"也说不定它们就喜欢这张网，你难道没看见，实际上它们开心极了。"

"不是，它们只是不知道罢了。"孙波停顿片刻，又说，"我也曾经这样，我一直以为自己做的是对的。其实，只是我不知道罢了。"

"谁又会知道呢？"我说，"算了，波波，你不是说过一个人一出生就会有一层层无形的网包围着他（她）吗？鸟儿也不例外。"

孙波看着我，她的眼神突然陌生起来："画家，我以为你懂。"孙波很失望地说，"看来你病的时间太长了。"

"波波……"

"它们好可怜——"突然传来一个小女孩的声音。我和孙波同时看见"鸟笼"的另一边，有个小女孩站在那里看着小鸟们幽幽地说着，然后她的目光越过透明的"鸟笼"飘向孙波。在她的目光扫向我们时，我和孙波同时打了个冷战。

"小浪……"孙波不由自主地奔了过去，"小浪……"

小女孩吓得向后退着："阿姨……"

"小浪……"

我追过去拉住了孙波："她不是小浪，她只是一个小女孩。"

"你从哪里来？"我蹲下身子看着受惊的女孩。

"我是隔壁孤儿院的，我每天都来看这些鸟儿。"小女孩怯怯地说。

"你几岁了，叫什么名字？"我问她。

"六岁，我叫小玉。"小女孩说。

"小玉，你叫小玉。"这时孙波也冷静过来，她拉过小女孩，"对不起，小玉，你长得太像一个人了。"

"是叫'小浪'吗？"小玉问道，"她现在在哪里？"

"她已经离开了我们。"孙波说，"告诉我，小玉，为什么你天天来看这些鸟儿？"

"因为我和它们一样被关着，鸟儿们在鸟笼，它们一定想飞出去。而我在孤儿院，我也好想出去，可是没有人肯收养我。"

"为什么？"我奇怪地问。

"我大了，并且是个女孩。"

"那么你愿意跟我在一起吗？我会让你读书、识字，给你一个家。"孙波突然说。

我意外地看着孙波，孙波也感到意外，但她坚定地看了看我："我要收养这个孩子！我要给她一个家，让她念书、识字。我要教她飞。"孙波看着小玉，"你愿意吗？"

一种不祥之兆顿时向我压来，从看到小玉的那天起。

第五章　孙波

春去秋来，一生不过四季。

又是一年的秋天，院子里的果树结满了果实，有橘子、苹果、梨和石榴。我摘了一些橘子，用塑料袋装好。车库里停着一辆黑色三菱吉普车，那是我的生日礼物，孙二兰买的，已放了好几个月。

我试了试车，性能不错，声音很好。王阿姨递给我一盒粥和咸菜，那是带到医院给母亲的。王阿姨的忠实让我感动不已，她为母亲准备了新鲜的蔬菜、她自己泡的咸菜和她熬的粥。

母亲生病是孙四兰告诉我的。小时候沉默寡言、最不可能成为我的朋友的孙四兰却是我在北京时交往最多的姐姐，她坚持每天给我电话，询问我的状况。接到她告知母亲生病的电话时，我正在 FOOL 酒吧里和作家喝酒。作家现在很能喝酒，她说她以前滴酒不沾我才不信。接到孙四兰的电话后我看了看时间，晚上十一点，我准备回家了。

"我要回家了。"我告诉作家。

"噢。"作家点点头，"我明天也要上班。"这不是周末，回家早是应该的。

"是该回家的时候了。"我站起穿上外套。作家也穿上外套，"周末来吗？"作家问。

酒吧外，我觉得要和作家说明白一些："周末我恐怕来不了，我妈妈病了，我要回家了。"

"噢，嗯——"作家想想突然明白过来，"你要走，你要离开北京？"

"是的。"我说。作家一下子抱住我："你什么时候回来？"

"不知道，"我说，"或许要很长时间，或许……"

作家不说话了，她抱着我很紧，大概她没有意识到有一天我会离开。

"我很喜欢和你聊天。"作家说。

"我也是，"我说，"也不知道为什么，和你在一起，有种安慰。"

作家放开我："那这样，等你妈妈病好后，你再来。"

我笑了，看着作家，有种心痛。

作家是一个很奇怪的朋友。我们就像认识了很久一样，无话不谈。有些和旁人不能说的话和事情，却总想和她交流。

"你看你看，那一对是的吗？"我指着旁边经过的一对男子，走在前边那位男子明显阳刚一些，手里拿部手机边走边打。略后的那位男子单肩背着一个皮包，走路也很男人，但脖子时而会扭来扭去看着身边的男子和路过的行人。

"说说你的理由。"作家说。

"你看啊，"我说，"两个都很男人，装扮也绝对的男人，但后面那位的眼神更多地流连在前面那位身上。还有他背包的动作。男人不会那样背包，那是个女人的背包动作。其实最大的暴露点是他们的身体动作。如果纯粹是哥们儿，身体不会带有亲昵的碰撞，那动作很暧昧的。所以，我很肯定他们是一对，而且相处时间一年以上。"

作家听完我的分析，看看我，又仔细看了看那对男子："牛逼啊，你越来越厉害了。北京看来是留不住你了，你应该出国深造。"

"哈哈哈——"我笑了，"我只是知道些毛皮，主要是你指导得好。"

"真的？"

"真的。"

作家不愧是个作家，同时也是个很棒的编辑，博古通今，客观且宽容。我很庆幸认识了她。她推荐我看了一些书，让我了解两个人相爱比什么都重要。

她说："爱情能超越种族、年龄、身份、地域……为什么不能超越性别？爱是一种健康，爱是一种力量，爱是最伟大的。爱是真诚的，爱是每个人都无法逃避的。所以，对待爱不应该有任何偏见。两情相悦，有男欢女爱就有同性之爱，是同样值得尊重和敬佩的。"

我承认，我从作家那里明白了很多事情。

一开始，我并不打算在北京长留，但认识作家后，我喜欢上了北京。我喜欢这里的文化氛围，我喜欢穿行在北京的大街小巷胡同里，我喜欢一帮文友们谈天说地，我喜欢各种演出和展览，那都是我在武市很难看到和了解的。并且，因为北京，因为明白了很多事情，我害怕回到武市，我害怕想起很多过去的事情。

在北京的这段日子，我感觉到自己年龄真的大了。我常常一个人沉思、独处，这样的时间越来越长，越来越多，我感觉自己的心没有了方向。特别是夜间，无休无止的孤独，无穷无尽的寂寞。我常常会去一家 FOOL 酒吧里听歌，听那首英文歌《Because I Love You》。只有在那里，在酒吧里，在人群中我才感觉到自己活着，生活有些希望。然而一离开，我就会感觉到一股空前的寂寞袭来，我知道自己真的是长大了。现在我害怕孤独，害怕黑夜。

然而，也只有这个时候我才是我自己的，也只有这个时候我才属于我自己。

在FOOL酒吧里，经常会看到作家。她来后就会找我，然后坐在我的身边，像我一样喝着啤酒。我们现在很熟了，有时我们聊天，作家会絮絮叨叨地说她老公有外遇的事，她说她至今都没查出来是谁，每当她这么说的时候，我都有些心虚，明明知道我不是那个人。我想安慰她，却最后什么也没说。

有时一晚上我们坐在那里，都沉默不语。有一次我想问她，为什么每次一定要坐在我的旁边，但又觉得这个问题很傻。我知道，在FOOL酒吧里，有些事是不需要弄明白的。

有一天晚上，她神情愤怒地来到酒吧后，一杯杯地喝着啤酒。随后上了两次卫生间，回来又接着喝。我小心地问："找到了？"

她点点头，一拍桌子："真没想到，会是她！"

"噢。"我一下子放松了，只要查出不是我就好了。

"你为什么不问我是谁？"作家问。

"谁？"我问。

"我的大学同学，我最好的朋友，我……"作家"哇"地吐出嘴里的酒，接着号啕大哭起来。

我吓坏了，跳了起来。她的哭相真丑，吐出的啤酒喷到我的腿上、鞋子上。服务生拿着拖把、抹布、纸巾，擦地擦桌子擦嘴，我将她弄进了卫生间。进了卫生间她总算安静了些，开始抽泣，鼻涕眼泪一把，脸都花了，脏兮兮的。

"放松一些。"我拍着她的背，帮她洗脸。

有一会儿，作家不哭了，用手撑着洗脸池，表情凶狠："我真恨——"她突然看着我，"告诉我，孙波，有什么办法能弄死他们。"

"喊——"我很不屑，"不至于吧，离了他你就死了——他们那么贱，犯得着为他们偿命吗？"

作家扭头看着我，然后又抱住我痛哭起来。我真后悔那天穿了件新衣服。

我有很长一段时间没有回武市了，直到孙四兰告诉我，母亲住院了。

我去过很多城市，武市是最季节分明的，春夏秋冬，每一个季节都能让你感受到季节的存在。

秋天不时有雨和呼呼的北风，北风像小刀一样刮着脸，雨不停地下着，道路泥泞。我想如果没有车，这段路怎么走？

母亲的病好了许多，孙大兰和孙三兰陪着她。今天没有看到二姐，我没有问，我知道母亲的公司有些事情。

母亲胃口不错，一盒粥都喝了，吃了不少菜，她说最爱吃王阿姨种的菜了。母亲一副心满意足的样子，我很高兴，因为饭是我带来的。

"明天想吃什么？"我问。

"明天我就出院了。"母亲摸着我的头，"要给小海准备十岁生日呢。"

母亲如此重视林小海的十岁生日我想大概是因为他是孙家第一个男孩吧。

孙四兰说："母亲还有她的打算，借这个生日请一些重要的朋友来。"

孙四兰最近在帮母亲处理着公司的债务，孙二兰一下子和她疏远了，曾经孙二兰是孙四兰最依赖和信任的姐姐。

家里人太多，七嘴八舌的，我还是愿意出去。于是，在母亲和大姐三姐商量林小海生日的事时，我溜出了医院。

雨还下着，但小了许多。这样的雨天走走是最舒服的，可开着车这种兴致就小了许多。我给画家打电话，想约他出来坐坐，偏偏他在开家长会，他说晚一会儿带儿子小文和我一起吃晚饭。我答应着，突然想，既然这样，干吗不把小玉也接出来玩玩呢。

从市区到孤儿院大约一个多小时车程，一出市区空气就清新起来，雨也停了，渗出些许阳光。我想起昨晚在医院里林小海问，他生日我送什么礼物时，我突然想起了小玉。于是我问小海："小海，你喜欢妹妹吗？"

"妹妹？"小海围着我看了两圈，又拍拍我的肚子，"不像有哇。"

"揍你。"我说是这么高，这么大的。我用手比画着。

"活的？"

"废话，当然是活的。"

"哪来的？"

"我收养的，有六岁，好漂亮。"我说。

"我也要，小姨，我也要……"魏小涛缠住我的胳膊说。

魏小涛有八岁了，也开始挑食了，但长得又高又壮，他和林小海是家里的一对活宝。

"好了，给你们俩做妹妹了。"我对林小海和魏小涛说。

"噢，我们就要有妹妹了，我们就要有妹妹了……"林小海和魏小涛飞快地跑向母亲那边，"家家，妈，我们就要有妹妹了。"

林小海说着，跟着他后面的魏小涛也学着他的样子说："家家，妈……"魏小涛刚叫到"妈"时突然停住了，他和孙二兰同时愣了一下。

孙二兰一直不喜欢魏小涛，家里人都知道，魏小涛回到武市有四年了，但孙二兰一直没有接魏小涛和她一起住，她对他很冷淡。可是我从魏小涛看孙二兰的眼神中，我知道他喜欢他的妈妈。

"搞什么鬼，波波。"所有的人都看着我，我得意地笑了。

在家里，隔一段时间我就要闹出点事来，其实我是想让她们注意到我，重视我。

为什么要收养小玉，我也说不清，难道仅仅是因为她长得太像一个人吗？

孙二兰得知我要收养小玉时冷冷地说："你连自己都养不活，还要收养孩子？"

"谁说我不能养活自己，我不是活得很好吗？"

"哼，很快就没那么多钱给你糟蹋了。"我知道孙二兰最近很不爽。

从孤儿院接出小玉后，她一直兴奋地说个不停。

"我很喜欢你。"小玉说现在孤儿院里的老师对她好多了，就因为我给孤儿院捐了些钱，并且我要收养她。

"你一定要收养我，我会很乖很乖的，我要好好地学习，我会很听你的话……"小玉说。

我告诉小玉，没有什么可以阻止我收养她。我说完这话，小玉放心地笑了，一旁的街道被我们不断地抛在身后。

"小朋友们都很羡慕我。"小玉又说。一路上她不停地找着话说，我认真地听着，一脸的幸福感。"那个……我是叫你阿姨还是叫你妈妈？"小玉突然犹犹豫豫地问。

这个问题把我也难住了："嗯……随你便吧。"

"那我要叫你妈妈就要叫画家爸爸了？"

"叫画家爸爸？"我不明白地看了小玉一眼，"为什么要叫他爸爸？"

"嗯——"小玉想了想说，"你跟画家会结婚吗？画家会做我爸爸吗？"

"嘎——"我猛地踩住刹车，我吃惊地看着小玉，我不知道她怎么会有这样的念头，我会跟画家结婚？难道就因为我和画家一起去看过她几次吗？

"你怎么了？你不要生气！"大概是我的表情吓着了小玉，她突然大哭起来，"我不是有意的，我错了，我不是一定要叫你妈妈的，我只是想要个妈妈……"

"你怎么了，小玉？"我让自己尽量温柔些，我轻轻地擦去小玉脸上的泪水，"我收养你就是想做你的妈妈，可你为什么想要画家做你的爸爸呢？"

"因为别的爸爸会嫌弃我，会赶我走。"

我笑了，我将汽车重新开了起来："小玉，你喜欢画家，是吗？你想让画家做你的爸爸，是吗？"

"嗯……我不知道。"小玉回答得很小心，其实我也很紧张。

收养小玉是在一个春季，在一群不知道"飞"的鸟儿们旁边，我收养小玉也是因为这群不会飞的鸟儿们。我想让它们飞，所以我收养小玉，原是想教她飞，但不想我的收养会成为一个错误，会害她死去。

是你带走了她吗？小浪，你不允许我身边有任何一个人，难道连一个孩子也不行？我以为你会喜欢她，所以我收养了她。我在心里叫她"小浪"，或许"小浪"这个名字就意味着死亡。

小文上小学二年级，一见面他就和小玉成了极好的朋友。他把自己最爱的变形金刚送给小玉，并还要将家里好多的枪、飞机等玩具带给小玉玩。我想起我家里有五个男孩，看来这个小玉很快就会成为家中的宠儿。想到这我又有些失落，我曾经也有过一个孩子，大姐说是个女孩，问我是否真的决定不要了。我看看母亲，母亲很犹豫，不知如何来决定这件事。如果当时留下来的话，她现在一定是家中的掌上明珠。

小文和小玉坐在三菱吉普车的后座上，画家坐在我的旁边，我开着车。画家已不是第一次坐我的车了，我拿到车的第一天他陪我去看小浪。我买了粉色的百合，清理干净小浪墓前的杂草。那天下着小雨，画家冷得发抖。

画家是个奇怪的朋友，从他在疗养院里站起来的那一刻我就明白了；从他看我的眼神、焦虑的等待中我明白；从他将我的生命从小浪的墓前拉回时，我就明白。我明白他为什么会突然病倒，我也明白他为什么会突然站了起来。

生命本来就是个奇怪的东西。

"你始终不知道自己在干什么——"这是小浪说的。我一直记得。所以有时候我也很矛盾，对画家，我不知道为什么我总想看到他。为什么每次离开，我都会留恋这座城市？为什么一回到这座城市，首先想见到的就是他？他有什么吸引我的？他深陷的眼睛，高而瘦的身体，粗大的手掌还是他不拘一格的个性？

带着画家、小文、小玉刚到"孙家酒楼"坐定，手机就响了，是一个男子欢喜的声音："波波，猜猜我是谁？猜猜我跟谁在一起？"

那男子的声音我很熟悉，小时候，我是趴在他的背上长大的。他背着我看电影、逛街，给我买冰棍吃，后来我们还成了同事。他是孙三兰青梅竹马的朋友范天平。

"天平哥，谁？你跟谁在一起？"我问。

"哈哈哈，你想不到的……"电话很快被一个女人接了过去，我立刻听到作家那被喜悦冲昏头的声音，"孙波，没想到吧，是我，我在武市——"

"你，作家，你和你老公的事弄清楚了。"

我刚说完就听见作家极不高兴地说："讨厌，你真讨厌！"

作家是来武市组稿的，她说她故意挑选这个时候来武市组稿其实是为了来找我。她说她太幸运了，到武市见到的第一个人就是范天平，并且范天平还和我如此之熟。

"哎，要是什么事都这么走运就好了。"作家说着开始喝啤酒。

"你原来也写作，你都不告诉我。"作家兴奋得不得了，她不相信小玉是我的女儿，这是我告诉她的，"难以想象你有个这么大的女儿，你从来没说过。"

"你从来也没问过嘛。"我说。

"你很坏。"作家看看我又看看画家，"你们不会是一家的吧？他有个儿子你有个女儿。"

"我们怎么不能成为一家？你嫉妒啊。"我是随口说的，我看见画家很兴奋，他喝了一大口酒，但立刻被"呛"了。

小文忙拍他的背："爸，你不能喝酒的。"

"是，你喝橙汁。"我给画家倒了一杯橙汁。

作家似乎有好多的话想跟我说，我安排她住在我家的老房子里，我告诉她从医院接回母亲后就可以来陪她了，我让范天平先陪着她。

"林小海哪天过十岁生日？"范天平问。

"你怎么知道？"

"我去医院看过你妈妈了。"范天平说。

"噢，这个周末。"我突然想起母亲让我通知二兰请市领导来的事，我将作家送回家后就告辞了。

我准备去孙二兰家里找她，小玉坐在车里很紧张，大概是要见我的家人。

"别怕，小玉，那边好多哥哥弟弟，他们会喜欢你的。"我说。

我让小玉在车里等着，自己直奔孙二兰的家。我毫不客气地按着门铃，开门的是一位穿着睡衣的青年男子，我有些纳闷，敲错门了？男子很眼熟，我一下子想起他是谁了，我好激动："你是歌星韦达。"接着我又有些迟疑，我不知道自己是否要进去。

韦达却非常不客气地说："对不起，我不认识你。"

韦达说着要关上门，孙二兰出现在门口："是我妹妹。"韦达的脸腾地红了，很快闪了进去。

"嗯……妈叫我来通知你……小海生日要把所有的市领导都请来……"我有些不好意思。

孙二兰却不以为然地说："我知道了，你要进来吗？"

"不，不，我走了。"我慌忙跑下楼。

林小海的十岁生日酒宴在"孙家酒楼"举行，凡是与家里，与母亲的生意有关系的人都请来了，母亲还郑重地讲了话。

孩子之间就是熟悉得快，小玉立刻和林小海、魏小涛形影不离了。这会儿，林小海一个个数着来参加酒宴的人数："二十八桌，有二十八桌耶。"林小海激动地跟魏小涛和小玉炫耀。

"去陪你的同学，十岁了，像个大人样。"孙大兰说完，林小海"嘻嘻"笑着在她怀里蹭了一下后就去陪他的同学了。孙大兰特地将他的同学也请了一桌。

家里人太多，家中的饭局我一般都和孩子们坐一桌，八岁的魏小涛、六岁的小玉、四岁的方小豪、三岁的孙小爽和一旁怀抱着不满一岁的孙小凯的王阿姨。孙小凯是孙五兰的儿子，孙五兰和孙彬帮着母亲招呼客人。以往这个角色都是孙二兰担当的。但孙二兰还没来，母亲很不高兴，让我打电话催催。

母亲很骄傲地坐在桌前，市委个协工商各界领导都来了，她的女儿女婿围着他们敬酒、塞红包。孙小爽酸酸的，他老想过去找妈妈。母亲事先交代我的任务就是看好这些孩子，所以，我将孙小爽拉到身边和小玉坐在一起。

孙小爽有一双蓝蓝的眼睛，跟他父亲一样。他的英文名字叫Jany，他挺喜欢小玉的。"小玉姐姐。"他一见到她就甜甜地叫着。魏小涛却推开他，坚持要挨着小玉坐，但眼睛却始终看着林小海那桌，惹得小玉也盯着林小海那张得意的脸。

不一会儿，小玉眼睛迷离而讨好地看着我，说："过生日好好。"

"小玉，等你十周岁，我也会替你过。"我说完这话，小玉愉快而自豪地看了看魏小涛，但她不知道她永远也等不到那一天。

魏小涛听了则焦急地对王阿姨说："王家家，我也要过十周岁，我也要请这么多的人。"

王阿姨告诉他，那你得和你妈妈商量。

"我妈妈？"魏小涛的眼睛立刻灰暗了下来，他四处张望着。

孙二兰终于来了，她穿着一件米色的外套和一套浅蓝色套裙。

孙二兰进来时正逢林天生向母亲介绍他的弟弟林冬生——一个从美国回来的建筑博士。

林天生的表情既小心翼翼又有些忐忑不安，这缘于他半年前做的一件错事，这件事让母亲和大姐很不高兴。

林天生是大姐夫，工人出生，一个老实本分的男人。他与大姐相识在大姐的医院中，当时大姐夫的父亲得了癌症，而他的弟弟林冬生在外地读大学，照顾父亲的担子就压在他一个人身上。他没日没夜任劳任怨地照顾即将诀世的父亲，这在大姐医院里逐渐成了佳话。大姐当年就是看中他这一点而拼着命要嫁给他。

现在，林天生已步入中年，但由于他长期的体力劳动和坚持锻炼，使他的身体如小伙子一样健壮，加上他本身就很英俊，所以被他单位另一位女同事勾引。事后，孙大兰带着林小海搬进了母亲的别墅。

这件事却让母亲恨死了林天生。母亲一直瞧不起林天生，因为他的出身。但母亲虽然很生气，却不同意孙大兰与林天生离婚，她不希望别人谈起她的女儿来会说，有钱怎么了，女儿离婚一个又离婚一个。

母亲不同意离婚反而救了林天生，林天生是打死也不愿意离婚的，就像他自己说的：这辈子除了孙大兰他是不会再娶第二个女人的。他太爱也太在意孙大兰，他是不容许任何人伤害到她，但他没想到首先伤害孙大兰的却是他自己。

林天生和孙大兰分居的这几个月，他一直在找机会挽回他和大兰的婚姻，同时也希望母亲能原谅他，重新接纳他进入这个家。碰巧这个时候，他的弟弟林冬生从美国回来了，而今天又是他儿子的十岁生日。

"妈，大兰，这是我弟弟林冬生，刚从美国留学回来。"林天生介绍林冬生的时候，孙二兰趁机找了个位置坐下。

"坐坐。"母亲寒暄着，"从美国回来？"

"是，伯母。"林冬生很有礼貌地回答。

"学什么专业？"

"建筑。"

"建筑？"母亲皱皱眉头，"怎么是学建筑不是别的，不然可以到公司来帮帮我。"

"冬生刚注册了一家公司，任总经理。"林天生讨好地说。

"噢，"母亲很不在意地应着，"现在的年轻人，还没开始做就自命什么总经理、董事长的……大兰，人都齐了，上菜吧。"母亲说。

林天生难堪地笑笑，一抬头看见林冬生同情的目光，他的脸不由得红了。

菜一个个有秩序地上来了，这个大家庭里尽管有时有些小小的不愉快，但这个家庭看起来还是祥和、温馨的。几个同学像模像样地举杯向林小海祝贺着，林小海也像个小大人般地回敬着。而此刻，大人们开始嘘寒问暖，相互打听着。孙二兰看着自己的姐姐和妹妹一个个三口之家有说有笑的，她突然有些心寒，这时她看见了林冬生。

孙二兰第一次见林冬生是在孙大兰的婚礼上，当时林冬生还在北京读大学，他特地赶回来参加哥哥的婚礼。不过也幸亏有他，不然男方就一个亲人也没有了。

孙大兰婚礼上的林冬生瘦瘦的、高高的，一副穷学生模样。孙二兰怎么也不能把他和林天生放在一起，当时的林天生高高大大，人长得魁梧也帅。可林冬生呢？除了那本学生证恐怕什么也没有了。孙二兰当时看着林冬生就咧咧嘴，太没有形了。

可是今天，在这个生日宴会上，孙二兰怎么也不敢相信眼前这位英俊成熟的男子就是当年那个瘦骨嶙峋的林冬生。林天生向孙二兰介绍他的弟弟现在是一家建筑公司的总经理，什么公司孙二兰也没有听清，再说她也没兴趣听。

"听说孙经理准备在广州建一座大厦？"林冬生问孙二兰。

"啊。"孙二兰不太想搭理的样子。林冬生没有再说什么，他从林天生在孙家的地位中可以看出自己在她们眼中的位置，并且他也知道哥哥的婚外情，他知道这是哥哥不好。但在今天，如果不是为了哥哥的脸面他是不想待在这里的，好歹现在他也是一家有着几千万资产公司的总经理。可是现在他知道他的离去不但不会让孙家人对他另眼相看，却会让他的哥哥更加难堪，所以他忍住了，他还是留了下来。

其实林冬生留下来还有另一个原因，那就是孙二兰在广州准备投资的那块地。这是一个大工程，林冬生不会跟自己的生意和公司的未来过不去的，但他不知道现在那块地已快不属于孙家的了。

林冬生递给孙二兰一张名片："希望我能为您做点什么。"

孙二兰接过林冬生的名片一看：冬生建筑公司。她立刻就明白林冬生的意思了。

其实从孙二兰一进门林冬生就注意到了她。她还是跟十年前一样漂亮，不过比十年前更有丰韵，更具有女人味了。

　　林冬生心中一直有一个秘密，一个只属于他自己的秘密，这个秘密在他心里埋藏了十年，他是不会让任何人知道这个秘密的，包括孙二兰。

　　在林冬生的钱夹子里一直放着一张照片，那是他哥哥结婚时他和孙家人的合影。林冬生一直保留着这张合影。照片中的孙二兰甜甜地笑着站在他的旁边，头微偏向他这一边。当时还是她的男朋友的魏强在另一侧抱着她的腰，后来林冬生一生气将魏强和孙家其他的人剪了去，这样照片上就只剩下他和孙二兰了，这样看上去孙二兰似乎是很亲热地挨着他。林冬生非常满意自己的杰作，他将这张小照片放大后就有了今天钱包里的那张合影。这些年来，钱包换了不少，但钱包里的照片一直都没有换。

　　林冬生很珍爱这张照片，就像他一直很珍爱孙二兰一样。但他明白，孙二兰可能只是他一生中最美好的一个幻想，一个美梦。

第六章　画家

我现在终于明白人们常说的那句话"健康是金，能吃是福"。真是这样，重新获得健康就仿佛一个人重新活过，重生一般，顿时明白生命的价值，活着的意义。我不会再让此生虚度了。我对孙波说："从现在开始，我要让我的生命有意义。"

我说完后看孙波的反应，我想知道她是否明白我话中的含义，但从她的表情我感觉她并不明白，或者说她并没有在意我的话。她在想着什么，她看上去又有些忧郁。我好担心，我仔细地琢磨，我认为不应该再有什么事让她如此忧郁，如此焦虑不安。但愿不是爱情。

"有时候觉得活着很累，感觉一点希望也没有。"孙波说。

"什么事会这么想，是因为你妈妈的病吗？"我问。

"这是我妈妈的话。"孙波说，"可惜我帮不了她。"

远处停着一辆蓝黑色的三菱吉普车，那是孙波的二姐送给她的。我想她的家人送她一辆如此贵重的汽车，应该是想让她留下。我不知道孙波是否会留下，我也希望她能留下，为我留下。现在这个念头越来越强烈，我甚至跟我父母也谈了这件事。我跟我父母说我要离婚，我要重新生活，我要重新过一次，灿灿烂烂地活一次。

我说这件事是我出院回家后的当天晚上，我妻子不在家，我的父母告诉我她回娘家有半年了。这个时候我郑重而严肃地告诉我的父母亲："我想要个家,健健康康的家,完完整整的家,幸幸福福的家。我要重新、认认真真地活一次。"

我说完这些话,我的母亲有些惊讶地看着我,这些年来我是第一次明明白白地说出了自己的意思,第一次这么坚决。母亲没有说什么,她看了看父亲。父亲并不惊讶我的决定,他沉默了一会儿说:"儿子,我明白,你大了,这件事你自己拿主意吧,只是别委屈了孩子。"

我当时激动得都要哭了,我拼命地点头,我会的,如果上天再给我一次机会,我会做个好儿子、好丈夫、好父亲的。

只是,孙波会明白吗?她会明白现在坐在她面前的这个男人表面上心如止水,而实际上心潮澎湃,热烈地爱着她,愿意为她而死吗?

孙波拿到这辆三菱吉普车的第一天,她来找我,让我看她的新车,然后我们去了一个地方。到了这个地方后,我心里有股酸酸的东西向外涌着。是的,我在吃醋。我吃面前这个人的醋,虽然她已不在世上,可是孙波有了新车后却是想着来看她。我有些难过,我知道这是不应该的,我和孙波是好朋友,我是她最依赖、最信任的好朋友,一个随时可以倾听她心事的朋友。可是现在我不仅仅只是想做她的朋友,我想让她爱我。

但我不敢告诉孙波我的想法:我一直爱着她。

孙波默默地站在小浪的墓前,没有说话,但我知道她的心一定在跟小浪诉说着什么。接下来,孙波闭上了眼睛,我知道她一定在回忆和小浪在一起的日子。突然我有种冲动,我想击碎那块墓,我想让小浪出来和我较量,我想让小浪放开孙波,放开她。

我使劲地控制着自己,直到孙波奇怪地看着我:"你怎么了?浑身打战,冷吗?"

"不，我肚子饿了。"我说，"自从病好后感觉肚子总是饿着。"

"这是一种好现象，我们这就去吃些东西。"

还有，这一次孙波回来，我感觉她不像以前那么爱说话了，她经常沉默地坐着，喝杯咖啡或啤酒，她的烟越吸越多。我以为她长大了，成熟了，所以话少了。但我错了，孙波并没有话少，只是她找到了更愿意诉说的对象——一个从北京来的作家。

那一天，我带着小文、孙波带着小玉，我们在"孙家酒楼"准备吃晚饭的时候，作家和范天平来了。在此前，我有好多天没见到孙波，今晚难得聚在一起吃饭。

当作家和范天平出现在酒楼时，孙波的脸上立刻洋溢着久违的笑容，她飞快地跑过来，一下子扑到范天平的身上："天平哥。"孙波大叫着上前抓住了范天平漂亮的头发揉着搓着，范天平任她弄乱他的头发，他竟然有这么好的脾气。接着，孙波和作家抱在了一起，她俩很熟，但我从她们的谈话中得知她们相识仅半年而已。

整个晚饭过程中，她们一直在说着，兴高采烈。好久没看到孙波这么高兴了。

作家大概有个不忠的丈夫，饭桌上她俩一直在说这件事，我只好和范天平说话。我和范天平打过交道，他主编的刊物发过我的诗。

孙波将作家安置在她家的老房子里，那几日我很不安。

不过幸好，作家待了几天后就走了。她走的那天，孙波给她送行，请了武市的作家、诗人陪着，也有我。孙波酒喝高了，时不时地站起说："作家是我最好的朋友，你们不可以对她不好。"那天来的有作家田田、小可，诗人王妮和两个编辑，范天平是编辑之一。

作家也很兴奋，她带着醉意搂着孙波说："原来你是个财主，太好了，以后拉赞助有人了。"

"没问题，"孙波说，"不光赞助，记着有困难就找孙波。"孙波拍着胸脯。作家哈哈大笑："但是不要再打麻将了，有钱也不能输出去。"作家几乎是倒在了孙波的身上。

我这才知道两天前，孙波家的老房子里曾有一场惊心动魄的通宵麻将，孙波输了。可是这场麻将我却不知道，孙波没有邀请我。顿时，我有些失落，我一直认为孙波无论干什么都会叫上我。

作家是晚上的火车，晚饭时她和孙波又喝了不少酒，然后带着醉意去火车站。范天平开着车，我坐在旁边，孙波和作家坐在后座上搂抱着。

"乖乖的，回家后不许和老公吵架了。"孙波说。

"知道了，你又不陪着我。"作家抱着孙波哭了起来。

"怎么又哭了。"孙波替作家擦着眼泪，从后视镜中，我清清楚楚地看到孙波在作家的额头上亲了一下，孙波说，"记住，那是你的老公，抓紧了，不可以让别人抢走。"

作家点点头。

我感到从没有过的恐慌，我注意到范天平若无其事的样子，我不相信他没有看见。

我觉得我必须尽快做出个决定。

一连几天孙波都没有开手机，我知道她母亲已经出院了。我打电话到老房子里，没人接，我不知道她又会有什么事。

我什么事也干不了，我希望她能打电话过来。我记得她刚回来时，几乎每天都会和我通个电话。以前，她是喜欢和我聊天的。

我实在忍不住将电话打到别墅里，我以前几乎不打这个电话，我怕孙波的妈妈接电话。还好是王阿姨接的，孙波不在家，王阿姨说会转告她我有打电话来。

下午去学校接儿子，一路走着，儿子说："爸爸，你脸色不好，是不是又病了？"

我摇头。

儿子说："爸爸，晚上我做饭你吃吧。"

我还是摇摇头。

儿子又说："爸爸，是不是一个人很寂寞？"

我看着儿子，点点头。

儿子似乎也明白似的点点头。

胡乱和儿子吃了些东西，我又想打电话，但忍住了。儿子在客厅里看卡通片，我躺在床上，想孙波为什么关机？她不应该不接我的电话，她会有什么事，我有什么事做错了吗？

"叮……"电话突然想起，吓了我一跳，我一把抓起，是父亲，他问："你怎么了，儿子？小文说你气色不好。"我看看客厅里的小文，小家伙装作什么也没听见。

"没有，爸爸，我很好。"我说。

"要不，搬到我这里来，我和你妈可以照顾你。"爸爸说。

"不用，爸，慢慢会好的。"

挂上电话，我走到客厅关上电视。小文很生气地看着我："为什么，还不到七点。"

"写作业。"我不容置疑地说。小文只好回房间写作业了。

一整夜辗转反侧，我寻思着孙波不打电话的理由。早晨七点，小文起床，摸摸我的头："爸爸，你头好烫。"

"七点了？"我挣扎着起床，"我给你煮牛奶。"但我的头比我的身体更重地摔倒在床上，隐隐约约我听到小文在叫"爸爸"……

我很快醒来，看着流泪的儿子："不要告诉爷爷。"我说。儿子不说话，只是哭，"听话，不要告诉爷爷，爸爸没事，只是有些贫血。"儿子点点头。

　　小文坚持不让我送他上学，但我还是送了。在学校门口，小文再三叮嘱我赶快回家，好好休息，并带着一脸的担忧去上课了。

　　我没有立刻回家，我穿过一条栽着梧桐树的街道，来到一个集贸市场。市场上卖各种东西的都有，鱼、虾、肉、青菜。我边走边看，感觉精神好了许多。终于，我来到一栋楼前，我猜测着孙波在家的可能性，犹豫片刻，我决定上楼去看看。

　　门上插着许多的小广告，按照派出所安全提示，这家没人。我正准备下楼的时候，"咚咚咚"有人上楼了，是孙波，真叫人高兴。

　　"画家，"孙波奇怪地看着我，"这么早你来找我？"

　　"是。"我激动得嘴都哆嗦了。

　　"我取个东西马上就走。"孙波慌忙开锁，"我下午要去广州办一件非常重要的事。"孙波说着进屋了，我跟了进去。

　　"波波，"我拉住她，"我找了你很多天，你手机关了。"

　　"噢，"孙波说，"我换了个新号，我告诉你。"孙波飞快地找了张纸给我写了一串号码，"以后打这个就可以了。"

　　孙波在一个抽屉找出一张身份证："啊，我说搁这了吧。"她将身份证揣进口袋，"你去哪儿，我带你一段。"

　　"波波，"我拦住孙波，"我找了你很久——"我太激动，我都不知说什么好。

　　"你怎么了，画家。"孙波摸摸我的额头，"你很烫，是不是发烧了？你得去医院。我送你去。"

　　"不。"我说。

　　"你——"

　　"我爱你，波波。"我终于说出来了，"我爱你，我知道我不配，可是我真的爱你。我知道我有个很不和谐的家庭，我会解决的，相信我！"

孙波看着我，愣愣地看了一会儿，然后抱住我："你终于还是说了——"

孙波又看着我："我先送你回家，等我回来。"

就这样，我像个孩子一样由孙波牵着下了楼，坐上了她的车，被她送到了家门口，我下了车。孙波冲我笑着，摆摆手。三菱吉普车开出一段后又折了回来。孙波从车上下来，走到我身边，看着我："还是不要等我回来吧，画家，我也爱你！"

我激动地抱紧了她。

"人往高处走，水往低处流"。这句话可理解的意思很多，也非常容易理解。我理解父母对我的爱，但并非每一次的关怀都是正确的。

我回到家，门没锁，这说明家里有人，我诧异时，近一年没见的妻子出现了。

这一次妻子回家后比过去变得主动了一些，主动接送儿子上下学，主动做饭给我吃，对我父母似乎也比过去好了一些。家里人都说她变了，我也觉得她变了，变得阴险了。

也只有这个时候我才意识到自己犯了一个决定性的错误，我没有先断绝与妻子的关系，我凭什么去爱孙波？

孙波信守承诺，她一回家就找到我，她给我带了套西装，给小文买了块 CASIO 手表。她说这次是和孙四兰去广州，没想到商业竞争如此厉害。她说她二姐很厉害。

这个季节，天气已经转暖，孙波穿了一件朱红色带帽绒衣，她的兴致很好，下午的阳光照在身上暖烘烘的。我和她坐在"俏の靓"咖啡厅里喝着冰凉凉、碎碎的橙汁刨冰，我的心都是凉的。"俏の靓"咖啡厅紧挨着"俏の靓"服饰专卖店，像这种形式的咖啡厅及专卖店孙波的母亲一共开了六家。她母亲特别喜欢"六"

これ个字，她说六六大顺，她有六个孩子，于是她有"孙家酒楼"六家，超市六家，中式快餐厅六家……

"你怎么了，手凉凉的。"孙波握住我的手，"要不要给你点杯热饮？"

"我想喝凉的。"我说。我心里很烦躁，我不知道怎样告诉孙波我妻子回来的事。

"你是不是有什么心事？"孙波又问，"准备画画了吗？"

"没有。"

"你应该画画，你不能放弃。"孙波说。

"是的，我不能放弃。"我对自己说，"我绝对不能放弃。"

"嗯……"孙波突然看着我，"需要我怎么帮你？……你千万不要不好意思。……我愿意帮你。"

"波波……"我抓住她的手，放在唇上吻着，"相信我，波波，我爱你，无论怎样，我都爱你。"

"你……肯定有什么事？"孙波抚摸着我的手，"我爱你，画家，我愿意和你在一起。"

我只能把她紧紧地搂在怀里，我不愿亲自去伤害她。

"等着我，孙波。"我看着她，"愿意等我吗？"

孙波点点头，然后她又有些疑惑地低下了头。

孙波匆匆而来，又匆匆走了。我依旧没有留住她，我又凭什么留住她呢？她又凭什么留在我身边？

我买了包烟坐在一家游戏室门口。我看着汹涌不断的自行车流，我想到半年多没有画画了，我还能画画吗？我看着自己的双手。孙波说得对，我应该去画画，我应该去买一些新的颜料，我一定要重新开始画画。想到画画，觉得生活一下子又有了希望。

我数了数身上的钞票，三十九元钱，是这些天花剩的，买什么都不可能。我还有多少钱我想想，家里的钱都被妻子捞走了，这段时间生病住院花的都是父母的钱。父母的退休金每月虽有两千多块，可是妻子经常去搜刮，我是不能再要他们的钱了。对了，我住院半年，半年都没有拿工资了，岗位补贴加工资半年下来估计也有小一万块。我兴奋地站起来，拍拍屁股上的尘土朝着久违了的单位去了。

单位不太远，坐公交车大概五站路远。想着有小一万等着我，我打了辆车，不贵，到单位才十四元钱。想到好久没见单位的同事及领导了，我买了包好烟花了十五元，又顺便买了个西瓜花了七元四角。有了烟和西瓜，与同事们见面就亲热多了，大家嘘寒问暖的，搞得我很感动。我想速战速决，寒暄两句后就直奔主题进了财务室。真好，财务室里会计出纳都在，对我也很热情，只是听说我要领工资时他们表现出不可思议的惊讶："怎么？你的工资？每月你妻子都来帮你领了，她没告诉吗？"

"是吗？"我一惊，随即身体一寒，"……说是说了，这个月的工资也领了吗？"

"对，昨天领走的。"

臭婆娘，我心里骂着，我要杀了你！

从单位里出来时，我的身体又抖得厉害，我不知道我还有什么。我现在整个人是灰的，心是灰的也是冷的。我站在公交车站前，望着灰蒙蒙的天，我不知道除了口袋里的两块六角钱外我还有什么？家庭？希望？前途？我还真不如在疗养院里就死去。

我以为孙波回来我就有了希望，我活了过来；我以为只要孙波不离开我，我就可以重新生活一次。可是现在孙波回来了，她也决定和我一起，但我为什么仍然觉得没有希望呢？

我一咬牙坐了辆空调巴士回家，两元，我的心在流血。走过天桥的时候，一位缺胳膊断腿的人拿着一个装有零散硬币的破瓷杯冲我"咣咣咣"地摇着，一副可怜相，我比他更可怜地将口袋里最后的六角钱扔了进去。现在，我身无分文了。

回到家的时候，妻子已接回了小文。我看着她的背影，我真想冲过去掐死她。

吃饭的时候，妻子说小文马上放暑假了，她也攒了些假，全家人可以出去度假。

妻子说完小文有些兴奋地看了看我，见我没说话便又低下头吃自己的饭了。

妻子又说："我们可以去海边，小文长这么大还从来没有看过海呢……你爸妈说可以资助我们一万块钱。"

"一万块钱？什么时候说的？"我问。

"你就说去不去吧？"妻子说。

"你是不是又向我爸妈要钱了？"我问。

"谁要钱了，是你爸妈硬要给的。"

"什么时候？"

"就刚才，爸，我们去奶奶那里了。"小文说着看看妻子，又说，"奶奶给了妈五千块钱，说是给你买些营养品补补身子。"

"你他妈的拿了我的工资还向我妈要钱！"我大声嚷着，我什么也不顾了。

"什么叫拿你的钱，我不能拿吗？"妻子的声音更高。

"就是不能拿，把我的工资还给我！"我去找妻子的包，妻子抢先将皮包拽在怀里。我推开她，翻包，妻子又推开我。

"爸爸……"我听到小文的声音。

我站住了，让自己冷静些："那你把我爸妈的钱还回去。"

妻子很厚颜无耻："凭什么，那是他们自己给的。"

"自己给的？"我鄙夷地看着她，"一定是你跟我妈说我胃口不好，需要调养，而你单位效益不好，只能发给你基本工资……"

“本来嘛，说不定我马上就要下岗了。”妻子说。

“那是你活该！”

“你说谁呢？”妻子跳了起来，“别给脸不要脸，别以为我愿意天天侍候你，我这么对你也是看到你父母的面上……别以为我还把你当男人……”

“你说什么？……你马上把钱还给我父母。”我上去抱住她抢她怀里的包，妻子的牛劲很大，这是我没想到的，她竟然敢打我，她疯狂地踢我，我不得不松开手。

“别以为是我要回来的，是你父母去我家求着我回来的……说是你身体不好，要我照顾你。为了这个家，为了儿子我就回来了，可没想到你还是老样子，给脸不要脸，哼！”妻子拿着包跑了。

“臭婊子！”我大叫一声抓起一只碗摔在地上，“你个臭——”我看见小文慌乱的眼睛，我住了嘴，我意识到面前的人是我的儿子，与我吵架的那个人是他的母亲。

我回到房间，头痛得厉害，满眼金花，无力地躺在床上。我很绝望。

“爸——爸。”小文怯怯的声音传来，“你的饭还没吃完呢！”

“小文——”我忍耐着，我不想让儿子看到我绝望的表情。

“你应该让自己强壮一些，这样……或许孙阿姨会喜欢？”小文小心地说。

我一惊，我不明白儿子的意思，可儿子却牵着我的手：“吃饭吧，爸爸。”儿子的声音有些哽咽，“对不起，爸爸，都是我不好……我不该打电话给爷爷说你寂寞……”小文号啕大哭起来。

我突然有些自责，我凭什么要让儿子来承受这些？我凭什么要干扰孙波的生活？我拿什么去爱她？

夜晚很黑，有很少的几颗星星挂在天边。我毫无睡意，我一定要和妻子做一个了断，拖下去对彼此都无意义。早晨七点，妻子回来了，带着满脸的赌意，想是赢了，心情不错，给了小文二十元钱，说是零花钱。我不想搭理她，她更是不屑的表情。

"怎么，又想离婚了，大概想了一晚上吧。"妻子说，"别以为我想与你住在一起，是你父母求我别离开你的。"妻子说完洗澡去了。

小文用眼睛恳求地看着我，我明白他不想我们吵架。突然有人敲门，儿子从外面拿回一封国外挂号邮件。是从美国寄来的，我很奇怪，我没有朋友在美国，但信封上确切写着我的名字。

"爸爸，打开看看。"儿子说。

我打开，是一张信函，大意是我的"千里马"画获得了美国一个什么文化节的书画大奖赛一等奖，通知我去领奖，如果不方便去，可汇两千元美金，他们就将获奖证明寄过来。

"骗钱的，也只有你这种傻瓜才相信。"妻子听小文一说马上反驳。

"会吗？"小文问我。我也不相信，我从没有将画寄到美国去参赛。

"要不要给孙阿姨看看？"小文小声说，"也让她知道你获奖了嘛。"

小鬼头心眼挺多。

我根本就不相信我的画能获什么奖，我笑着说给孙波听，孙波却不这么想："管它骗人还是骗钱，寄钱过去。"

"你不会这么弱智吧？"我说。

"你才弱智！"孙波说，"你需要这么一个奖，管它真假，即使没有，我也要就此给你造一个出来。但是，我想，"孙波转动着眼睛说："对方骗了你两千美元不会连个证书也不给你寄来吧。"孙波从我手中拿过信函，"行了，这事你别管了。"

　　我不知道孙波要干什么，但是一个月后，孙波在"孙家酒楼"请来了武市电视台及武市周边大小报的记者开了一个隆重的新闻发布会。发布会现场摆放着我的"千里马"画和一张用镜框镶着的美国某文化节颁发的获奖证书。

　　那位作家竟然也来了，带来了北京电视台的记者，说是要做个专访。范天平联系了一批作家准备写稿，我看到孙波将一个个装着钱的信封塞进他们的手中。我很不解，她花这么多的钱能得到什么。

　　"画家，你很快就会火起来。"孙波诡秘地说，"你就准备将你的画卖钱吧。"

　　随后，孙波在"俏の靓"咖啡厅摆放着我过去的画作，六天内还真卖了十多万元人民币。孙波将钱给我时说："现在你该有信心画画了吧。"

　　我热泪盈眶，我知道自己不够坚强，我知道不该在她面前流泪。孙波肯定不喜欢一个流泪的男人。但在孙波面前，我也知道我不必隐瞒。

　　孙波的眼睛也湿润了。

　　"不要谢我，"孙波马上又说，"我是有私心的，因为现在带你回家会很有面子。"

　　孙波调皮地用手指点我的鼻尖，我一把抓住她的手，拉进怀里，"你别想躲开……"

　　我第一次吻在了她的唇上，不仅仅是感激，真的是爱……

第七章　作家

武市真热，上火车前我没有料到这些。

这才刚过 5 月，一出武市火车站我就被一股热浪席裹着，有种窒息的感觉。我钻进一辆出租车，赶到范天平的单位，收了我二百四十元，范天平说我被宰了。他说你应该出了火车站再打车，不应该在火车站里打车。我问那有什么不一样吗？再说我能走出火车站吗？我形容着那种热度，非常夸张。范天平笑了，我心里掠过一阵凉爽，像风一样。

第一次来武市的时候，孙波说："范天平单身，有什么好的女孩子介绍给他。"

我不相信，他那么出众，老天真是不公平，将才气和帅气都给了他。"所以单身嘛！"孙波坏坏地说。

我已经习惯和孙波漫无边际地交谈，她刚离开北京的那几天我憋闷得难受。有几次一个人在 FOOL 酒吧里，喝着啤酒，寡淡无味。我怀疑服务生掺水了，很不高兴地指责服务生，又让他换了瓶装的啤酒来，还是无味，我明白因为孙波不在身边。明白后，我烦躁不堪。

碰巧单位有一个出去组稿的机会，我立刻挑了武市。而武市作协偏偏指派范天平接待我，我幸运地不费力地找到了孙波。

这大概就是缘分。

我和孙波喝着酒，我们聊天，我根本不相信小玉是她的亲生女儿。不过，我喜欢这孩子，从这孩子身上我突发奇想，或许有个孩子可以让丈夫收收心。

孙波曾经说：婚姻就像一台"老虎机"，你不停地往里喂呀喂呀，只有等不到回报时才知道你根本就玩不起。孙波说完这话诡秘地一笑，还是那样的眼神，迷离，让人琢磨不透。我知道她又在调侃我。

孙波让我住在她家里，第一个晚上我以为她会和我住在一起，结果她送我到家后就走了。范天平说她家里有些事。什么事，他没说，我也不方便问。

第二天晚上，孙波来了，她说今晚让我感受一下武市的街头文化，然后拉着我出去了。武市的街道还算有规矩，一条条，纵横交错，几乎都是笔直的道路。孙波带着我，直走拐弯，穿过大街小巷，一刻钟的样子，来到一个五百米长、六米宽的"之"字形街道。

我去过很多城市，逛过大小街道，但没有一条街道让我如此震撼。灯火通明，一个小摊连着一个小摊，每个摊前四五张桌子，烤肉串的、炒菜的，卖馄饨、汤圆、水煮花生、毛豆、酒水饮料的……还有推着小车卖凉菜的。无所不有，价格不贵，炒菜荤的五块，素的三块。凉菜最贵两块，最少一块。孙波说这只是吃的文化，还有玩的、用的、看的，果然"之"字形的中段有一块小型广场，一群中老年人放着音乐跳着慢三快四，有电视和卡拉OK机，你吃饱了喝足了可以上去跳两曲，也可以坐下来哼两曲，跳舞免费，唱歌一元钱一首。你可以发泄你所有的怒吼来一曲《精忠报国》。卖穿的那条街紧搭着"之"字形街道，有两百米长，人山人海，大到上衣外套，小到电池纽扣，整个小百货一条街，不断地讨价还价的声音，想过去你得推着人走。孙波说卖用的那条街叫"步行街",卖吃的这条街叫"好吃街"。

"那看的呢?"

孙波说待会儿吃的时候你就知道了,会有人过来拉二胡、唱京剧、说大鼓、跳现代舞,边吃边看不亦乐乎。

"如果你比较自恋,还会有人帮你画像,五元一张。"孙波说得我脚步都快了。

孙波带着我艰难地穿过"步行街"来到"好吃街"时是晚上八点半,一个个小吃摊前坐满了人,小老板送走一桌迎来一桌。孙波带我到一张稍大的桌前,范天平早已到了,说等了半天才等到这张大桌。小老板过来问我们吃什么,孙波顺嘴就说了好多烧烤的东西:烤鲫鱼、烤龙虾、烤鸡爪、烤鹌鹑、烤饺子、烤馒头、烤鱿鱼、烤肠子、烤肉串……我说吃过饭的,点太多了吃不了。孙波说我们都吃过饭的,放心吧我心里有数。说着又来了两人,一男一女,孙波介绍男的叫田田,作家;女的叫王妮,诗人。这两个人将两瓶白酒放在桌上,孙波说:"这是武市的名酒,我们今晚的任务是消灭它。"后来又来了一位女子,是范天平的同事。就这样,六个人,在天亮前干掉了这两瓶白酒及九瓶啤酒,吃完了孙波所点的所有烧烤并将它们又烤了一遍。

那是我最痛快的一次吃喝行为,感觉整个人都喝通了,酣畅淋漓,五脉贯通。离开的时候我依依不舍,将酒瓶抱在怀里舍不得给小老板。

孙波从我手中强拿下酒瓶递给小老板,"走吧,走吧。"孙波说,"打烊了,打烊了。"

我一看,天刚亮,路旁的小摊都在灭火、收摊、打扫垃圾,而路中央是上班的自行车流。路的对面,又有新的一轮炉火已点燃,孙波说那是卖早点的。

"啊——早点,你们这里是说'过早'吧。"我很馋地过去了,好多的小吃一溜摆开，汤包、肉饼、油条、面窝……我说，"孙波，我不走了，就在这儿过了。"

孙波和范天平乐了，"驾上她，回家。"孙波说。

"我要吃汤包——"我大叫着。

体验了武市街头文化之后，一到晚上，我就问孙波："今晚去哪里？武市还有什么好玩的？"

"多着呢，"孙波说，"不过今晚我要让你感受武市的另一种文化——麻将文化。"

麻将局九点开始，还是我们六个人，孙波说和田田、王妮他们早已是铁杆牌友了。

开始前，孙波说今晚打"晃晃"。麻将我会，可"晃晃"我没听说过。"很容易，"孙波说，"只要会打麻将就行了，就是我们六个人摸风上桌，谁放炮就下，自摸庄家下。这就叫'晃晃'。"

我很快爱上了"晃晃"，晃来晃去晃到早晨我赢了两千多元，孙波输了两千元。孙波说"情场失意赌场得意"一点也没错。我就打她，说晚上我请客去"好吃街"。孙波说好，但现在大家都回去睡觉。

孙波的朋友们走后我坚持要给孙波两千元钱，那是孙波输掉的，孙波不要，说愿赌服输。我一定要给，我不愿看她输钱。"你有多少钱输的？"我说，"你现在又没有工作。"

我死赖着孙波收下了，孙波就收下了，然后看着我说："你是个很有意思的人。睡一觉，我带你出去玩。"

于是我们就睡了，中午起床后孙波带我到"孙家酒楼"吃饭。我去过另一家"孙家酒楼"，我不知道这酒楼是孙波家的，我要埋单，她说不用，她签个字就行。饭后，孙波开着车带我到一家"俏の靓"品牌专卖店里，帮我挑了套裙子和一条裤子，她说送给我。我说不行，两千多块，太贵。孙波一定要送，她没有付钱，又签了个字。接着我们准备回家，回家前逛了一家名叫"家和"的超市，孙波问我想吃什么，我说除非我付钱。孙波说行那挑吧。我使劲地挑着，好几大包，可到收银台的时候，收银员根本不收我的钱，又递给孙波一张单子让她签字。我抓住孙波的手："告诉我，什么意思？"

孙波说："签了字，回家告诉你。"我只好又让她签了。

回到家，孙波从口袋里拿出我给她的两千元钱，说："谢谢你这两千元钱。餐厅、服饰店、超市之所以我能签单因为那都是我母亲开的。"孙波真诚地说，"我告诉你不是为了炫富，因为你是真正的朋友。"

但我可不这么想："哇，难以想象，"我抓着她的头，"原来你家这么有钱？刚才还有一件衬衣我也很喜欢。"

"贪得无厌。"孙波摇摇头，"为什么人都是这样……"

我第二次来武市是孙波请我来的，我毫不犹豫就来了。我太怀念那条"好吃街"和"孙家酒楼"的菜了，还有，我好久没和孙波聊天了。

我第二次来武市离第一次来相差四个月，这四个月我过得很不愉快。第一次离开武市的时候，我想或许给丈夫一个孩子他会珍惜这个家，于是我怀孕了，但我发现丈夫仍然和那个女人来往着。

我是太软弱，孙波说得对。记得在北京的时候，有一天，我告诉孙波，其实我不想离婚，如果丈夫要离，我拖死他也不离。

当时孙波看着我叹了口气："你拖垮不了任何人，那不是你的性格。"

"为什么不追求自己的生活？为什么不给自己一个空间？"孙波说，"在我眼里，你是一个坚强、自信的女人，你传达给我的都是要做对的事，那现在为什么你要伤害自己呢？"

"你不明白的，孙波，"我摇摇头，"拆墙很容易，建却是两个人精心策划的。"

"那维护呢？"孙波看着我。

一时语塞。孙波似乎怕我难过，忙拍拍桌子："行了，开心一些，人生短暂。"

我笑了："我真羡慕你，你总是那么快乐。"

孙波眯着眼不相信地看着我，然后乐了，将眼睛移向别处。

其实孙波是个情商很高的人，她善解人意。只要她愿意。

第一次发现丈夫和那个女人来往时我提出了离婚，丈夫不同意，而这一次我发现丈夫仍在和那个女人来往，丈夫却提出了离婚。我离开了北京。

孙波这次请我来主要是为了画家。

第一次来武市就认识了画家，还有他的儿子小文。

画家看孙波的眼神，我留意到了。我还偷偷和孙波交流过，那是一种只有恋人才会有的关怀和爱护。而孙波看画家的眼神却是犹豫、徘徊和迟疑。我问孙波，她在犹豫什么？孙波笑我瞎猜。但我却认定他们相爱。

范天平告诉我画家有妻子。我很意外，又是一个外遇。难道这会是孙波犹豫的原因吗？但范天平又说："其实孙波和画家是很合适的一对。"范天平回想着，"小浪死后，也只有这个男人能吸引住孙波。"

"小浪，谁？"我特别在意孙波的事，我问，"孙波以前的男朋友吗？"

范天平很明显地皱了下眉头："走吧，孙波交代要将你安全带到她的家里。"

"我又不是孩子。"我虽这么说，心里却很温暖。

245

　　我和范天平从杂志社里出来，他带我去孙波的家。

　　路上，范天平买了西瓜、鱼、虾、肉、黄瓜、鲜奶和立顿红茶，他说："在家做饭，也很有意思。"他竟然是一个如此居家的男人，真是难得。

　　到了孙波家门口，范天平等我开门，他说："孙波说你有钥匙。"我一愣，立刻想起来向门框上一摸，果然钥匙还在。

　　"看来，这是你和孙波的秘密。"范天平说。我很得意。

　　范天平将西瓜切成两半放进了冰箱，他说冰一下好吃一些。

　　我真为这样的男人感动，我想成为他的妻子一定很幸福。

　　厨房里很热，但范天平并没有离开厨房的意思，他洗了洗水壶，烧上开水，然后将盛凉水的玻璃器皿洗干净，又取了两小包立顿红茶放进玻璃器皿中。"你会烧菜吗？"范天平轻轻地问。

　　"嗯……还可以。"我说。

　　"要不，你去屋里吧，厨房太脏。"范天平说。我太感动了，世上真有这样完美的男人。

　　"没事，我陪你。"我说，"我可以给你打下手。"

　　水开了，范天平将烧开的水倒进玻璃器皿中，立顿红茶立刻将水染红了。接着，他又往玻璃器皿中倒入两袋鲜奶，放些糖块用筷子搅拌着。"凉了后放进冰箱里冻一会儿就是非常好喝的冰冻奶茶了。"范天平说。

　　"你可真会生活。"我感叹不已。

　　武市很热，在家里坐着都热，汗水从额头、脖颈、背往外冒着。孙波家没有空调，一台陈旧的风扇"呼呼"地转着，全是热风。我不知道夏季孙波是怎么过的，也许她已经适应了，这是她的城市，她怎么待着都习惯。

　　因为热，我们开着大门，大门外是一扇简易防盗门，门锁用一个钩子带着，一拨门就开了。突然，一个漂亮、高雅的女人"呼啦"一下拔开钩子进来，熟练地进入到厨房，惊奇地看看我又看看范天平。

范天平一见女人就叫着："大姐，您——"

"波波呢？"女人很急的样子，"她不在吗？她的手机关机了。小涛有没有和她一起？"

"不知道，您要不坐着等她一会儿。"范天平要给女人搬椅子。

"不用了，她回来让她给我电话。"女人走了我才知道那是孙波的大姐孙大兰。

孙大兰离开有一刻钟的样子，孙波回来了，还买了束鲜花，说是欢迎我再次到来。我美滋滋地接过鲜花，也不顾天热抱了抱她。很久没有人送我花了。范天平告诉孙波孙大兰来过，让她回个电话。

孙波进屋打电话去了，我找东西插花。刚插好花后就看见孙波急急忙忙地跑出来，"魏小涛被人绑架了。"

我和范天平都吓了一跳。

孙波说完就急匆匆地跑了。

晚上她没有回来，电话也没有。我打电话过去，关机了。

第二天早晨，范天平过来看我，说："我也打了她的手机，可能是没电了。"范天平又说，"没事你可以逛逛商场。"

于是范天平走后，我去逛商场。

武市商场不算大，但品种很齐全，我想买双凉鞋。售货员向我推荐各种品牌的鞋，勾引我去试，我都拒绝了。我太清楚自己的脚了，我看到每一双鞋时都可以想象出它们穿在脚上的样子，是否漂亮，款式是否新颖，于是我立刻就可以判断出这双鞋是否合适自己的脚。那种感觉就像看到一个男人立刻可以判断出他跟自己在一起的情形，同时也就知道了他是否合适自己。就像我看到范天平，我就知道这是个非常体贴的男人，如果他爱上一个女人的话，他会很执着，他一定会是个好丈夫。

　　我突然想笑，笑自己逛着商场怎么会想到范天平，怎么会从买双鞋想到这个男人是否合适自己。其实合适又能怎样，就像面前这双鞋我很喜欢，知道它适合自己，但就是太贵了，它是否会属于自己呢？其实鞋倒好办，咬咬牙买下就是了。可是男人，有时你倾入再多的情感也不为所动，就像一双自己喜欢的极贵的鞋买回来后却没有机会穿一样。想到这里，我有些厌恶我的丈夫。

　　中午我随便吃了些东西，打孙波手机，依旧关机。后来我困了，便睡了。我感觉有人开门，有人进屋，有人看着我，我迷迷糊糊地睁开眼睛："孙波，"我一下子惊醒，"怎么样？怎么样？找到了吗？"

　　孙波点点头，躺在床上，抱住我，将头埋进我的怀里："真累。"孙波说，然后她就睡着了。

　　我一直没敢动，看着怀里的她，微微张开的嘴唇，长长的睫毛，额头上的汗珠，我突然很享受她在怀里的感觉。我擦了擦她脸上的汗，我又睡了。

　　开新闻发布会这种事情对于我来说已经轻车熟路了，请媒体、发通稿、塞红包、电视采访、见报、播出。如果被宣传的人运气好，很快就被大家熟知。如果真有水平，应该能火。画家就是这样火了，这就是我来武市帮孙波做的事情。当然，孙波花了不少钱，她愿意帮画家，至少证明一点，她爱他。

　　画家成功了，孙波应该很高兴。但相反，她看上去并不开心。

　　为什么，我不明白，她想做的都做到了，也达到了她预期的目的。

　　我们坐在"俏の靓"咖啡厅里，墙上挂着画家的画，所剩已不多。

　　"他有一个妻子，你会不会觉得我不好？"孙波问。

　　"没有，"我说，"我甚至有时希望我老公的相好就是你。"

"拉倒吧，"孙波说，"你越来越坏了。"

"跟你学的。"

"他的妻子跟你不一样，他们一直在分居，我也这么以为。"孙波低下头，很不服气的样子，"可是昨天，画家告诉我，他妻子搬回家三个多月了。"

"怎么了？"我不明白。

"他在骗我！"孙波说着又摇摇头，"可是要相信他会骗我又不太可能。"

"不要太相信男人。"我说着望着窗外，烈日下打着花伞的女人们。

孙波也跟着望向窗外："你怎么样了，想通了吗？"

"我不知道，我同意离婚，只是……"我看着孙波，"我怀孕了，但我准备放弃这个孩子。"

孙波愣愣地看着我："你想清楚。"

"我想清楚了，我太恨这个男人了。我不想为他生孩子。"

孙波长长地叹息，望着窗外，片刻，她幽幽地说："我曾经也有一个孩子，我放弃了。我很后悔。"

我很意外："为什么？"

"因为……因为我爱上一个女人，而她自杀了。"孙波说着突然哭泣起来，"我真恨自己，我直到今天才承认这个事实。承认我爱她，可她已经走了。"

那天下午，我认识了小浪，一个美得像精灵一样的奇妙女子。

我亲耳听到她唱歌，孙波说从没有给别人听过，我相信，并且确信我是唯一听孙波讲这个故事的人。

我越来越喜欢这个叫孙波的女子了。我越来越愿意和她坐在一起聊天了。

那天下午我决定回北京后就和丈夫离婚。

第八章　孙波

　　有一天晚上，母亲突然打来电话，我当时正在写东西，我问她有什么事。她说："噢，波波，你吃饭了没有？"我说吃了。她说，"是吗，那你现在干什么呢？"我说我正在写东西呢。我的意思是现在不要打扰我。电话里母亲停顿了一下说，"那也要注意身体，早点休息。"母亲说完挂了电话。我也放下了电话，同时也放下了要写的东西。我很奇怪母亲给我打电话来只是问我吃饭了没有，我想母亲不会无缘无故地打来这个电话。母亲会有什么事呢？我想着又将电话打给了王阿姨，问母亲最近的身体如何，王阿姨说还行，她说母亲最近挺注意身体的，回家都比以前早，只是吃饭很少，吃完饭就进书房了。于是我又给母亲拨了个电话。电话里我拉家常般地询问了一下母亲的身体状况，说了些不要太辛苦了等慰问似的话，母亲很高兴，在电话里也不顾我反感地啰啰嗦嗦起来。这一次，我没有像往常那样很快地挂断了电话，而是耐心地听着。听着听着，我的心突然一酸，我突然明白了母亲，她太孤独了，连个说话的人也没有，她之所以将她所有的精力都放在工作和赚钱上是因为她太寂寞了。这些年来她拼命地挣钱养大了一个个的孩子，可是孩子们长大了却没有人去想过她的将来，她一个人的时候在干些什么？她快乐吗？那天电话里，母亲说了很多的话，把我们每个人都说了一通。她絮絮叨叨了近两个小时才满意地放下了电话，然后心安理得地睡觉去了。而我却怎么也睡不着，我在想，以后我要经常地和母亲通通话，有空去陪陪她。

这是母亲出院后的事情。母亲出院后我搬回了老房子。

母亲的生病让我们姐妹六个第一次想为母亲做点什么。

"我们一定要齐心协力帮妈渡过难关。"孙大兰说。她说完后，她的妹妹们都表示赞同，这些年来，母亲的六个女儿从没有像今天这样到齐过。

"其实妈不用担心，最简单的方法就是将那块地皮拍卖了。"孙四兰说。孙二兰看了她一眼，她不太愿意卖掉，即使这样能救孙家，但她丢了一块地皮。

"你要知道现在想批一块地皮有多难。"孙二兰说。

"或者我们能从银行再贷到钱。"孙三兰说着看看孙四兰又看看孙大兰，"难道一定要卖地皮吗？那块地皮现在已经升值了。"

孙大兰想了想说："听妈妈的吧。"

母亲出院后做了一个决定，她要在广州竞拍那块地。母亲决定由孙四兰来完成这次竞拍。孙二兰没有表示反对，她听完母亲的决定后她也做出了一个决定，她要带走她的儿子魏小涛。

所有的人都愣住了，都很意外地看着孙二兰，她从没有关心过这个儿子。

孙二兰说："他是我的儿子，我要让他和我一起生活。"孙二兰说着有些哽咽，"或许有一天我什么也没有了，但至少我还有个儿子。"

魏小涛脸都变形了，想是喜悦的。

"可是……"我突然想起在孙二兰家见到的韦达，我不能让魏小涛和他住在一起。

"放心吧，波波。"孙二兰说，"我现在是个单身母亲，单身女人。我要和我的儿子在一起。"

孙二兰在生下魏小涛八年零十个月后，决定担起一个母亲的责任，缘于不久前魏小涛和林小海在别墅里打的那场架。

魏小涛和林小海这两个难兄难弟打架的起因却是林小海亲了孙二兰。

那天，孙二兰洗完澡穿着浴衣出来，碰巧被林小海看见了，小男孩从小和姨们闹惯了，这一看见不得了，立刻觍着脸过去，见肉就亲。孙二兰推都推不开，急了就叫孙大兰管管儿子。

孙大兰笑着摸了摸儿子的头："他这么小怎么经得起你诱惑。"

"什么？你就这么教育儿子。"孙二兰说。

"对。"孙大兰得意地在林小海的头上亲了一下。这下林小海越发得意了，他猛地趁孙二兰不注意死死地抱住了孙二兰，并高兴地大叫着。

孙二兰欲推开他，可林小海抱得更紧了。孙二兰叫着孙大兰："你再不拉开他我就打人了。"

孙大兰笑着上前拉开儿子："别跟你二姨闹了，她可真打你的。"

林小海说着"不"仍然抱着孙二兰，大家正疯笑的时候，谁也没有注意到魏小涛，他左手拿着一个化妆盒，右手拿着一瓶摩丝突然冲了过来，"砰"地一下左手的化妆盒砸在林小海的头上，林小海"哎哟"一声捂着头蹲下哭了起来。一旁的魏小涛并没有停，他右手的摩丝瓶接着就要砸过去，在快要落在林小海头上时，孙二兰反应很快地接过摩丝瓶将他扯到了一边。

"啪"。魏小涛的脸上挨了孙二兰一巴掌："你怎么跟你爹一样喜欢使这种小动作。"

孙二兰还要打魏小涛，孙大兰忙拉住她："他这么一点孩子懂什么？"

孙大兰拉过魏小涛："小涛，小海哥只是和你妈妈疯着玩的。"

"哼！"魏小涛推开孙大兰向门外冲去。

林小海的头搽点药就没事了，小孩子哭一会儿也就好了，又开始打电话给三姨、四姨、五姨、孙波要礼物。可是却不见了魏小涛，大家又开始怪孙二兰不该打他，孙二兰也觉得有些过了，便和大家分头出去找。

在鱼塘旁的一棵树下，孙二兰看到了魏小涛和王阿姨，王阿姨心疼地安慰挨了打的魏小涛："痛吗？为什么要打小海哥呢？你们俩兄弟原是那么的好。"

"他欺侮我妈妈。"

"他不是欺侮你妈妈，他跟你几个姨都是这么闹着玩的。"

"他刚才就是欺侮我妈妈。"魏小涛理直气壮地说，"他还亲她。"

"那是他喜欢你妈妈。"

"可那是我妈妈，我都没有亲。"魏小涛突然委屈地抱着王阿姨哭了起来。

孙二兰听着默默地走开了。

孙四兰说："有些事一出生就决定了的。"

我觉得这话似乎在哪里听过，想起来了，父亲曾经说过。

清明节，我们姐妹六个去看了父亲，买了白菊，烧了好多的纸钱。"爸爸不应该再缺钱花。"孙大兰说。孙二兰没有说话，她戴着墨镜，看不见她的眼睛。

"你知道吗，波波。"孙四兰说，"从小到大，我从没有这么近地接触过母亲，短短的几天足以让我了解到母亲的一生，痛苦，无奈，沧桑，磨难，骄傲，辉煌。一个女人该承受的她都承受过，一个女人该享受的她也曾享受。最后，她病了。累病了，操心病了，担心病了，急病了。然而，她又是一个最出色的母亲，最优秀的商人。"

这是在飞机上孙四兰说的。

我和她在飞往广州的飞机上。

"那块地一定要卖吗？"我问孙四兰。

"也不一定卖，"孙四兰说，"母亲竞拍的目的是想找人合作，风险就会小些。"

我听不明白，也不打算弄明白。

孙四兰又说："波波，有一件事我很内疚，就是小浪……我曾经说过我的牧场建成后要请她去玩，可是牧场建成了，她却不在了。"

我知道孙四兰想说什么，她感激小浪将自己仅有的六万元借给了她。当时她抱着我说："波波，你知道吗，我以前一直不喜欢你。"我笑了，问她为什么，她说因为母亲太宠我了。

我不想谈小浪，我说："四姐，二姐可能误会你了，她以为母亲不再重视她了。"

"没关系，她很快会明白。"孙四兰说，"事情完后我会回内蒙古。"

竞拍会上人很多，没一个是我认识的。孙四兰很忙，经常找不到她。我到处闲逛着，终于我看到了一个熟面孔，我在林小海的生日宴会上看到过他，林小海的叔叔林冬生。能够记住他是因为他的高大英俊，他的帅气与他的哥哥完全不一样，那是一种霸气和控制力。林冬生的旁边站着一位气质巨佳的女人，她的装束大方得体，举止高雅，她和林冬生一出现在竞拍大厅里立刻引起周围人的躁动，他们太合拍了，也太登对了。林冬生介绍说她叫吕薇，他的大学同学。林冬生只是这么说，但我从吕薇和他站在一起的姿势就知道他们的关系非同一般，他们真是天生的一对，我这样认为。可是孙二兰来后，我又从林冬生的眼睛里看到了祈求、渴望和爱慕，我顿时迷惑了。

看来最能暴露一个人秘密的就是他的眼睛。

我是第一次参加竞拍，我不知道这里还可以大吃大喝，像酒会一样。

"少喝些。"孙四兰提醒我，"带你来是让你学习的，认真点。"

我"嗯"着，但又忍不住拿了一杯香槟。

"二姐还未到吧，她的股票应该还套着。"孙四兰说。

"是吗，是不是赔了好多的钱？"我问。

"不清楚。今天来了好多的建筑商。"孙四兰自言自语，"大概都想知道谁拍下地皮，然后洽谈承包工程的事。"

"肯定是了，包下了一定能挣很多钱。"我说。

"不一定。"孙四兰摇摇头看我，"别到处跑。"

我答应着。

孙二兰穿了一件无袖黑色真丝长裙，我想她今天特地选择黑色是否意味着她要终结这件事呢？

孙二兰一走进大厅，她的周围立刻围满了人。

"二姐！"我叫了一声。

"嗯——"孙二兰冲我点头，"自己好好玩，少喝点酒。"

"你好，孙经理，我们又见面了。"林冬生感到伤心的是孙二兰竟没有想起他是谁。林冬生只好再次自我介绍一番。

孙二兰这才想起，"你……"孙二兰笑笑，她想说什么但没有说出来。

接着竞拍开始了。年轻的竞拍员挥了一下右手，整个会场立刻安静下来。

"广州原城建大厦建筑承包权竞拍开始，底价二千五百万，每举一次牌一百万，现在开始叫价。"

年轻的竞拍员刚一说完，我吃惊地看着孙四兰："拍卖建筑承包权，不是地皮？"

孙四兰也很意外，但很冷静："看看，别慌张，别说话。"

寂静，都在注意着别人的反应。孙二兰也很紧张，我看见她的额头在冒汗。

"二千五百万，有人叫价吗？"竞拍员使劲地捶了一下桌子。

还是寂静。这第一炮无人敢打响。孙二兰紧张起来。

"三千万。"一个声音仿佛瞬间打开了地狱之门，所有的精灵摇摇晃晃地迈着小腿踱到了人间。

第一个叫价人竟是林冬生。孙四兰的表情很吃惊，她看了我一眼："他想干什么？"

"三千一百万……三千二百万……三千五百万……"

"四千万。"林冬生非常急地又叫了一个价。

"四千二百万。"有人很快地接了下去，"四千五百万……四千八百万……五千万……五千五百万……六千万……"

"八千万。"林冬生第三次叫价后，摸了摸下巴，一副势在必得的样子。一下子，所有的人都急切起来，整个会场超出了理智。

"一亿！"这个声音是从孙四兰的嘴里发出的，在场所有的人都吃了一惊，孙二兰也吃惊地看着孙四兰，接着她又笑了。

林冬生则是不解，他有些犹豫，这时他看到孙二兰的目光，他顿时受到了鼓舞，"一亿一千万。"林冬生微笑地看着孙四兰。

"一亿二千万。"又有人给了一个价。

"一亿三千万。"林冬生继续玩着。

"一亿四千万。"

"这么高了……"我想说话，孙四兰掐了我一下。

"一亿五千万。"林冬生最后报了一个价。他赢了。

"二姐的魅力真大，也不知道这个归国建筑博士何时才能还完这笔钱？"孙四兰与孙二兰对望了一眼，两人都面带着微笑。

我很不解："为什么这么说？"

"走吧，二姐等我们呢。"孙四兰说。

果然，孙二兰坐在宝马车里冲我们招手。

"你不应该拉林冬生下水。"孙四兰在车里说。

"那是他自找的，他自己撞进来的。"孙二兰冷冷说着。

"你这样很危险。"孙四兰说。

"未必，他又不是傻瓜。再说，四兰，这是商场，这叫竞争！"孙二兰得意的，没有任何愧疚，但我什么也没有听明白。

一回到家我就跟母亲描绘竞拍会上的情况，我让母亲讲解给我听。母亲说一时半会儿你不会明白的，只是孙家躲过一劫。

"那现在这座大厦可以按期开工了吗？"孙四兰问母亲。一旁孙大兰、孙三兰、孙五兰都在看着母亲，只要母亲一开口，她们都会毫不舍弃地卖掉自己的公司。

"唉……"母亲站了起来，"我昨天晚上做了一个梦，梦见站在一座高高的大厦顶端，四周空荡荡的，我很惶恐，无依无靠。偏偏这时，你们六个来了，你们围着我站着，我一下子舒心极了。"母亲说，"我也不知道这个梦是什么意思。"

我嘴快，说："大厦顶端，六个，那是说母亲一定要盖这座大厦了，这座'六子大厦'。"我随口说完，发现所有的人都在看着我。难道我又说错了什么。

"'六子大厦'？"母亲走过来，摸着我的脸，"'六子大厦'。看来我必须这么做了。"

我们和母亲谈论这些事的时候，有一个人正苦恼地在一个天然的、人们还没来得及开发的湖边慢慢地踱着步。他就是大姐夫林天生，此刻他失望极了，他的表情也痛苦极了，他迷茫而困惑，他甚至有些绝望。他感觉自己已经被这个世界上的人们抛弃了。生命还有什么意义，活着还有什么乐趣，爱人、亲人、家庭、儿子、妻子，所有的人都渐渐地离他远去，留下来的只有他和他身边的湖，还有他虚无缥缈的梦想，他的希望。林天生的希望是想将这个湖改造成一个鱼塘及度假村，以挽回他在大姐及母亲心中的地位。原本孙二兰答应投资的，可现在孙二兰已没有钱再投资给他了，所以他的希望破灭了。何去何从，林天生看着他的湖，他已没有任何感觉，他慢慢地在湖边走着，然后向湖的深处走去。他觉得只有这样才能感觉到自己，才能抹去他曾经犯下的错误。湖水不是很凉，但当水漫过他的胸部时，他有一种不由自主的压抑感；当水到他的脖子时，他感觉到一种畅意；当水没过他的头顶时，一种彻底的解脱让他有些暗暗自得。于是他很放松地让自己的身体蜷成一团，像一个陀螺一样沉了下去……大概有一分钟、两分钟、五分钟……在水进入到他的鼻子时，林天生感觉到一种痛楚和忧伤，有东西从他的眼里流出直接融入水中。窒息，短暂的窒息后，林天生在一阵快意的无奈中如一条愤怒的鱼冲出水面，"啊——"一声怒吼让他难堪不已，"为什么？为什么我连死都不敢，我还敢做什么？"林天生大声吼叫着，他将所有的委屈、不平、绝望一股脑地发泄出来，然后他像一片草叶一样漂浮在水面上。大概又过了一分钟、两分钟、五分钟……林天生慢慢地睁开眼睛，仰望着没有一丝云彩的蓝天，看着，像个刚出生的婴儿，没有任何表情和思想。突然他又像获得新生般地转动了一下身体，于是他整个人又钻进水里……许久，他像一条鱼一样出现在湖边，果断地出了水，上了岸，来到他那辆去了顶的破吉普车旁，浑身水淋淋地坐了上去。

当林天生开着车来到别墅时，他身上的水已经风干了。他跳下车，用手象征性地顺了顺头发想让自己体面一点，然后他坚定地走了进来。大厅内，坐着我们姐妹四个，还有母亲。没有人在意他，尽管他推门的声音很响，但大家都跟过去一样不在意他。林天生也不客气，他几步走到母亲的跟前叫了一声"妈"，就这一声"妈"，大家开始注意到林天生，谁也不知道他究竟要干什么。

孙五兰疑惑地看着林天生："大姐夫，你没事吧。"

"有事。"林天生大声地说，这让他的声音洪亮而充满底气，做孙家女婿十几年了，他从没有这么有底气过。

"妈——"林天生说，"我想开个鱼塘，想向您借一些钱买鱼苗。我赚了钱就还给您。"

母亲冷静地看着林天生，有半晌的工夫就这么看着，然后她淡淡地问了一句："你要借多少？"

林天生梗了一下，其实到底要花多少钱他也不知道。

母亲再次冷静地看着林天生："回去算清楚了再来找我。"

"好，我一定会来找您的，您等着。"林天生说完又果断地向外走去，他穿过大厅，穿过门廊，来到别墅外，他仰头看了看天空，天蓝蓝的，他大笑起来，原来大声说话并不难，并且人大声说起话来很舒服。林天生大笑着，笑着倒下了……

一个月以后，林天生怀里揣着母亲开给他的一张现金支票搬到了他的湖。他在湖边搭了个小棚，买了一条小船，向湖中撒一些鱼苗。他在湖里插上网，开始学着识天气，然后安慰他的鱼。在临近夏季的时候，林天生的鱼有些大了，他兴奋地围着湖边跑着，更起劲地喂着鱼虫，这时他看见一辆白色的桑塔纳向他缓缓驶来，从车上下来的是他久违的妻子孙大兰和他的儿子林小海。他有些不相信地傻站在那里，倒是孙大兰先说了话，她将林小海的衣服和书包递给林天生："放暑假了，让儿子来帮帮你。"孙大兰说完这些就开着车走了，那一刻，林天生感觉整个大地充满着希望。

转眼到了夏季，夏季前，魏小涛遭人绑架了。那天是作家第二次来武市，范天平说做饭给我们吃，但那餐饭我没有吃上，我加入了解救魏小涛的工作中。

孙二兰现在的性情变多了，这要感谢她的儿子魏小涛。魏小涛被人绑架，缘由是他自己造成的。

魏小涛有多喜欢他的妈妈只有他自己知道，他用他的行动感动了孙二兰。

魏小涛四岁以前，在乡下，他见到的妈妈都是黄脸、黄牙、粗声地吆喝、蓬头垢面，所以他有时想象他的妈妈也是这个样子，那时梦里搂着他的就是这样的妈妈。可是那天回到城市他第一眼看见孙二兰时，他怎么也不敢相信眼前这个漂亮得让他惊叹的女人是他的妈妈，他魏小涛的妈妈，他使劲地咽着唾沫，他不敢想象她的怀抱是个什么感觉。但是他时常幻想着有一天他的妈妈会带着他回到乡下，让那些曾经欺侮他的小朋友们看看他的妈妈是个什么样子，那简直就像天仙一样。

魏小涛自从被孙二兰接回家后，孙二兰尽心尽责做一个好母亲，她让魏小涛体会到了从没有过的母爱和温暖，她满足魏小涛提出的一切要求，玩具、书、公园、游乐场，只要魏小涛想去的地方、想要的东西她都会满足。这天魏小涛突然想去老家看看以前带过他的奶奶一家，亏他还想得起来这个亲戚，孙二兰想也是应该谢谢人家替她带了四年的儿子，况且大家还是亲戚。于是在一个周日，孙二兰买了很多的礼物，带着魏小涛，开着她那辆宝马车去了那个穷山村，她不知道她这次去却给魏小涛带来了祸根。

那位曾带过魏小涛的老太太和我们家沾着亲戚，孙二兰带着儿子和礼物的到来让他们惊喜不已，他们都认不出眼前这位高高壮壮的男孩就是曾经在他们家寄养过的那个瘦小的魏小涛。他们一家人也从来没见过孙二兰，更不知道孙二兰竟如此的有钱。他们的心里有些不平衡，想从孙二兰身上捞到更多的好处。但他们不知道孙二兰并没有要和他们认亲戚的意思，她留下了礼物和一些不多的但足够旁人眼红的钱就离开了那个小山村。回到家里后，孙二兰想事情也就完了，魏小涛的心愿也就了了。她没想到的是，几天之后，那一家人带着儿子、孙子找到了孙二兰的家。农村人到城里来找亲戚的家是找得很准而有耐心的，他们看到孙二兰的家后，更坚定了他们发财致富的决心，他们告诉孙二兰他们准备在家乡开个什么什么工厂，请孙二兰投资。他们非常有把握地说乡长对他们这个计划非常赞同，他们是代表整个乡政府来的。他们坐在孙二兰家的那张意大利真皮沙发上跷着二郎腿，一副胸有成竹的样子，他们不知道孙二兰这个时候已经非常讨厌他们了。孙二兰很冷淡地打发走了他们。于是，那个表亲非常生气，他准备绑架魏小涛来勒索孙二兰。表亲绑架魏小涛的时候，孙二兰正准备和林冬生签承包合同，签了这份合同后，林冬生就一无所有了。

而这个时候林天生打来电话说魏小涛失踪了。随即孙二兰的秘书转给孙二兰一个电话，电话里的男人让孙二兰一小时内，准备五十万元人民币赎魏小涛，报警就撕票。

孙二兰放下电话顾不得签合同就要去取钱救儿子，林冬生劝她报警，她拒绝了，而这时警察却自己来了，原来林天生报了警。

因为报警及时所以警方非常快速地破了案。其实这个快速也有个时间限制，那就是十八个小时，魏小涛从被绑架到回到家里共花了十八个小时。虽然时间不长，但这十八个小时对孙二兰来说却比一个世纪还长。她甚至想给绑匪赎金好了，只要他们不伤害她的儿子。但她不知道那刚刚开始犯罪生涯的表亲，虽然绑架了魏小涛却不知该拿他怎么办，是该弄死他还是把他怎么着。他们在没有和孙二兰进行面对面的谈判时，已和魏小涛面对面地对起话来。他们让魏小涛明白他们这样做是不得已，因为孙二兰不肯出钱投资他们的工厂。魏小涛说他可以帮他们跟孙二兰说，他说他妈妈什么都听他的。当然魏小涛有些吹牛的意思，但同时也表明他现在已知道自己在孙二兰心目中的地位。魏小涛的话让表亲有些开窍，他想自己怎么就没有想到，魏小涛在孙二兰面前说句话比他可管用多了。只是现在已经绑架了他，难道再放了他？这个没有任何经验的绑匪有些犹豫，可还没等他做出决定时警察就找到了他，于是魏小涛又见到了孙二兰。

被警察送回家的魏小涛一生都不会忘记，孙二兰是怎样紧紧地抱住他、亲他，将他搂在怀里。魏小涛激动地哭了，他觉得妈妈的怀里就是温暖。然而，就在这时，孙二兰突然对魏小涛说："你不能老这么'哎'地跟我说话，你应该叫我妈妈。"

魏小涛的眼泪都憋出来了也没有叫出口。

在寻找魏小涛的整个过程中，林冬生一直都没有离开孙二兰，所以事后孙二兰也很为难，到底跟不跟他签这份合同，为什么偏偏是在签合同的时候，魏小涛被绑架了。

孙二兰没有找林冬生签合同，林冬生自己却找来了。这天林冬生穿了件很轻松的便服，他让孙二兰眼前一亮。孙二兰觉得奇怪，为什么这个男人会在这个时候出现在她的面前。

"我不能和你签合同。"孙二兰说着，林冬生有些着急："这是已经投标了的，我的公司完全有能力承包这项工程。"

"对不起，我骗了你。"孙二兰说，"我的股票被套了，我拿这块地做了抵押。"

林冬生吃惊地看着孙二兰，他发现现在的孙二兰温和、谦逊、难过、自责，他从没有像现在这样想帮她。

"让我帮你好吗？"话一出口，林冬生吃了一惊，孙二兰也吓了一跳。

当然，这些都是我以后知道的。我知道母亲非常高兴林冬生和孙二兰的交往。

作家一回到北京就和丈夫离婚了，她打电话告诉我时心情好极了，她说她从没有如此放松过。我说这就好了。其实放手也是种解脱。

"我想你，孙波。你什么时候回北京啊？"作家问我。

我笑了："回北京？北京并不是我的家。"

"北京就是你的家。"作家也学着无赖起来，"我的家就是你的家。"

作家是个很不错的朋友，那天早晨我输光了身上的钱后，她给我两千元钱时，我更坚定了这一点。

那一天的早晨，我和范天平架着她从"好吃街"回到家里，作家一脸醉意，她摸着我的脸说："我喜欢你，孙波，如果你是个男人，我一定要追求你。"我苦笑着，范天平也乐。

范天平似乎对作家有些意思，我让刚离婚的作家考虑一下。

"你又来了。"作家说，"这边房子刚拆，你就要我建。"

"有好砖嘛。"我说。

"你来北京吧，来北京帮我疗伤。"作家说，"别不够意思，我都去武市看过你两次了。"

每次通电话，作家都想让我去北京。

离开武市，去北京。得承认，作家有些说动我，只是画家？

有一天晚上，我打电话过去找画家，一个女人接的。她问找谁，我没有说话，挂了电话。随后是心慌，我不明白，我心慌什么？我又没做错什么事。

我突然有些生气，觉得自己很傻，我从没有想到画家有妻子。我早就知道他有妻子、儿子，为什么我一直都忽略了呢？我好生自己的气。

帮画家开完新闻发布会的那天晚上，画家说："波波，真想……快快乐乐地和你过一辈子。"

我以为没有什么再能阻止我的情感了，小浪已经走了，但是我一直忘了画家并不自由。

我决定去北京。找作家。

作家一见我就抱住不放："太好了，我们又可以一起喝酒了，可以一起逛街、可以一起睡懒觉了……"作家安排我住在她家。

北京的夏末，夜晚是凉的，<u>丝丝的风</u>，绵绵的秋意。望着夜空，我想：或许离开对我对画家都是好的。

我又和作家去了 FOOL 酒吧。

FOOL 还是那样，那么多的人，不介意待在这里，喝着无味的啤酒，想着无聊的心思，不介意被人当成傻瓜。我们依旧各自叫了一扎啤酒，将钱拍在桌上。

"我有一个机会可以去法国学习，刚刚申请到了法国政府奖学金。"作家说，"你说我要去吗？"

"嗯……"我想了想，"挺好。"

"这个奖学金很难得的，我申请了很久。"作家说。

"那正好，现在你也离婚了，可是自由了，想干吗干吗。"我说着，又有些难过，"这么说，你要离开了。"

"你不也很自由吗？"作家突然问，"孙波，你想过出国吗？"

我摇摇头，我还真没想过要离开这个国家。"我这人真没什么追求，每天吃饱了就很开心。"我刚说完，作家就打了我一下。

"你和画家怎样了？"作家又问我，她好多的问题。

"嗯……"我又想了想，"我现在是个第三者。"我说着笑了起来："我从来没有意识到，我竟然是个第三者。"

作家看着我没有说话，她在想什么？我不清楚，我也不打算问。

许久，作家站起身走到我身边，从后面抱住我，在我耳边轻声说："说你是个没有心的人吧，其实你很用心。说你有心吧，你对什么都不在乎。"

"什么？什么意思？"我侧头看作家，她却松开我径直走了，去卫生间了。

远处舞台上，一个染着黄头发低腰裤露着肚皮的女子在轻轻哼唱着，快要睡着的样子。唱的什么，我一句也没有听清。作家要出国了。为什么那么多人想出国？为什么我从没有想过要出国？是我没出息吗？我一个人坐在角落里，突然好寂寞，莫名的忧伤在心头徘徊。我要了包烟，又叫了一扎啤酒，趁着低迷的夜色慢慢饮着。在我将一支烟放在嘴上时，一个酒杯盛着蜡烛光放在我的眼前，我轻轻地吸了一口，香烟瞬间燃了。蜡烛光移去后我看到一张棱角分明的、有着一张坚毅的脸的男人，他看着我，眼睛半眯着。

"FOOL 酒吧。你曾说过，在北京你常来这里。"

"为什么我说过的话你都记得。"

"因为我爱你。"他轻轻地说着，随着他的声音，我又听见那熟悉的歌曲：

Because I love you

I've tried so hard

But can't forget

Because I love you

You lingers in my memorry yet

Because I miss you

I often wish

……

我以为我可以不哭了，很多次听这首歌我都没有再哭，可是现在我又想哭。

"不要哭。"他快速地捧住了我的脸，"把它作为一种习惯，所以你不要哭。其实你也可以不哭，因为我知道你爱我。"

他搂住了我，很紧，我们就这么拥抱着听完了这首歌。我没有哭，但我看见他的眼角分明有泪痕。

我说："你能亲我吗？"

他一愣，犹豫着，我靠近他："我要你亲我。"

于是他将唇放在我的唇上，凉凉的，有些淡，温温的，有些温暖，轻轻而小心地吸吮着。我的心立刻松弛了，我需要温情，我慢慢地闭上了眼睛，我偎在这个男人的怀里，我感觉到了他急促的呼吸："我爱你，波波……"他说，"我再也不会让你逃了，我会解决好一切的。相信我。"透过他的肩我看见不远处站着的作家，一脸的祝福，又一脸的失落。她没有走过来，而是点燃了一支烟吸着。在昏黄的灯光下，她吐出烟雾。

我记得她不吸烟的。

早晨，我和画家坐头一班飞机离开了北京。一到武市，他就说："波波，我一直想为你做一件事。"

画家将我带到临江公园，向东有一条小路直接到江边。远远的有一片杨树林，杨树林边有一排小屋，屋前是一座围起的大院子，院子是刚刚修建过的样子。

"这是我的画室。"画家说，"文波工作室。"

"进屋看看。"画家说。

走进屋里，像走进了一家古典雅致的画廊。"为什么叫文波画室。"我问。

"我儿子叫小文，你叫孙波。"画家一点也不隐晦。

我欣然接受这个工作室的名字，我跟在画家身后参观他的画室。

有一幅画引起了我的注意。这幅画像让我想起了许多过去的日子，我不知道画家为什么还要留着它。我看着那幅画，脑海里却浮现出一个女人的模样。因为这幅画，她打了我一耳光。瞬间，我的耳根有些痛。我摸摸额头，又摸摸下巴，摸着脸。我为什么依旧无法忘记她呢？她的笑容，她愤怒的模样。我记得那一耳光后，她恶狠狠地说："你是我的。"

是的。那天我告诉作家我曾爱过一个女人。我爱她，她离开了许多年后，我依旧爱她。

我终于承认我爱着小浪。我从没有忘记过她。

"你——"画家看着我，"怎么了？"

"这不是你有生以来画得最糟糕的一幅画吗？你为什么还要留着它？"画家说这样只是为了提醒自己，一定要重新画一幅直到我们满意的画为止。

画家用了"我们"两个字，意思是我和他满意为止。

"相信我。"画家深情地看着我。

我抓着他的手，冲他点头笑着。

很快秋天就到了，我最害怕而又最喜爱的季节。树叶开始落了，满地的黄叶。我已习惯了这个季节，每年的这个时候就有一种不祥的预兆笼罩着我，令我窒息、不安。现在也是。

有一天，碰到范天平，他告诉我作家出国了。

我很疑惑，我知道作家要去法国读书。只是她离开时，却没有告诉我。

我想或许，她更愿意告诉范天平，而她也知道，范天平会告诉我。

画家一直害怕我逃走，他要我答应不离开他，他要我说爱他，

我就一遍遍地说："我爱你，画家，我亲他的嘴；我爱你，画家，
我亲他的鼻子；我爱你，画家，我亲他的额头；我爱你，画家，我
亲他的身体……"

"你好瘦。"我说。

"你也不胖嘛。"

"可我很丰满。"

"我不信，我看看。"

"不行。"

"要看。"

画家轻轻地拨开我的衣服，然后将他的脸紧紧地贴在我的胸
前，他轻喘着："小波，我愿意为你死去。"

我一惊："小波——"有一个女人喜欢这样叫我。我的身体跳
了一下，我推开画家穿好衣服。我突然又不敢确定自己是否真的
爱他，所以说我是一个非常矛盾的人。

其实当你觉得什么事都想跟一个人说，特别想看到一个人时，
你已经接受了他；当你觉得已经习惯了他的唠叨，当你拒绝他后感
觉到心疼的时候，你已经爱上了他。如果对方也是这么想的，那
么你们很快就会相爱了。

我一直把感情想得特别的绝对，我觉得自己有足够的能力处
理感情，我认为在感情面前我不会再犹豫和受伤。事后发现，我
其实不懂感情，根本就不懂得处理自己的情绪，就像我一直不知
道我爱着画家一样，我一直不肯相信这个事实，直到他对我说，
他爱我。

画家很难堪，在我推开他的时候，他喃喃地说："对不起，对
不起……"

画家穿好衣服，他要离开。当他的身影快要消失在门口的时
候，我突然跳了起来，我冲到他面前抱住他："不要走，我爱你，

画家，我要你……"

于是我又开始亲他的嘴、鼻子、眼睛、额头、身体……

中秋节过后就是母亲的六十大寿，这是重要的一天，我第一次将画家带到了我的家人面前。他有些局促，小玉陪着他。小玉在我的呵护下已逐渐摆脱了在孤儿院时的自卑感，现在的她大方多了，人也漂亮起来。原本看到我就兴奋不已的林小海和魏小涛，现在却是围着她眉开眼笑的，惹得四岁的杰尼也使劲地往小玉身上蹭着，嘴里还嚷着："小玉姐姐，小玉姐姐，我带你去钓鱼。"可还没等杰尼将鱼竿递给小玉，小玉的双手已被小海和小涛牵着向湖边跑去，杰尼只好屁颠屁颠地跟在后面。

还好家里人都很宽容，孙二兰虽然不满意画家还没有离婚，但也没有说什么。她现在是六子集团的总经理了，就职那天她问母亲为什么会让她来做总经理。母亲说她是最合适的人选。孙二兰哭了，她一直以为母亲放弃了她。她哭着说，现在，她原谅了所有曾经伤害过她的人，她也请所有她曾经伤害过的人原谅她……

我想孙二兰第一个要原谅的人就应该是我们的父亲，她曾经恨极了他。

其他姐姐们对画家还好，他很欣慰，偷偷地说："波波，你的家人真好，我真喜欢他们。"

接着画家被母亲叫到一边，母亲说着，他听着，一个劲儿地点头。可是事后我问他母亲都跟他说了些什么，他只是笑。我逼急了他才说："你妈妈问我什么时候和妻子办离婚手续，我说约好了明天。"

"不要跟我说这些，我不想听。"我有些生气。

画家将手搭在我的肩上说："以后这个人会从你面前消失的。"

可是没有，很快这个女人就出现了，出现在母亲的六十大寿酒宴上。我看她是存心的。

母亲特地选在别墅里过这个生日，大姐给她定做了一个六层大蛋糕。大蛋糕就摆在花园里，花园里坐满了人，全家人都到了。四姐和四姐夫方伯寒是头天晚上赶到的。母亲非常高兴，说家里人终于都齐了。母亲说她是中午十二点生的，她要到那个时候再切蛋糕。说完后母亲就坐在花园的一张竹藤椅上看着全家人，我和五个姐姐陪着她坐着。十二点的时候，母亲站了起来，全家人围了过来，母亲说："天生，你来切蛋糕，你是长女婿。"

林天生有些受宠若惊，他从没有受到母亲如此的重视，他拿起刀颤抖地切向蛋糕。大家拍起了巴掌，所有的祝福都给了母亲，母亲的脸上更是洋溢着幸福的笑容。然而就在这个时候，那个我最不想看到的女人出现了，她摧毁了那个六层蛋糕，她毁了母亲的生日。

"对不起。"临分手时，画家问我，"你还爱我吗？"

我点头。

"谢谢。"画家在我的额头上重重地吻着，都要吻出血来了，然后他流着泪说，"相信我，波波，没有人再伤害你了。我不会允许任何人再伤害到你。"

一股寒意扑向了我，那是个秋天，我有一种奇怪的感觉，我不知道又有什么事会发生。我好害怕秋天。画家说不怕，有他。那天晚上临走前，他说："我不会允许任何人再伤害到你。"就在那天晚上，他杀了他的妻子。

这以后更严酷的寒冬来了，在那个冬天里，随着一声猛烈的撞击声，我所有的希望都破碎了……

第九章　画家

只有爱上一个人，你才会感觉到被爱的快乐；只有被一个人爱着，你才会懂得爱一个人的快乐。

我此生中最快乐的就是与孙波相爱的那段时间，这种感觉只有当她真正爱上你的时候你才能感觉得到。时间虽然不长，但足够了。

那一天，我得知孙波又离去了。她去北京找作家，我必须把她追回来，我赶到北京。在 FOOL 酒吧里，我看到孙波。她坐在一个角落里，喝着啤酒，她的表情颓废而绝望，慌乱而迷茫，没有方向，我仿佛又看到那天晚上在小浪墓前那个绝望、无助的孙波。我不能再给她离开我的机会了，我上前紧紧地搂紧她："不要哭，波波……"

然后我轻轻地吻她，她很乖地偎在我的怀里。我不会再让她逃离了。

之后，我们回到了武市，我正式向我妻子提出离婚。妻子说，离婚可以，给她一百万。我真想杀了她，但同时我也恨自己，为什么直到现在才坚决要离婚？为什么直到孙波同意和我在一起了我才离婚？

孙波说："一百万就一百万，求求你，画家，让我买你吧，这样我心里会好受些，求你了。"

我愧极了，这时候，只要能和孙波在一起，怎么着都行。随后，妻子拿到了一百万，答应和我离婚。时间定在孙波母亲六十大寿后的第一天。

孙波母亲六十大寿这天，孙波特地带我去见她的家人，那是我第一次正式见她的家人。

孙波的家人们真好，我盼着快点融入这个大家庭中。孙波的五姐夫孙彬说："来吧，这个家你进来了就不会再想出去了。"

我笑了。车库前，林小海闹着要骑孙波那辆摩托车，但没人给他钥匙，他干骑着，嘴里还"呜呜"配着音。

"这孩子越来越像波波小时候了。"孙波的母亲说，然后她拉我过去说话。她首先说她自己，她说，"我们孙家有今天这样的成绩，一要归于我们的努力，二要归于我们的运气。"她还说："我从出生到现在，六十年。在这六十年里我能够记下的重大日子有三个：第一就是我的丈夫孙浩然在我生下孙波那天的离去，为此我恨他！但现在我原谅他。第二个重大日子是我承包下第一家商店的那一天，没有那一天就没有孙家的今天。第三个重大日子就是成立孙氏集团，现在它更名为六子集团。"孙波的妈妈说到这里看了看我，又接着说，"我，知足了。我有六个女儿，六个漂亮可爱的女儿，这足以让任何人羡慕。"

孙波的母亲说话的时候，我拼命地点头。接着她说："波波出生的时候下了一场很大的雪，那是一场奇异的大雪。那场雪注定波波的一生将不平坦，她有几次难过的坎，但过去了也就好了。你要好好待她，不可以伤害她。她任性，你要让着她；她贪玩，你要陪着她……"

我依旧是频频点头，我什么都愿意为孙波去做。只是孙波的母亲一直没有问到我离婚的事，我突然明白她其实根本就不在意我是否离婚，她只是在意她的女儿是否开心，是否快乐，她在意她女儿喜欢我就行了。这真是个奇特的家庭，一个奇特的母亲。

接下来时间还早，孙波的母亲说她是十二点出生的，要在十二点切蛋糕，十二点再吃饭。

于是，孙波的三姐夫，那个美国人霍克拉我打麻将。我有些紧张，怕打不好，霍克开玩笑说做孙家女婿这可是第一关啊。孙波也鼓励我，于是我去了。另外三个是孙波的四姐夫方伯寒，小姐夫孙彬和林冬生。几局下来方伯寒输了一些，霍克赢了一些，孙彬说连麻将都亲美，于是大家都笑了。这时，魏小涛捡到一个钱包，里面有张照片，他仔细看着，然后问是谁的钱包。林冬生一摸口袋吓坏了，魏小涛将钱包还给他，同时问他："你的钱包里为什么有我妈妈的照片？你喜欢她是吗？"

本来这是个愉快而幸福的一天，我新的生活也将从这天开始。但是谁也没有想到，突如其来的一个女人像所有童话故事里的女巫一样，在人们最开心的时候出现了。我的妻子不知怎么找到了这里。

准时十二点，孙波的大姐夫林天生受宠若惊地拿起了餐刀切向那块六层蛋糕，于是孙波母亲的六十岁寿宴开始了。

第一个走过来的是魏小涛，他手里拿着一个变形金刚，他说："家家，这是我送给你的生日礼物，喏，变形金刚，我都替你变好形了。"

孙波的母亲一把抓住魏小涛在他脸上亲着，魏小涛"咯咯"笑着。

林天生看上去也很紧张，他扭扭捏捏地上前："妈，给您拜寿。"

林天生深鞠了一躬，孙波的母亲点点头："好，好，你的鱼塘怎样了？"

"很好，妈，过一段日子请您去看看。"

接下来所有的人都站了起来，给孙波的母亲拜寿，孙波的母亲一直在笑着点头。

孙五兰一岁多的儿子孙小凯哼哼唧唧地要跟哥哥姐姐们坐一桌，但孙五兰坚持要抱着他吃饭。孙大兰看着难受，说："你就让他和他们在一起吧，小孩子肯定喜欢和孩子们待在一起，我叫小海看着他。"孙五兰只好将小凯抱到林小海那一桌，并再三嘱咐林小海要看好弟弟。六个孩子，林小海、魏小涛、杰尼、方小伟和小玉还有孙小凯围坐在一张小圆桌上，林小海像模像样地在六个杯子上倒满可乐："走，我们先去给家家敬杯酒。"另外五个立刻端起杯子跟着他起身来到孙波母亲跟前。

"家家，祝您寿比南山，福如东海。"林小海说完大家哈哈大笑起来。

"看不出来呀，老大就是老大，说起话来都不一样。"孙五兰拍了林小海的屁股一下。

林小海很不高兴地瞪了她一眼："男人的屁股不要乱碰。"

"哟，你还男人的屁股，我偏要碰。"孙五兰又向林小海的屁股打了两下，林小海躲到一边，大家笑得前仰后翻。孙波母亲更是乐得合不拢嘴。

"小涛，你要跟家家说什么？"孙波的母亲问魏小涛。

魏小涛有些紧张："我祝、我祝家家永远年轻，永远……永远健康！"

"好，说得真好！"孙大兰拍着手说。

孙波母亲抱住了魏小涛的头亲了一下："小乖乖，真会说话。"

"小……爽……"孙三兰轻轻地叫了一声。

杰尼顿时醒了过来，他一下子蹦起："Happy，Happy，我祝家家永远Happy。"

于是又是一阵爽朗的笑声，在笑声中小玉害羞地轻声说："我也祝家家 Happy。"

"那是我说的，不算。"杰尼不服气地说。

小玉的脸一下子红了，她不知道怎么办好，她紧张地看着孙波，孙波摸摸她的头。接着是孙四兰的儿子方小伟端着一个极小的酒杯也屁颠屁颠地跟在哥哥姐姐后面："家家，快——乐。"

"好，好，好，大家都快乐。"孙波母亲欣慰地说。

"还有我们的小凯——"孙五兰抱着孙小凯，孙小凯在孙波母亲的脸上亲了一下："家家，生日——"

"好、好……"孙波母亲不停说着好，她的眼角涌出幸福的眼泪，她用手抹抹，然后从口袋中拿出六个红包分给六个孩子，"你们都快乐，家家很开心，很高兴，很 Happy。"

这时一辆红色的出租车有些急地向别墅驶来，小杰尼最先看到，然后所有的人都看到了。可是从出租车上走下来的却是我的妻子。

"孙波，我提个问题请你不要生气。"那天下午我和孙波离开了别墅，她开着车，我们回家。车停在我住的那栋楼，下车前我说，"孙波，你后悔爱我吗？"

孙波愣了一下，然后她抱抱我："我爱你，画家，真的爱你，真的……"

"谢谢。"我深深地亲吻着孙波，"我也爱你。"我放开孙波："我不会再允许任何人伤害你了。"

后来我就回家了。

我回家时我妻子正躺在床上睡觉，看来她闹够了，闹累了，现在睡觉了。我想起刚才在孙波母亲的别墅里，妻子疯了般地推开小玉，一巴掌打在了孙波的脸上，嘴里还在骂着婊子、娼妇。

在那一巴掌的冲击下，孙波向后跌了一下，站住扶好。这时我妻子的第二巴掌就要过来了，我冲上前抓住了她，随即她掀翻了一旁的六层蛋糕。

"我们不是已经协议离婚了吗？钱也给你了，你还闹什么？"我说。

"离婚！我告诉你，我死是你家的人，你死也是我丈夫。臭婊子，娼妇……"妻子嘴里不停地吐着最脏的字。

我再也不能容忍我的妻子对孙波的伤害，我绝不能再让她去伤害孙波，我心中唯一的一片净土，我的安慰，我唯一的爱人。我坐在客厅里的沙发上，沙发正好对着卧室的门，我坐在沙发上一眼就可以看到床上熟睡的妻子，我绝不能再让她伤害孙波。我想着妻子那变形的脸，我想不到她还会对孙波做出什么，在别墅时，临走前她咬牙切齿地说："我不会放过你的，你抢我男人，我不会让你活得舒服的，你这个娼妇，等着瞧吧。"这是妻子最后的一句话，我从她话里知道她一定会采取什么对孙波不利的行为，她当时还说，"我要让你臭名远扬，我要让你们俩臭名远扬，我要杀了你，我要让你后悔一辈子，你敢勾引我的男人……"我到现在都可以听到妻子话后的余音，她是非常可怕的，她说到的事就一定会去做。她是个非常残酷的女人，她没有一丝女人的善心，她一定会对孙波做出什么事来的。

她是一个坏透了的坏女人。

我想着，我点燃了一支烟慢慢地吸着。我抬头看了一眼睡在床上的妻子，这时她已经吵累了，正在休息。我想她休息好了大概就会去找孙波，她是不会罢休的，可她要怎么对待孙波呢？我又向妻子睡着的地方看了一眼，她半仰着，左手向后绕着枕在头下。紧闭着双眼，胸部一上一下地起伏着，她有些疲倦地发出细微的鼾声。

这个女人太坏了，她到底会对孙波怎样呢？我想我是不会让她伤害孙波的，孙波受的委屈也太多了，她太不幸了。虽然她的家里很富有，可我感觉她并不快乐，她缺少爱，她需要爱。她常常想象着有人真正地去关心她，不是给她钱，而是关怀，所以她和小浪在一起。她们之间的爱是纯粹的、是洁净的。可是那爱却差点杀了她。她一次次地被爱遗弃，她到处去寻找着爱她的人，她也把她的爱送给每一个需要的人，可只有小浪一个人肯真正地去爱她。现在开始，关心她、爱她的那个人就是我了，我答应过她的母亲要保护她。

我又侧头看了妻子一眼，她还在睡着，她到底会把孙波怎样，她真的会杀了她吗？

我见过妻子杀鸡的样子，她的脸是冷酷的，她抓着鸡的翅膀，将鸡头向后弯着，然后拿起刀在鸡的脖子上"哧"地一下，随即她将鸡血滴在事先准备好的小碗里，她将鸡丢在地上。还在挣扎的鸡在阳光照耀下满地扑腾着，她也不在意，只是逼着儿子喝着还是热乎的鸡血。儿子哭叫着跑开，她骂儿子没用，她一口气喝了那碗鸡血。恶心极了。

我一想起妻子的种种行为我就想吐，她会杀了孙波吗？前些天看她磨刀来着，她会用那把杀鸡刀去杀孙波吗？我来到厨房，我看到那把杀鸡刀在水池旁的架子上挂着，下面是那块磨刀石。有一天下午，我看见妻子精心地磨着那把刀，她磨得很专心。她如此专心地去磨一把刀，看来她的确是想用这把刀干点什么。她会用这把刀去对付孙波吗？我不敢想。

我又看了看躺在床上的妻子和厨房里那把已磨得发亮的刀，我犹犹豫豫地左思右想，我不知道自己到底要干什么，在这样的一个夜晚。

我又坐回到了客厅的沙发上，再点燃一支烟。我突然想孙波现在会做什么，睡觉，看书，或是其他什么别的。我想着孙波笑了起来，我一想起她就不由得笑了，那是一种温馨而幸福的笑。因为她给我快乐，她让我觉得自己是这个世界上最快乐的男人。我觉得这段日子真是幸福，这是跟妻子结婚以来没有过的感觉，这些都是孙波给的。我想起有一天孙波突然说："画家，你要是没有妻子那该有多好。"我当时眼睛就湿了，我紧紧地抱住她。说这话说明她有心，说明她是真的爱我。

"我爱你，孙波。"我轻轻地说。

这时，我看见躺在床上的妻子翻了一个身，我惊得扔掉香烟，我害怕而讨厌她醒来，我希望她永远这么睡着，永远不再醒来。这样，她就不会也没有机会再去伤害孙波了。想到这些我不由得吓了一大跳，自己怎么会有这种奇怪的想法，我怎么会希望我的妻子永远不再醒来呢？那就是说我想她——死。我在想她死，是的，我盼着她死。

我想到这儿又不禁责怪自己，不能，不能这样想，她给我生了个儿子。想起儿子，我又不自觉地向儿子的房间走去，小家伙正呼哧呼哧地酣睡着，他全然不知家里发生的事。

我从儿子房里出来，我的肩膀碰到了墙上的分机电话，那是便于儿子与同学联系而安装的，后来也给了妻子偷听我电话的机会。我恨恨地看了电话一眼。对了，我想为什么不给孙波去个电话，提醒她小心妻子一点。那是个恶毒的女人。

我继续想着，我又往床上的妻子看了一眼，她仍旧熟睡着，她一时不会爬起来偷听我的电话。我拿起话机又放下，太晚了，孙波今天太累了。我发过誓不再让人伤害她，那就不应该再去打扰她，这件事还是我自己解决的好。

我放下电话又站在了厨房和客厅的中间，这样我可以看见卧室里，床上躺着的妻子和厨房水池边的那把锃锃发亮的刀。

我突然吃惊自己的举动，我竟然缓缓地向那把刀走去。我走到水池边，拿起了妻子常用的那把刀看着，用左手拇指轻刮着刀口。我看着已被妻子磨得发亮的刀刃，然后拎着它缓慢地出了厨房。

我站在卧室外，再往前走就是卧室了，而卧室里有我和妻子的床，床上睡着我的妻子。我离妻子很近很近，我好久没有这么近地看过她了，她已经有些发福了。我看着妻子，她这么早就发福了，她的年纪也并不大呀！我提着刀站在床前，我此刻还不明白自己到底想干什么，我只是提着刀站在床前看着妻子的睡态。妻子如果知道自己熟睡时丈夫如此仔细地看着她，她该有多高兴啊，当然是在没有提刀的前提下。

妻子又翻了个身，我紧张地向后退了两步，我看见妻子只是动了动身体然后继续睡着。此时窗外已开始泛白了，我这才感觉到自己已来回不停地这么折腾了一夜。我紧张地看着手中的刀又看了看床上的妻子，她快醒了，再过一会儿她就醒了。她会去找孙波，她会跟孙波拼命，她会伤害我的孙波的。我想着，我又走到了床前，我看着妻子，她还是那种姿势躺着，头略往后仰，左手撑着头。我想着她怎么可以一夜都用这一种姿势睡觉呢，一动也不动。

我看着妻子，看来她就是与众不同，跟别人不一样，瞧，她睡觉的姿势多丑啊。她占着那么大的位子，连睡觉都是这么的霸道，她如果醒着还不定怎样呢。我又向前迈了一步，这时天更亮了，我也更慌了，她马上就要醒了，我有些焦急，这一夜怎么过得如此之快，我还没想好该怎么办天就要亮了，这一夜就要过去了。我喘着粗气，我感觉背在流汗，不行，我得抓紧时间，天就要亮了。我想着已经挨到了床边，我将右腿搁在床沿上，身体向前倾着，我看着妻子，我已可以感觉到她的鼻息，很重很重。她睡得真死。我想，只有她这种女人才会在这种时候睡得这么死，她一点也不敏感。我最后一次摸了一下妻子的头和脖子，我微量了一下距离，我将刀举了起来，我发现自己的手一点也不抖了，看来我做的是对的。我笑了起来，我不会让你伤害孙波的，我绝不会让你再有机会去伤害我爱的女人。我笑着看着妻子，我突然地大声笑了起来，随着"哈哈"声，妻子睁大眼睛惊愕地看着我，然后她就——非常的安静，从没有过的安静。

我看着妻子睁着那双惊愕的眼睛，我就停止了笑声，我和她对视着："你想说什么？快说，不然就没有机会了。"我轻轻地说着，温柔地对妻子说着。可我发现妻子并不理我，只是张着嘴和眼睛注视着我。

我有些害怕了："你说话呀，你说什么我都答应你，现在我会满足你的所有要求。"

"你说话呀！你不是很厉害吗？你不是很自以为是吗？你不是很能教训人吗？你现在说话呀，你不敢说了是吗？你也知道害怕了，是吗？你总算知道我的厉害了吧，我也不是好惹的，你明白了吗？"

我又狂笑了起来。我的笑声惊天动地，震耳欲聋。我大笑着，我看着妻子不说话的样子大声笑着。我猛地向妻子的脸扇了一耳光："说话！"

可妻子略晃动了一下头后仍旧那样地看着我。"你说话呀？"我的笑声中突然带着哭腔，"你怎么不说话。"我有些筋疲力尽地坐在床边的地下，喃喃地嚅动着嘴巴："你怎么不说话……"

我看见眼前的床单上一片一片的红色，像一朵朵大的花瓣。我用手去抚平着那些红色的花，让它们均匀地铺在床上。这时，我听到了一声刺耳的尖叫声仿佛从很远的地方传来。我惊讶地抬起头，我看见九岁的儿子站在房门口跟他母亲一样睁着惊愕的眼睛，张大嘴巴看着她，许久许久，他才说："爸，你杀了妈。"

我看看儿子，又看看床上仍旧是那个姿势的妻子，"嘿嘿"地一笑："对，我杀了她，我讨厌她整天在我耳边唠唠叨叨的，这下好了，这下好了……"

这个时候是深夜。我看得出来，因为看守我的人都去睡了。我的房间里，黑着灯，但夜并不平静。从窗外泻进的月光成一条光束直射入房内，照亮着整个房间。我躺在床上，睁着两只大大的眼睛。我这个样子有好久了。屋外是一条走廊，有时很静，有时可以听到走路的声音，"嗒嗒嗒嗒"。我有些累了，我坐了起来，来到窗前，望着静静的秋夜。有风，可以听到声音。

事情是发生在今天早晨还是昨天早晨，反正是一个早晨天快亮的时候，我让我的妻子彻底地安静了下来，然后我安排儿子该做什么。儿子真乖，他一直默默地待着，陪着我，流着泪，看着我洗澡，换衣，出门。我把儿子送到父母那里，亲亲儿子的小脸，最后看一眼父母，我就走了。

我向公安局的人很坦然地说："我杀了人。今天早上天快亮的时候，我将我的妻子杀死了。"

公安局的一位负责人很惊讶地看着我，因为我当时穿着一套很笔挺的西装，还打了领带，我的样子不像是来自首倒像是来参加什么宴会似的。我想当时公安局的负责人一定怀疑我大脑有毛病，但很快他就派人验证了事实，我被收了监。收监后一直有人问我，盯着我，他们怕我自杀。

公安局的人问我："你为什么要杀你的妻子？"

我说："有一天，妻子说再过几天我和她结婚整整十周年。我听了好难过，十年了，你们试着和她过十年就知道为什么了。"

公安局的人面面相觑，他们已全面调查了我的身份，知道我除了对画画有些痴迷外没有精神不正常的前料，于是公安局的人纳闷了，他不明白现在的文化人都怎么了，竟有着杀妻的嗜好。

嗜好?! 这句话说得太好了。我说："你们也知道我的身份是个画家了，你们可知道我今生最满意的作品是什么吗？不知道吧。没调查出来？肯定调查不出来，因为这幅画已经不在了，我只能用语言跟你们描述一下：画面上是一张床，凌乱洁白的床单上睡着一个慵懒美丽的女人，浓密卷曲的短发散落在她的额头处，头枕着一只裸露的手臂，另一只手臂藏在半开的淡紫色睡袍里，微闭的眼睛，惺忪的面容。清晨的阳光透过窗棂、屋顶的玻璃直泻入整个房间，笼罩着宽大的木板床……这幅画太棒了！所有看了这幅画的人都这么说。这是我一生中最棒的一幅画，我为我的爱人而画的。我为它起名为：《沐浴阳光》。

"可是这幅画现在只能藏在我的心里，它再也不会有了，随着我妻子的一把火它成了灰烬。同时成为灰烬的还有那张大木床，我和孙波的床，孙波所有的画像，我的画室，我的希望……你们明白吗？"

我也不知道公安局的人最后是否明白了，反正他们走了。他们走后，我躺在房间的床上，我知道有人经常有意地从我的门前经过，但我不在意他们。我什么都不会在意了，我跟孙波说："有了你，让我死都可以。"

"你不可以死去，你知道吗？"孙波亲着我的鼻子。

"你不可以死去。"孙波亲着我的嘴。

"你不可以死去。"孙波亲着我的脸。

"你不可以死去，你绝对不可以死去。"孙波亲着我的心，"你不能死……"

那是天使的嘴唇，她每经过的地方都会让人沉醉，那是爱欲的希望，我生命的起点与终点。

第二天早晨，我从卫生间出来，我看见房间里，沐浴在阳光下昏睡缠绵的孙波，她是那样的美，阳光是那样地宠爱着她，拥有这样一个人还有什么不能放弃的。我的生命从那天早晨开始就不是我的了，因为她我获得了新生。

有人说：一个人的一生其实只有两天，一天用来出生，一天用来死亡！

……

有些凉意阵阵袭来，窗外繁星点点，我真是幸运，在这里都可以看到星星。我将手伸向窗外，我想抓住一颗星星，但我笑了，知道这是不可能的，也就罢了。这时，我听到了鸟叫声，好多好多，一群群的，上下飞舞，在窗前。于是我又看到了那一群不会飞的鸟儿们。我觉得我是幸运的。

我将手收了回来，我先看我的右手，那是一只能画出很好的画的手，修长、有力、骨骼清晰。我再看我的左手，同样的修长、有力、骨骼清晰。不能再想你了，孙波，我说着将左手拿到嘴前，用力咬下去，腥腥的，有点咸，我想是出血了。我用右手手指蘸着血在墙上画着，这将是我最后的一幅画。画很简单，所以我很快就画完了，我重新回到床上躺下。时间不多了，孙波，现在我还可以再想想你……

第十章　作家

　　武市最明显的就是夏季，过了 5 月，天气一下子骤热起来，满街飘着五颜六色的衣服片。我不喜欢这个季节，我说的是武市。

　　我不知道我为什么又回到这里。我更不知道是什么驱使我的脚步在移动。是什么牵引着我来到这里。是画家吗？是你让我来看看你的波波；是小浪吗？是你让我来看看你的小波。

　　离婚后，我去了法国。我以为出去可以让我忘掉很多的事情。可是我始终都没法忘记你。孙波，你在哪里？你知道我在找你吗？

　　现在我又回到这里，我要找孙波，我一点她的信息也没有。她所有的朋友都不知道她，连她的姐姐们都不知道她。我不知道在我离开的时候，这座城市到底发生了什么？孙波发生了什么？噢，孙波，只有回到这里我才发现我是那么急切地想见到你，我爱你，孙波。我跟你所有的朋友所有的亲人一样爱你，关心你，所以，孙波，告诉我你在哪里？

　　　　"其实你是一个很守旧的人。"我说。

　　　　"为什么？"孙波问，半眯着眼睛。

　　　　"表面上你与众不同，离经叛道，其实骨子里你是一个非常守旧的人。"

"是吗？看来你非常了解我了。"孙波笑了，厚着脸皮凑过来，"怎么样，是不是喜欢上我了？"

"你拉倒吧！"我推开孙波。

……

"求求你放开我好不好？我不行了。"孙波怕人胳肢，她笑得有些喘不过气来。

看着孙波绯红、滚烫的脸和起伏跌宕的身姿，我心血来潮地想起另一件事来，我趴在孙波的身上问："怎么不行了？"

"没什么。"

"你……"我诡秘地笑着，"问你几个问题，你老实坦白我就放你起来。"

"什么问题？"

"你跟几个男人有过那种关系？"

孙波一愣然后一笑："我为什么要告诉你。"

我又一胳肢，孙波忙点点头。

"几个？"

"你干吗？"孙波想坐起来，我死死地压着她的身体，"快说。"

"你讨厌了……"孙波大声说。

"那你说说你跟画家有没有……"

"瞎说八道什么，一点也不好玩。"孙波依旧笑着。

我不理会，接着问："你和小浪……你们有没有……"

孙波突然不笑也不动了，她的脸瞬间冷了起来。我放开她，她坐起来走到一边。"怎么了？"我想去拨孙波的头，她躲开了。

"别自以为是了，我只是随便问问。"我走到镜前理理凌乱的头发。透过平洁的镜子我看见孙波缓缓地走来，走到近前，她突然从身后紧紧地抱住了我瘦弱、陡削的身体。

"你为什么要提小浪？"孙波的声音从后面恶狠狠地传来。

孙波箍着我喘不过气来。我求她放开。她却在我的耳边悄声问道："你为什么老来找我？你想我把你怎么着？"

我也生气了，我推开她。"你去死吧！"我说。

死。我吓了一跳，不会的，孙波不会的。

我一定要找到她。

我又来到了六子集团，这是到武市后第三次来了，这一次，秘书小姐对我非常不客气，她说总经理不想见我。

我说我要见董事长。我要见孙波的母亲。

秘书小姐鄙夷地看了我一眼："见董事长？我还想见呢。"

我一直没有见到孙波的母亲，我想见到她一定可以知道孙波的消息。

我坐在六子集团大厅里等着，我想我一定可以等到她。一辆白色的皇冠轿车缓慢地驶过来，门口的侍者马上迎了上去。我记得孙波说过她母亲喜欢白色的皇冠，于是我也迎了过去，从车上先下来的是一位英俊健朗的男子，他高大的身影几乎挡住了我的视线，我稍移了一下身子，我看见跟着他身后下车的一位美艳绝伦的女子，那是一位让男人见了就会不顾一切的女人。我认识她，孙波的二姐孙二兰。

孙二兰看见我微皱了一下眉头，这小小的眉头让她的神情阴郁起来："不要再找波波了，行吗？她现在很快乐，不要打扰她平静的生活。"孙二兰说完便和那个高大健壮的英俊男子一起消失在大厅里。

我知道那位英俊男子是孙二兰新婚的丈夫林冬生。

她们都那么幸福快乐，可是孙波呢？

这座城市布满了灰尘，天空永远藏着那么多的灰。湿热的空气中夹杂着郁闷，我有一种颓废的绝望，这种绝望又给了我不懈的决心，没有什么可以阻碍我找到孙波。

让我找到你，好吗？孙波。我必须找到你。

画家，让我找到孙波好吗？

小浪，放手好吗？让我找到孙波。

我一定要找到她。

公安局是我最近发现的一个目标，其实我早就应该利用它了。这条线索是画家的父母提供的。画家的父母已是很老的老人了，提起画家，提起孙波，他们只是叹气，摇头，灰灰的脸，什么话也没有，什么话也不想说，没有泪水，有的只是对生活的绝望与对死亡的等待。我从邻居那里知道他们现在深居简出，几乎不与外界打交道，除了必要的生活联系外。邻居说画家在多年前的一个夜晚杀了他的妻子，然后又在公安局里自杀了。那是个秋天，邻居说，结果那一年的冬天，他的儿子小文死于一场车祸。

"孙波呢？知道孙波吗？"我急切地问。

摇头，没有人知道。

公安局的人已换了好几拨，怎么说也无法通融，只是说结案了结案了。我说我是一个作家，画家生前最好的朋友，我想了解一下画家杀妻案的真相。

那是一个有些年纪的男人，穿着新版的制服，他有些犹豫："你真是画家的朋友？"

我点头。

"你会画画吗？"他问我。

我不解。

"有一幅画不知你能不能看懂，是画家临死前画在墙上的，我不太明白，你看看什么意思？不过我让你看了，你看明白了得告诉我，我琢磨好些年了。"公安说。

那间牢房不大，有窗子，光线很暗，但我仍可以看到墙上那幅血色的画。血迹已经呈暗红色，线条清晰，呈椭圆状，一圈一圈的，一个套一个，最外面的是一个很大的圈，圈里面套着圈，大圈套着小圈，最里面的一个小圈是一张脸，闭着眼睛，像在笑。突然我有一种恐惧感，目眩、慌乱，那所有的圈像一张大网向我扑来，我大叫一声，一股来自远方的压抑困迫着我的心脏，窒息、不安，我急喘着。

"你怎么了？你看明白了什么？你告诉我？"

然后公安将我送到了医院。第二天他来看我，拎了一筐水果，他告诉我当年画家的案子就是他办的。他说："看来你真是画家的朋友，那你告诉我你都看明白什么了？"

我说要明白还得找到一个人："孙波，你能帮我找到吗？"

他没有说话，就走了。再来时他给了我一个地址，他说孙波是一个精神病人，曾在武市精神病院住过半年，后被她母亲接走了。临走前他说："你明白了一定要告诉我。"

他走后，我的心在流血，一滴一滴的，像一个个小圆圈一样。

我去找孙波的路上，遇到一个人，看到他，我就哭了。我的眼泪像断了线一样往下流着，我抓紧了他的胳膊："你去哪儿了？"

"你早该来了。"范天平说。

我点点头。于是我知道了这段时间发生的事情。

画家在收监的当天晚上咬开了自己左手的动脉，他的血整整地围着他的身体转了一圈，将他围在中间。

画家的葬礼办得还比较体面，可是有一件事是画家料想不到的，他单位的领导自作主张地将他和他的妻子合葬在一起，这样，画家的一生就画了个不是很圆满的句号。

葬礼上来的人并不多，画家妻子的家人一个也没来，没有人问什么原因，也不必问了，因为人都已经死了，谁对谁错也已经不重要了。

孙波是最后一个去的，也是最后一个离开的。她很不引人注目地悄悄地站在人群的后面，但最后还是有人注意到了她。

画家的儿子将孙波带到了他父母的墓前，指给她看他们的墓地。孙波一直以为这孩子会讨厌她、会恨她，因为她使他在一天之间成了孤儿。可这孩子很懂事的样子，他一直陪着孙波站着。他对孙波说，他的父母关系一直不好，他的父亲一直很不快乐，后来因为认识了孙波才让父亲有了一点安慰。他说他早就预感到有一天父母会分手，其实他也一直希望他们能这样，这样对他们都是一种解脱，只是没想到父亲会用这种方式结束他们生前的战斗，但是不知他们在地下会不会和好。

孩子说着哭了起来，孙波看着这个不到十岁的小大人，她真的难以相信这么一点大的孩子会有如此的思想，她感动地将他紧紧地搂在怀里，问他愿不愿意有个小妹妹天天陪着他。孙波想让这孩子和小玉一块儿生活，可他摇摇头，他说他爷爷、奶奶年岁已大，他们刚失去了唯一的儿子，不能再没有他。孙波尊重了孩子的决定，她告诉孩子，她希望可以常去看他。

画家死后不久，冬季就来了，这一年的冬天来得特别的早，11月刚到温度就下到了零度，人们早早地就将过冬的衣服全部清理出来，等待着这一年一季的严寒。孙波从画家死的那天起就有些恍恍惚惚的，她常常有一种不安的感觉。现在她很少出门，也不像过去那样疯闹、到处跑。她的母亲朱敏见此有些宽心，女儿必定是长大了。她不让孙波再住在老房子里，她让孙波和小玉回别墅住，大家一起生活，家里会热闹些。但朱敏还是担心，她看见孙波每天除了接送小玉就是主动去帮画家的父母接送他们的孙子小文。朱敏从小文的嘴里知道画家的父母并不喜欢孙波，他们一直认为她是扫帚星，是她害死了他们的儿子、儿媳，可是他们见小文喜欢孙波也就算了。朱敏看着孙波一天天地成熟起来，她知道孙波是想对画家一家弥补些什么，其实她并没有什么错。朱敏从不认为孙波有什么错，那都是命。可是命运到了该来的时候，朱敏却有些慌乱，她认定在这个极冷的冬天会有什么事情发生。

孙波的诚意终于打动了画家的父母，或者说在这样的冬天画家的父母不再反对孙波接送小文上学，渐渐地，他们也同意孙波带小文出去玩，于是，在那座漂亮的别墅里经常可以看到小文和小玉欢乐跑动的身影。孙波常常带着小文回家吃饭，她亲自给小文做饭，她辅导他做功课，她带着小文和小玉出去玩。朱敏看着这一切，感觉到孙波真的长大了，她已知道什么是责任。

那一年的冬天下了一场很大的雪，这场雪让朱敏想起了孙波出生时的那场奇异的大雪，那场雪下了一天一夜，下得人睁不开眼，到处一片雪白。

可今年的这场雪更大，持续了两天仍没有停的意思，街上、马路上、房顶上到处都是雪白雪白的。朱敏预感到会发生什么事情，但愿不是不好的。

朱敏望着窗外飘扬的雪花，旁边陪着她的是小玉，这孩子乖巧极了，朱敏也有些喜欢她了。"这是我第二次看到这么大的雪，"朱敏说，"第一次是生你……妈妈。"朱敏看着身边的小玉，她对孙波做妈妈这件事还难以接受，但毕竟现在她是小玉的养母。

雪太大，孙波该回来了。朱敏想。

"家家，我想出去堆雪人。"小玉说。

"乖，等雪停了再出去玩。"

"不，我要去。"在孙波的宠爱下，小玉也有些任性。

"等你妈妈回来，让她陪你去。"

小玉安静了，开始画画，在温暖的房间里，她拿出一张雪白的纸，用红色的蜡笔在上面画着，一圈一圈的。

"你这是画的什么？"朱敏拿着小玉的画。

小玉解释说："这是个圆圈，这代表围墙，一层层的，中间这张脸代表人，就是我们。"小玉自得地拍拍胸脯，"我们想出去，可怎么也找不到出口。所以就闭上眼睛，这样就看不到围墙了，以为很好，就笑了。"

朱敏也笑了，她感觉这孩子的思维有些奇特："为什么一定要代表围墙呢？"

"你也可以想象是别的，比如网。"

朱敏看着画又看看小玉，心情沉重起来。

汽车的喇叭声打乱了朱敏的思绪，小玉一下子冲出门外，孙波回来了。

"出门也不穿件外套，外面多冷啊。"孙波说着和小玉一起进屋了。

小玉给孙波看她的画，孙波接过随意地放在桌上，开始脱外套。脱下外套后孙波给画家的父母打电话，她说她还是按老时间去接小文放学。画家的父母说算了，这么大的雪叫她不要来了，还是他们去吧。但孙波坚持着，她说这么大的雪，两位老人出去她不放心，她开车没事的。于是画家的父母就同意了。

孙波放下电话后就坐在沙发上看小玉的画，孙波说画得不错，挺有想法的。"我要堆雪人。"小玉又说。

孙波看看时间："明天堆吧，我要去接你小文哥了。"

孙波站了起来，看看外面依旧飘扬的大雪。朱敏也看着屋外的大雪，皱皱眉，她知道她阻止不了孙波出门。她叮嘱孙波开车小心点。

"我要和你一起去。"小玉紧跟着孙波。

"不行，我去接小文哥哥，一会儿就回来。"孙波穿着衣服。

"我也要去接小文哥哥。"小玉坚持着。

孙波并不理会小玉，她穿好衣服就准备出门，小玉拽着她不肯放手，孙波没有办法："好吧，好吧，快穿衣服。"

小玉高兴地穿好外套，临出门前没忘记带上她刚画的那幅画。

孙波开车到学校时，小文还没有放学。孙波将车停在学校对面的一块空地上，校门前许多拿着伞的家长，缩着手，嘴里哈着白气。外面很冷，一些家长跺着脚希望能暖和一些。

雪依旧下着，没有停的意思。

孙波和小玉坐在车里，远处一辆熄火的红色夏利车正在拼命地打着火，孙波难受地听着。不一会儿，孙波听见了放学的铃声，接着就看见有孩子从校门口出来了。小玉等得有些不耐烦了，她打开窗子，一丝冷风溢了进来，孙波摸摸她的头："小心，别感冒了。"

"小文哥。"小玉突然叫了一声指着窗外。

孙波也看见小文背着书包夹在一群孩子中间走出校门，孙波打开车门向他招招手，可还没等孙波下车，小玉已从后座打开车门"吱溜"地下了车向对面跑去。这时小文也看见了她们，他高兴地大声叫着向这边而来。雪还在下着，所有的事情还在继续，小玉在快接近小文时被地上的雪绊了一跤，她在起来时顺便抓了一把雪扔向小文。雪花还未击向小文就飞散开了，小文大笑着，孙波也笑着看着两个孩子向她的汽车这边而来。中间的那条马路不宽也不窄，足足可以并排三辆汽车，平时小文和小玉这么跑过来顶多三十秒，今天也不会慢多少。只是雪太大，已经下了两天两夜，地上很滑，小文踩在上面感觉脚是软的，他觉得很有趣，便走一步滑一步，他摔倒两次，又起来再滑。小玉开心地在小文摔倒时趴在他的身上。这时他们离孙波仅有三米远。孙波不再催他们过来，她只是开心地看着两个可爱的孩子。远处还是那辆熄火的夏利，车主大概是有些泄气了，休息了一会儿然后再打，再打……终于，在一串引擎启动声中司机喘了一口气，他轻轻地发动了一下车子，车子慢慢地驶上了马路中心线就突然地快速起来，没有一丝的防备。

其实，小文和小玉的位置应该是非常安全的，他们已经接近了孙波的汽车，所以孙波也认为他们是安全的，他们是在安全地带。可是那辆红色的夏利车还是让孙波发现了，她大叫一声"小文——"然后向前跑去。小文也看见了，可此时小玉正压着他，他慌忙站了起来，企图推开小玉，将她推到孙波的那个方向。可是这时小玉也看见了那辆夏利车，她敏感地想让小文也离开这里，她猛地使劲地推了推小文，于是两个人的力量撞在了一起，两个孩子呈拥抱状似乎很坦然地面对着迎面而来的夏利车，于是那场大风雪谁也没能躲开。

那一年的冬天下了一场很大的雪，这是朱敏第二次看到如此大的雪，雪下到第三天中午才停，马路全冻了，胳膊粗的冰柱子垂在屋檐下。朱敏预感到会发生什么事。

"一定会有人冻死的，嘿、嘿、嘿……"孙波说着突然笑了起来，那声音让朱敏感到异常地恐怖，那不应该是孙波发出的声音，也不应该是正常人发出的声音。朱敏感觉一股凉气从脚下升起。

孙波已在这扇窗前站了十几个钟头了，从她早上起床就这么站着，怎么劝她也不肯坐下，更不肯进屋。现在突然地冒出这么一句话，朱敏的腿脚都哆嗦起来，她悄悄地拨着电话。她预料的事情终于发生了。昨天下午，孙波带着小玉去接小文时，小文和小玉被一辆刚打着火的夏利车撞倒了。那辆夏利车的司机本来已经刹住车了，但路很滑，汽车还是急速地向前冲去，两个孩子如果不是都想救对方的话或许都有救，可是谁也没能救回谁。小玉当场死亡，小文被送到医院后不到十分钟就停止了呼吸。

朱敏赶到医院时，正好画家的父母也赶到，朱敏看着他们是怎样地谩骂她的孙波，他们撕扯着她的衣服，他们骂她是丧门星，他们说她害死了他们的儿子、媳妇不够还要害死他们唯一的孙子……朱敏从没有见孙波如此脆弱过。她任他们骂着她、踢打着她，他们也就任意撕打着她，朱敏怎么拉也拉不住两位悲愤的老人，直到他们打累了才住手。从那时起孙波就一言不发地躲在急救室外的墙角，一副任人打的样子。朱敏怎么拉她，她也不肯从那里移开，她就这么在墙角处蹲着，一句话也不说。朱敏心痛地哭着求她离开，她不理也不走，她的手脚冻得冰凉，朱敏不停地用双手去焐搓着。她求她说句话，但孙波只是呆呆地看着一个方向，一副痴痴的样子，直到孙波的姐姐们来，大家一起带回了孙波。

整整一个晚上，孙波不吃不喝也不睡，她蜷缩在床上，嘴里不时地喊叫着："小文快跑，小玉过来……"

朱敏就这么地陪了孙波一夜。第二天天刚亮，孙波很精神地下了床去上了趟厕所，然后对朱敏说："妈，有什么吃的？我要出门。"

朱敏终于松了一口气，孙波终于说话了，朱敏担心了她一个晚上。这时孙五兰打电话来询问孙波的情况，朱敏告诉她不要操心，孙波会好起来的。

就在朱敏放下电话的时候，孙波突然急急忙忙地穿着衣服从房里出来："妈，我不在家吃早饭了，我要去接小文上学。"

朱敏就在孙波打开门要出去的那一瞬间抱住了她，她大声哭嚷着："波波醒醒吧，我的波波，你清醒吧。小文已经死了，小玉也死了……"

朱敏抱着孙波哭着跪了下来："妈求你了，波波，不要再吓妈了。"

孙波痛苦地将她的头埋在朱敏的怀里，然后她又慌里慌张地看着朱敏："为什么呢？为什么我喜欢的人都会死去，而喜欢我的人也都会死去。"

孙波号啕大哭起来。但很快，她又仿佛清醒般地拉起朱敏："好了，妈，你干什么？你起来。"

孙波扶起朱敏轻轻地说："我知道小文死了，小玉死了，画家也死了。画家是自杀的，自己咬破了血管。"孙波说着做了个很吓人的动作，她装作咬了自己左手腕一口然后冲朱敏笑着，"他是畏罪自杀的，因为他杀了他妻子。"孙波边走边说："他之所以杀他妻子因为他妻子想伤害我。"孙波说到这里，突然抓紧朱敏的双肩说，"你知道吗，他怕他妻子伤害我所以才杀死了他的妻子，而后他又觉得自己无颜活在世上所以也就自杀了。"孙波说着又很吓人地做了个咬自己手腕的动作，然后又接着说："他自杀因为他杀死了他的妻子，他杀他的妻子是因为他的妻子想伤害我……"

孙波不停地重复着这件画家杀妻又自杀的事，朱敏听着又急了，她哭着："我的好波波，妈求你了，不要再说了行吗？"

孙波看着朱敏："好了，你不爱听我就不说了。"

朱敏小心地扶孙波坐下，可孙波刚一坐下又吃惊地站起，她哆嗦地向后移着，她抱着自己的肩哭着哀求着朱敏："不要骂我了，我没有害死画家，也没有害死小文和小玉，他们是被车撞了，不是我害死的，不要骂我了……"孙波就这么边说边哭着缩到墙角，似乎怕朱敏打她的样子……

朱敏终于在墙角处搂住了孙波："波波，我是妈妈。波波，我是妈妈。我不会骂你也不舍得打你，我一直是那么地疼你，你就不要再吓你妈了，啊，波波。"

孙波停止了哭声，她小心地问："你真的不骂我？"

朱敏含泪点点头。

再以后，孙波站在窗前一直站到现在。

朱敏一直站在孙波的身后。她已经很累了，但她不敢上前去劝孙波坐下休息或什么别的，她怕又引起孙波没完没了地说。她悄悄地打电话给孙波的姐姐们，她此刻急切地需要她们来帮着解决这件事。

可就在这时，朱敏听见孙波突然"嘿嘿"笑着说："一定会有人冻死的。"那笑声在朱敏听来异常的恐怖，那不是孙波该有的声音，也不是正常人该发出的声音。朱敏一下子瘫坐在地上，她知道一切已经无法再避免了。

一个星期后，孙波被送进了精神病院，其实在这以前孙大兰已带来了她的好朋友，一位精神病专家证实了这件事。但朱敏无论如何也不会相信她的孙波会成为一个这样的人，她说什么也不相信，她只是认为孙波一时迷了心窍，她是被画家的父母吓成这样的，她总有一天会醒来的，她会的。朱敏一直在流泪，她一直抱着她的孙波，她想让她醒来。她失去常态地赶走了那位好心的精神病专家，她赶走了所有的人，她整天整夜地陪着孙波。在夜里，她呼喊着孙波的名字，她想这样唤回孙波。她用一颗母亲的心叫着："波波，回来吧，波波，醒醒吧，波波回来吧……"

　　然而，一个星期后，孙波还是被送进了精神病院。

　　这件事发生在一个中午，朱敏一转身就不见了孙波，她吓得到处找着，她害怕她会出什么事。可她哪儿也没找到孙波，却在下午接到了公安局的电话。原来孙波离家是开车来到了小文的学校门口，她拉着一个放学的男孩上她的汽车，她说她要送他回家。后来，学生的父母报了警。另一位学生认出她是常来接小文放学的人，所以公安局通过这个找到了朱敏。随后，孙波被证实患了精神分裂症而送进了医院。

　　那一天，朱敏苍老了许多。

　　半年后，一个春暖花开的季节，朱敏把孙波接回了家，她逢人就说她的孙波病已经完全好了，她又是以前的那个孙波了。她在酒楼里大摆宴席，庆祝孙波的出院。那天酒席上孙波也体现得极有礼貌，她频频地、微笑着向人们敬着酒，一副常人的样子。于是大家都认为她的病已经好了，于是一些熟人又开始和她开着玩笑。朱敏也就放心地允许她开始一些小范围的活动。

　　然而又是一天下午，朱敏接到电话，是画家的父母打来的，他们告诉朱敏，孙波在他们家里。他们说孙波下午来到他们家，说是要接小文出去玩，并说已在电话里和小文说好了的。画家的父母已不再怪孙波害死了他们的儿子和孙子，他们知道孙波的病根，没敢惊动她，只是好言劝她说小文去姥姥家了，这几天不回家。可是孙波听了并没有走的意思，她在门口等着，说是要等小文回来。画家的父母有些害怕，将电话打给了朱敏。

　　朱敏接回了孙波，她很伤心，她知道自己半年多的努力算是白费了，但她不敢将这件事透露出去，她怕人再将孙波送进精神病院，她一直认为那是个好人进去了也会变傻的地方。她就是在一次去看孙波时，亲眼见一名男护士用电棒猛击一位女病人的头。

　　此后，朱敏不敢惊动任何人，她藏起了孙波的车钥匙，她决定在家照顾孙波。

　　然而，要发生的总是要发生的。

　　武市的发展很快，朱敏的别墅和工厂附近已成为武市有名的经济技术开发区，周围陆陆续续建起了高楼，有商业区、住宅区……还有公园、学校和医院。

　　那天天气很好，正值武市一家大型商场开业十周年的庆典活动。孙五兰说带孙波出去转转，让她多接触些现实生活估计会好些。朱敏想想也好，她也正好出去走走。于是，孙五兰开车，和朱敏带着孙波来到了商场。

　　商场里到处是人，孙波很开心。她们一起吃了日本料理，朱敏买了双皮靴，孙五兰挑了款手机，给孙波买了手套、皮靴和一件皮夹克。在回家之前，朱敏和孙波去卫生间，孙五兰将刚买的东西先拿到车上。然而就在朱敏从卫生间里出来时，孙波不见了。朱敏恐慌地将电话打给了孙五兰。

　　孙波并没有走远，只是看着热闹的人群她也很激动。她从卫生间里出来，看到一个小男孩正往前走，于是她跟了上去。在电梯附近，孙波追上了男孩："小文，总算追到你了。我带你去打游戏好不好？"

　　孙波上前要牵男孩子的手，男孩摆脱她，很害怕地向前跑着，抓住了前面一个女人的手。

　　孙波追着男孩："小文，不要瞎跑。"

　　孙波要拉男孩子离开，他身边的女人不客气地推开她："你要干什么？你拉我儿子干什么？"女人还骂了一句神经病。孙波并不生气，她皱着眉头看着女人带走了男孩。

　　一位非常秀气的女孩从侧面而来，孙波一下子看见了，她激动地跟上去，仔细地看那女孩。那女孩正疑惑时，孙波突然拉着她的手激动地大叫着："小浪，小浪，我可找到你了，你这段日子都到哪儿去了。"

女孩害怕而吃惊地躲着孙波，要甩开她的手，可孙波却死死地拽住不放："你怎么了小浪，我是小波呀。你不是一直都喜欢着我、爱着我吗？你放心好了，我再也不骂你了，我们再也不分开了。"

女孩尖叫着推开孙波跑开，孙波紧紧追着她……很快，孙波被保安人员赶出了商场。可在商场外，孙波又不停地对路人说："你知道吗？我爸爸就是从这座商厦上跳下的，就摔死在这里。"孙波对一个胆小的女孩说，"就死在你现在站的位置。"看着女孩吓得跳开那个地方，孙波哈哈大笑着……她又对着路人说："你知道吗？我爸爸是位很了不起的作家，他死后便将他的灵气一股脑儿地全传给了我，所以现在我也是个作家。"孙波说着笑着，渐渐地很多人都不去看商场里的节目而是围着她看着，听她不停地说着，哄笑着她的行为，唆使她去追着一个个女孩，他们告诉她那女孩就是她的小浪……幸亏朱敏和孙五兰及时赶到，才没让保安人员将孙波抓走。

以后朱敏不再让孙波出去了，他们一直待在别墅里。朱敏准备以后的日子就在家里陪着孙波，陪着她最心爱的女儿度过。

日子一天天过去，孙波一天天安静下来，没有城市的喧闹她也不再提什么小浪、小玉、小文和画家了。朱敏陪着她，她放弃了自己所有的事业在这里陪着她。她看着她，她像孙波儿时那样看着她睡觉、吃饭、写文章。她看着孙波幸福地躺在自己怀里睡着的样子，朱敏这才意识到这么多年来，给她的爱太少了。从她一出生开始自己就忙着在外做临时工，后来又是不停地做着生意，一家一家开着酒楼、超市。其实孙波是很可怜的，难怪她会跟她的父亲那么好，也难怪朱敏的丈夫会和孙波相处得那么亲密，原因是两个人都是那么的寂寞，那么地需要人来陪。

　　朱敏在那一刻明白了她丈夫的一生其实活得非常凄惨，也明白了他的无奈，最后她原谅了她的丈夫，为了她的孙波她原谅了所有她曾经恨过的人。那一段时间，朱敏回忆着她漫长的一生，她第一次意识到自己其实什么也没干，她依旧无畏，无所事事，什么也没有，就像许多年前她的丈夫离家出走的那天晚上那样，她也是这么抱着孙波睡在床上的。只不过那天晚上她的旁边还有着她的另外五个女儿，她们是那么依赖地看着她。现在呢，女儿们都长大了，她们不再像儿时那样依赖她了，她们都有自己的事业，自己的家。可她们的一切都是她给的，她们是她的女儿，她身体里的一部分，她生命的另一种继续。她的一切，她的孙波、她的孙大兰、她的孙二兰、她的孙三兰、她的孙四兰、她的孙五兰，她们都是她的。

　　朱敏经常这么抱着孙波回忆着自己的一生。她不再幻想孙波有一天能够再像过去一样。她觉得每晚能这么抱着孙波就很满足了。她抱着熟睡的孙波，看着她，摸着她的额头。她是最出色的，朱敏在心里哭着说，虽然她还没有机会干出点什么，但她是最出色的。

　　就在那一天的清晨，孙波第一次在朱敏之前醒来，她奇怪地看着抱着自己的朱敏，她看着她满头的白发哭了起来。这是妈妈吗？孙波的哭声惊醒了朱敏。朱敏吃惊地看着孙波，以为她又犯病了，她抓着她的双肩，这时她清楚地听见孙波哭着说："妈，我的病好了，你还是回去做你的生意吧。"

　　那一瞬间，朱敏紧紧地抱住了孙波，她宁愿用她的生命换来这一切。

　　花开必定会花落。我们都等待着。

深秋。午后。

一个女人站在湖边的杨柳树旁，望着被风吹过的湖面，波光涟涟。如丝般卷曲的长发像一条条小蛇般垂在腰间。她的脸色苍白无力，身子瘦而细长，深紫色的羊绒裙长长地拖在地上。她的眼睛大而无神，长睫毛半闭着挂在眼睑上，眼睛长时间地盯着水面那一波一波的涟漪。突然在一阵风吹过后，她的眉毛跳动了一下，嘴里喃喃道："波……浪，波……浪……"一串泪水顺着她的脸颊向下流着、流着。

女人哭是因为看见了水，水在湖里，湖在别墅的旁边，无风时，湖面安静得如一块绸缎；而起风时，便会有波浪——有波就有浪。女人一想到这些就会流泪，情不自禁。

在她流泪的时候，我正在寻找着她。

林荫道上，各种树木被纷纷甩下，只有我向前奔去。我急切地想看到她，找到她。

我找了她很久，我想让她知道：我是她最好的朋友。我要告诉她，这些年来我一直想念着她……

车轮飞速地转动。终于看到一个湖，湖水很静，湖边有杨柳树，杨柳树下站着一个忧伤绝望的女人。

我停住了，是她。真的是她。我向她狂奔过去。

我终于找到她了。

天边是什么在飞？

我的眼泪。

旧版后记
我信佛，但我吃肉

朱燕

我信佛，但我吃肉，也喝酒，主要是啤酒。偶尔心情好或不好时也会抽根烟，但抽烟更多的时候是好玩。

我信佛，真信，但主要是在心里信。我每做一件事情就会在心里不停地说：观音菩萨保佑我成功……一直这么念着，直到成功为止。但多数时候是失败的。

只敢让观音菩萨保佑自个儿的事，不敢说别人的事。当然也有小心眼的时候，以前曾有一次胆大妄为，跟一个初中同学斗气，总希望她个子比我矮点，于是每晚临睡前必念叨：观音菩萨保佑她倒霉，个子矮矮的。可到了高中她个子一下子蹿到一米七〇不说，还随着全家移民了。所以以后再不敢在观音菩萨面前念叨别人的事了，好不好都不敢说。说不好，结果特好，保佑好，没准就真好。

这菩萨办事有时也没谱。

再后来，我写这部小说，从开始写时我就念叨：观音菩萨保佑小说顺利写完……观音菩萨保佑小说顺利出版……但结果是我写它花了四年时间，而后又花了六年时间去修改出版它。或许你不信，但不得不信。

小时候，我还好骗人，因为年龄小，每骗总有人信。但随着年龄的增长反而不骗了，觉得没多大意思。因为人大了，对手也都是长大了的人，说什么彼此都要掂量，这样一来，真话假话，信不信，都不重要了。所以，我觉得骗你都没劲。爱信不信。

这部长篇小说写时是 1996 年，夏天，天气很热，地是湿的。写的时候感觉挺好，像唱歌似的一溜儿就出来了。但是唱歌有忘词的时候，写小说会有被梗住的时候，所以这部长篇写了四年，四十多万字。第一次打印出来，抱着沉甸甸的稿子，挺自满的，我也是作家了。

其实这部长篇最初的创作灵感是想写生活中的人，无论是谁都有他（她）摆脱不了的环境、圈子，这种环境、圈子是触摸不到、说不出来、只能自己体会的东西。或许很多人不明白我到底想说什么，其实我也不明白，只能说是一种感觉，一种氛围。唉，算了，不明白就不明白吧。反正我想写人的一种心态，一种生活状态，摆脱不了而又触摸不到的网。于是，为了写这种感觉我开始编故事。故事要编得像真的一样还挺难。

六年前，我第一次将这部长篇给一家出版社的编辑看后，编辑立马回信说，写得不错，就是太长了，并且中间关于情感的细节能否改改。我想跟他解释，我选了这样几个人，编排了这样一个故事，只能说从他（她）们身上更能体现到这种欲罢不能的感受。可是编辑不理会，要我改。我没有办法，也不想改，只能自我安慰说，他老了，看不懂。

接着这部长篇小说就放下了。

当然放了这么久有很多原因。1. 我懒。没有挨家挨户地投稿；2. 文章写得不好。3. 我不太安分，总想再写点别的……

这部长篇从下笔到现在，有十年了吧，改过六稿，其间有几次出版的机会，我都错过了，三年前还跟一家出版社签过合同，但最后没出成，我不怪任何人。

一直喜欢前苏联的电影《莫斯科不相信眼泪》，卡捷琳娜问锅夏:"这么大了还没有结婚,是条件太高了吗?"锅夏说:"不走运呗。"锅夏还说,"我没有任何缺点,我的缺点都是优点。"

我喜欢锅夏的厚脸皮,因为我也厚脸皮。我的长篇一直没有出版成,只是我不走运罢了。

不过没出版也好,我总有修改的机会。小说从原来上中下三部分改成现在的上下两部分,从原来四十万字改成现在的十八万字,书名从《重围》《雪缘》《逃》《奔走途中》改成了后来的《花开花落》。当然现在读者读起下部来有时会感觉坎坷一些,没有办法,不走运罢了。

现在,这部长篇经过十年辗转,好像有机会露脸了。我挺高兴的,只是不知道放了这么长时间的东西,过期了没有。别的我不怕,就是担心坏了读者的胃。

如果不好,赶紧吐出来。下次争取给您吃些新鲜的。

最后想说句体面话,像一些曾出书的人那样我也虚伪虚伪:

此书献给我那辛苦劳累了一生的母亲!

说实话,写这句话时我还真感动了。

2006 年 1 月 19 日

又记。

这部长篇最终以《总有些鸟儿你关不住》为书名。记得 1994 年有部我觉得很爽的电影《肖申克的救赎》中,瑞德认为六百年才能挖通的路安迪二十年就挖通了。安迪成功地逃离监狱后,瑞德说:"有些鸟儿是关不住的,看来希望还是活着的,它是有生命力的。"

所以,希望属于那些执著于生命的人,成功也总是落在自信而聪慧的人身上。

2006 年 9 月 3 日

2015年修订版再记

那个傍晚，小浪因画家给孙波画了幅画像而打了孙波一个耳光。临走前，她在孙波的耳边说："你是我的。"

那天夜里，睡梦中，画家第一次梦到了孙波，她在一个四周没有任何寄托物的空地上，无助地大张着手臂做出飞翔的动作。她说："我要飞，我想飞……"

那个秋天，画家因孙波的回家而重新活了过来。在疗养院的附近，在一群不会飞的鸟儿们旁边，孙波决定收养小玉。她说："我要收养这个孩子，我要教她飞……"

2015 年的夏天就要来的时候，这本我 1996 年开始写的书，2006年初版的书，在又过了九年后重新修订再版，我决定换个书名。

《总有些鸟儿你关不住》是很好的书名，但那"关不住的鸟儿们"不就是想"飞"吗？

于是《飞》诞生了。

一切都是注定的。

小浪注定会遇到孙波，孙波注定会有那样一段情感，我注定要写这本书……

人生有很多的注定。

2015 年，《总有些鸟儿你关不住》注定要成为《飞》。

2015 年 5 月 30 日

图书在版编目（CIP）数据

飞/朱燕著. －北京：作家出版社，2015．7
ISBN 978－7－5063－8121－5

Ⅰ.①飞… Ⅱ.①朱… Ⅲ.①长篇小说－中国－当代
Ⅳ.①I247.5

中国版本图书馆 CIP 数据核字（2015）第 141314 号

飞

作　　者：朱　燕
出版统筹：文　建
责任编辑：汉　睿
特约策划：花花文化
装帧设计：视觉共振设计工作室
出版发行：作家出版社
社　　址：北京农展馆南里 10 号　　邮编：100125
电话传真：86－10－65930756（出版发行部）
　　　　　86－10－65004079（总编室）
　　　　　86－10－65015116（邮购部）
E－mail：zuojia@zuojia.net.cn
http://www.haozuojia.com（作家在线）
印　　刷：北京中科印刷有限公司
成品尺寸：142×210
字　　数：210 千
印　　张：10.125
版　　次：2015 年 7 月第 1 版
印　　次：2015 年 7 月第 1 次印刷
ISBN　978－7－5063－8121－5
定　　价：39.00 元

新书推荐

《情》（精装） 朱燕 著

微博连载后，短短三个月点击量过千万。被网友评价为 2015 年度最感人情爱小说！写出了情人之间纠结、沉陷、纯粹、刻骨铭心的爱情。
"爱谁并不重要，愿生命中有爱"。小说讲述一位大学女教授和她的学生因一次偶然情欲后发生的令人心碎而感人的爱情故事。客观真实坦率地正面描写了当今中国同性恋的爱情婚姻工作生活，同性爱在社会中的艰难和努力，但他们始终没有放弃。爱情是属于那些执著追求而勇于承担责任的人。

名家推荐：

　　朱燕是个很会讲故事的作家，《情》好看。她的一切都是女性角度，《情》是很合适的名称，因为对女人来说，没有"情"，就不太可能有"性"。就是没有"情"有了"性"，"情"也会突然降临的……

——洪晃

《iLOOK》杂志出版人

BNC 薄荷糯米葱中国设计师店投资人

　　尽管当代小说中同性恋题材如严歌苓等早有涉及，但如此集中地探索，且表现得如此深入的，在我的视野中这还是第一部。就此而言，此小说可谓是一部突破之作。小说一方面呈现了一个对绝大多数读者来说尚属陌生的情感领域，一方面也令人信服地揭示出，在这个其实非常古老的领域中，"情"和"性"的关联纠结和异性恋同样复杂，有着同样深致的社会、文化、审美和人性内涵。

——唐晓渡

著名学者、诗人、评论家

花花文化策划

"一个人去旅行"书系
做中国最好看最有趣的旅行故事

新书预告

《开车带狗去西藏 27 天》 朱燕 / 图 + 文

内容推荐：

- ★ 这貌似是一次"自杀"式的旅行。
- ★ 一个有着一颗需要动手术的心脏的女人，却开车带着一条狗，买了一堆零食，独自穿越西藏。
- ★ 在左贡，高原反应时害怕独自一人死在客栈里，慌乱地丢了满地的药……
- ★ 在没有手机信号的、极其封闭的墨脱原始森林里，独自一人穿水沟过山洞经悬崖走峭壁横穿墨脱……
- ★ 在被自驾西藏的旅行客称为"死亡之路"的通麦天险，一个女人带着狗开着车，14 公里的临江悬崖险道竟然开了两个多小时。
- ★ 这是怎样的一次冒险，这是拿生命在赌博的旅行。《开车带狗去西藏 27 天》，川藏进青藏出，一个人的艰辛和困难无法想象……
- ★ 原以为穿过可可西里无人区，离开西藏后就安全了，却没想到，旅途中，最大的事故发生在风景如画的青海湖……

编辑推荐：

- ★ 一本直击你内心的日记体旅行随笔。
- ★ 从上万张图片中精选出近 300 张真实图片，有图有真相，值得纪念和收藏。
- ★ 一次旅行，完成我的心愿。一本书，开始你的梦想。
- ★ 27 天，8629 公里，北京 - 平遥 - 汉中 - 雅安 - 雅江 - 巴塘 - 左贡 - 然乌湖 - 墨脱 - 鲁朗 - 拉萨 - 日喀则 - 拉萨 - 纳木错 - 那曲 - 格尔木 - 青海湖 - 西宁 - 兰州 - 五台山 - 北京。

《开车带狗去云南 28 天》 朱燕 / 图 + 文

内容推荐：

★ 有一天，一个女人突然决定旅行，就带着一条狗开着一辆车上路了……

★ 从北京出发，开车到泸沽湖，又从泸沽湖到丽江、大理、腾冲、瑞丽、西双版纳、昆明，再回到北京，8770 公里。

★ 第一天，忐忑不安地上路，不敢随便与人搭讪，在陕西高速错走了近300 公里。

★ 第一晚，夜宿高速服务区的胆怯，将车窗遮盖得严严实实……而在归途中却大胆露宿高速服务区并与陌生人热切攀谈。

★ 一个女人一条狗一辆车，北京自驾云南 28 天。一路上，没有攻略，没有当地的风土人情，没有旅游景点的推介……有的只是一个女人关于天气、关于心情、关于路况、关于车况的絮絮叨叨。

★ 一段旅行打开了一段人生。从不确定到坚定，从出发到回归，从未知到找回自己。

★ 旅途中有快乐与悲伤，有感动与疲惫，有偶遇与落寞……

编辑推荐：

★ 一次人生思考的心灵旅行，一本扣人心弦的日记体旅行随笔。

★ 从上千张图片中精心挑选出的近百张真实图片，有图有真相，值得纪念和收藏。

★ 一次旅行，完成我的心愿。一本书，开始你的梦想。

★ 一个女人，一条狗，一辆车，需要何等的坚强和毅力去完成这样一次非凡的"心灵之旅"。

★ 28 天，8770 公里，北京 - 泸沽湖 - 束河古镇 - 丽江古镇 - 大理 - 腾冲 - 瑞丽 - 大理 - 西双版纳 - 昆明 - 北京。

花花文化订阅号：
zyhuahua1226

新浪微博：
@ 花花文化

新浪微博：
@ 朱燕 – 独行客